「그래비티」

「대답하지 않겠다면
압사해 버리렴.」

3

암살자인 내 스테이터스가 용사보다도 훨씬 강한데요

My Status as an Assassin
Obviously Exceeds the Brave's

아카이 마츠리

일러스트 토자이

라티스네일
Latticenail

『사상 최초로 공동 1위가 나왔습니다!!』

흥분한 어조로 사회자가 외치는 가운데,
아멜리아와 라티스네일은 손을 맞잡고
스테이지 쪽으로 걸어갔다.

아멜리아
Amelia Rosequartz

「내 입으로 이런 말을 하는 것도 좀 그렇지만,
남자들이 더 좋아할 사람은 내 쪽이거든!」

3

아카이 마츠리
일러스트 토자이

3

My Status as an Assassin
Obviously Exceeds the Brave's

CONTENTS

표지 · 본문 일러스트
토자이

제1장 반지

Side 아멜리아 로즈쿼츠

아키라가 사라지자마자 다시 조용해졌다. 내 눈앞에 있는 용사는 내 쪽을 힐끗힐끗 보고 있었지만 아무 말도 하지 않았다. 요루가 적대시하고 있는 아사히나는 묵묵히 뭔가를 생각하고 있었다.

"……그, 그럼. 일단 왕녀님은 왜 여기 계시는 거죠? 그리고 앞으로 어디로 가실 예정입니까?"

일동이 아무 말도 하지 않는 가운데, 나나세라고 이름을 밝힌 남자가 조심스럽게 말했다. 내가 고개를 들어서 눈을 마주치자, 그는 무슨 이유인지 움찔하고 기가 죽는 모습을 보이면서 눈길을 돌렸다. 나는 한숨을 쉬면서 대답했다.

"최종 목적지는 마족 영토의 가장 깊은 곳에 있는 마왕성이야. 수인족 영토에 온 것은 아키라의 무기가 많이 상해서, 크로우에게 손을 좀 봐달라고 부탁하기 위해서였어. 여기서 직접 마왕성에 갈지 말지는 아키라랑 요루와 의논한 뒤에 결정할 거야."

일부러 용사들의 이름을 말하지 않았다. 왜냐하면 아키라는 저들이 따라오기를 원하지 않는 것 같았으니까.

"다음에는 내가 물어봐도 될까?"

"그러시죠."라고 말하는 나나세의 대답을 들은 뒤에, 의자에 앉지 않은 다섯 명 쪽으로 눈길을 돌렸다.

"당신들은 여기 앉아 있는 두 사람과는 의견이 다르지? 아키라와 같이 행동하는 것에 반대하고 있는 것 같은데."

아니야? 그렇게 물어보면서 확인하자, 2명이 고개를 끄덕였다. 이상한 말투로 말하는 여자인 우에노와, 와키라는 이름의 동물에 둘러싸인 모습을 보아 조교사(테이머)로 보이는 사람이었다. 다른 세 사람의 반응은 애매했다.

"나랑 요루를 설득하기 전에 너희 의견을 먼저 통일해야겠네. 다행히 아키라도 요루도 많이 지친 상태니까 회복을 위한 시간이 필요해."

시간이 많다고 할 순 없었지만, 그래도 파티 전체의 의견을 모아서 정리할 시간 정도는 있을 것이다.

내가 그렇게 말하자, 그때까지 복잡한 표정을 지으면서 생각에 잠겨 있던 용사가 머리를 숙였다.

"그렇게 하겠습니다. 감사합니다."

그렇게 말하고 용사는 일어섰다. 용사 옆에 있던 아사히나도 자리에서 일어나 나에게 인사한 뒤에, 용사의 뒤를 따라 방에서 나갔다. 다른 사람들도 그들을 따랐다. 다들 예의는 착실하게 지키고 있었다.

아키라도 가끔 그렇지만, 이세계에서 온 저 사람들은 기본적으로 예의가 바르다. 그러고 보니 인간족 영토에 있는 야마토의 사람들도 아주 예의가 바르다는 얘기를 들어본 적이 있다. 분명 야마토를 건국한 용사는 아키라와 같은 반 아이들이 살고 있었다던 일본이라는 곳에서 왔을 것이다.

"……요루. 아키라가 저 사람들이 같이 가길 바란다고 생각해?"

거실 테이블에는 한 명과 한 마리만이 남았다. 복잡한 표정을 짓고 있던 요루는 내 쪽으로 돌아봤다. 황금색 두 눈이 밑에서 날 꿰뚫어 봤다.

요루는 그대로 잠시 생각한 뒤에, 어깨를 으쓱했다.

『글쎄. 주공이 무슨 생각을 하고 있는지는 난 잘 모른다. 하지만 저 건방진 애송이는 주공과 가까운 사이였던 것 같군.』

아사히나라고 하는 남자에게 필요 이상으로 공격적인 자세를 보이던 요루. 분명 자신의 주인을 자신보다 더 잘 알고 있는 것이 마음에 들지 않기 때문이겠지.

『그리고 테이머와 말투가 이상한 여자는 명백히 주공을 적대시하고 있더군. 그런 자와 주공이 함께 행동하는 것은 좋다고 할 수 없겠어.』

확실히 그렇다고 생각하면서 고개를 끄덕였다. 하지만 아키라에게 해가 되는 존재라는 기준으로 따진다면, 나는 과연 어떨까.

나는 아키라를 죽일 뻔했다. 분명 그때의 내 몸은 내 것이 아니었지만, 그래도 내 부주의 때문에 일어났던 일이다. 애초에 마족에게 납치를 당한 것도 내 실력이 부족해서다. 『그림자 마법』

덕분에 상처는 흔적조차 남지 않았지만, 그게 없었다면 아키라는 이미 죽은 몸이었을 것이다.

내가 입을 다문 모습을 보고 요루가 걱정스러운 표정으로 내 얼굴을 들여다봤다.

『아멜리아 양, 미궁에서의 일은 마음에 두지 마라. 결과적으로 주공은 죽지 않고 살았으니까. 그건 마히로가 한 짓이야. 주공도 아멜리아 양이 그렇게 하고 싶어서 한 짓이라고는 생각하지 않을 거다.』

나는 의식적으로 애써 미소를 지으면서 고개를 끄덕였다.

"응. 고마워, 요루."

요루는 그 반응을 보고 만족스러운 표정으로 고개를 끄덕인 뒤에 다시 생각에 잠겼다.

나는 요루를 그대로 놔둔 채 집 밖으로 나왔다. 가까운 숲속으로 들어가니, 나무들이 하이엘프인 나를 환영하고 있는 것이 느껴졌다.

엘프족은 숲과 함께 살아가는 종족이다. 먼 옛날, 넓은 영토와 부유한 생활보다 신성수를 택한 것도, 다른 종족이 숲을 관리하다가 잘라 버릴 수도 있다는 두려움을 느꼈기 때문이다. 그 신성수는 결코 함부로 건드려선 안 되는 것이니까. ——아니, 지금은 그런 생각을 하러 온 것이 아니다.

옛날부터 생각이 막히거나 무슨 고민거리가 생길 때마다 이렇게 숲에 와서 나무에게 묻곤 했다.

나를 환영해 주고 있는 나무의 줄기에 내 이마를 댔다. 아키라의 몸을 내 손으로 꿰뚫었던 순간을 떠올렸다.
"……요루, 아니야. 확실히 그때 내 몸은 내 의지로 움직이진 않았지만……."
주먹을 쥐었다. 그 손은 눈에 보일 정도로 떨리고 있었다.
"나는…… 아키라의 몸에 내가 낸 상처가 남는다는 걸 기뻐하고 있었어."
원래 세계로 돌아갈 방법을 찾아내면 아키라는 나 같은 건 내버려 두고 바로 돌아가 버릴 테니까. 아키라의 어머니는 너무나 몸이 약하고, 여동생 혼자 돌보기는 힘드니까 반드시 돌아가야 한다는 얘기를 들었다. 돌아가 버리면 나를 잊어버릴지도 모른다. 나보다 아름답고, 아키라의 곁에 있기에 어울리는 여성과 결혼할지도 모른다. 하지만 몸에 남아 있는 흉터를 보면 날 떠올려 줄지도 모른다.
그러니까 사랑하는 사람을 상처 입히는 짓을 하는 건 너무나도 싫었지만, 아키라에게 내가 낸 상처가 남는다는 사실을 기쁘게 느끼고 말았다.
추악한 질투다. 과거에는 키리카에게 질투했고, 지금은 얼굴도 본 적 없는 사람에게 질투하고 있었다. 아아, 정말 추하구나. 자조하는 것처럼 입꼬리가 비틀렸다.
그때 위에서 빠직 하고 나뭇가지가 부러지는 소리가 났다. 깜짝 놀라 고개를 들어보니, 밤의 어둠 속에 스며든 것처럼 숨어 있던 칠흑의 눈동자와 눈이 마주쳤다. 그 눈은 만족스럽다는 듯이 가늘어져 있었다.

"뭔가 고민을 하고 있는 것 같긴 했는데, 그런 생각을 하고 있었던 건가."

입안이 바짝 말라붙었고, 머리가 잘 돌아가지 않았다. 겨우 목소리를 짜낸 끝에 뱉은 것은 그 인물의 이름이었다.

"아, 아키라……."

Side 오다 아키라

나는 나무 위에서 뛰어내려 아멜리아 앞에 착지했다. 아멜리아는 겁을 먹은 것처럼 어깨를 떨고 있었다.

"아, 아키라…… 어디서부터 듣고 있었던 거야?"

나는 고개를 갸웃거리면서 뒤통수를 긁었다.

"처음부터라고 할까, 사실은 내가 먼저 여기 와 있었으니까."

그렇게 말하자, 아멜리아의 얼굴이 새파래졌다.

정말로 우연이었다. 크로우한테 대장간에서 했던 질문의 답을 듣고 난 뒤에, 조용한 곳에서 한번 잘 생각해 보고 싶어서 숲에 들어왔던 것이다. 나무에 올라간 것은 그곳에 있으면 개인적으로 차분해질 수 있어서이지 딱히 숨으려 했던 것은 아니었다. 아멜리아가 이 나무 바로 밑에 올 때까지 알아차리지 못할 정도로 깊이 생각하던 중이었으니까, 일부러 이 나무로 옮긴 것도 아니다. 그렇게 설명해도 아멜리아의 안색은 바뀌지 않겠지.

원래부터 하얗던 피부는 완전히 핏기가 가신 상태였다. 나는 그녀를 안심시키기 위해서 아멜리아의 머리 위에 손을 얹었다.

“네가 걱정하지 않아도 난 아멜리아에게 질리지 않을 거고, 널 잊어버리지도 않을 거야.”

확실히 어머니랑 유이도 소중하지만, 그에 못지않은 수준으로 아멜리아도 소중하니까.

아멜리아는 눈에 눈물을 글썽이더니, 내가 입고 있는 외투를 꼭 쥐었다. 그대로 날 쳐다보면서 고개를 갸웃거렸다.

“정말이야? 질리지도 않고, 잊어버리지 않을 거야?”

강아지처럼 귀여운 몸짓을 보이는 아멜리아에게 홀릴 뻔하면서, 나는 고개를 끄덕였다.

“그래, 약속할게. ……반대로 내가 더 걱정이야. 생긴 걸 보면 나와 너는 어울리지 않으니까 말이지. 얼굴만 놓고 따진다면, 기분은 상하지만 용사 쪽이 단연코 더 잘 어울리잖아.”

나는 단도가 된 ‘야토노카미’를 꺼내서 얼굴을 찌푸리고 있는 아멜리아의 손에 쥐여 주었다.

“나는 그 사람이 마음에 안 들어. 아키라가 더 멋있고 강해. ……뭘 하는 거야?”

그 감상을 듣고, 나는 쓴웃음을 지었다.

확실히 용사는 약하지만, 내 쪽이 더 멋있지는 않을 텐데. 나와 아멜리아가 처음 만났을 때의 상황에서 흔들다리 효과가 작용했으리라는 것도 부정할 수 없고 말이지.

나는 오른손으로 ‘야토노카미’를 쥔 아멜리아의 손을 위에서 감싸듯이 쥐고 왼손으로 끌어당겼다. 아멜리아는 겁을 먹은 듯한 표정을 지으면서 몸을 뒤로 뺐다.

"이쪽 세계에선 어떤지 모르겠지만, 일본에선 장래를 약속한 남녀가 왼손 약지에 반지를 끼는 관습이 있어. 약혼반지인지 결혼반지인지, 자세한 건 나도 흥미가 없었기 때문에 모르겠지만, 일단 왼손 약지에 동그란 걸 끼면 되겠지."

약지의 세 번째 관절 부근에 칼을 찔렀다. 고통과 함께 어둠 속에서도 알아볼 만큼 붉은 피가 손을 따라 흘렀고, 팔뚝을 타고 내려오다가 지면에 떨어졌다. '야토노카미' 정도의 칼이라면, 평범한 칼날로는 상처가 나지 않는 내 피부도 벨 수 있을 것이다.

"뭐, 뭐 하는……."

표정을 바꾸지 않은 채, 아멜리아의 손으로 자신의 손가락에 동그라미를 계속 새기는 나를 보면서, 아멜리아는 눈을 크게 떴다.

깊게, 깊게, 상처가 사라지지 않도록 깊게. 그러면서도 중요한 근육은 잘리지 않도록.

"……자, 이러면 반지로 보이겠지?"

달빛에 비춰 보니 왼손 약지에 동그랗게 한 바퀴, 붉은 상처가 새겨져 있었다.

"나에게 상처를 입히고 싶었잖아?"

아멜리아의 얼굴을 보니 내 손가락과 '야토노카미'를 지그시 번갈아 보고 있었다.

"남녀가, 왼손 약지에 끼는 반지……."

이번에는 아멜리아가 내 손에 '야토노카미'를 쥐여 주더니, 망설임 없이 자신의 왼손에 있는 희고 가는 손가락에 상처를 냈다.

"날 위해서 이렇게 하다니, 미안해…… 하지만 아키라와 같

은 상처라니 기뻐."

마찬가지로 손가락에 동그란 상처를 새긴 아멜리아는 내 옆에서 달빛에 자신의 손을 비췄다.

밤이라서 흥분했기 때문인지, 처음으로 둘이 함께 뭔가를 공유한 것이 기뻤기 때문인지, 평소라면 나는 아멜리아가 자신을 상처 입히는 것을 좋게 생각하지 않았을 것이다. 하지만 오늘은 왠지 너무나도 기분이 좋았다.

'내가 이 세상에서 가장 두려운 것은 내가 내민 손이 닿지 않는 것이다.'

크로우가 괴롭게 뱉은 목소리가 머릿속에 울려 퍼졌다.

내밀더라도 내 손은 닿지 못할지도 모른다. 마족은 그만큼 강하다. 만약 그때 크로우가 와주지 않았다면 아멜리아는 납치를 당했으며, 우리는 죽었을지도 모른다. 그래도 이 손가락의 흉터만 있으면 언제라도 서로 이어질 수 있다는 생각이 들었다.

"아멜리아, 네가 바란다면 나는 내 몸을 스스로 망가트릴 수 있어. 기꺼이 상처를 입을 거야. 그 대신, 해 주길 바라는 것이나 고민이 있으면 바로 말해. 내가 할 수 있는 것이라면 반드시 이뤄 주겠어."

그 자리에 한쪽 무릎을 꿇고 왼쪽 손등에 키스를 했다. 너무 느끼하지 않았나 하는 걱정을 하면서 고개를 드니, 아멜리아는 한눈에 알아볼 수 있을 정도로 볼을 붉히면서 내 볼에 손을 댔다.

"그럼 나에게 약속해 줘. 죽지 말아 줘. 날 잊지 말아 줘. 날 떠나지 말아 줘. 계속 나만을 봐 줘."

나는 일어서서 아멜리아를 내 품으로 끌어당겼다. 나보다 한 층 더 작은 몸을 끌어안았다.

"그 소원, 확실히 들었어. 반드시 이뤄 줄게."

떠나지 않는 것은 무리겠지만, 그 외의 것은 문제가 없을 것 같았다. 나는 죽을 생각도 잊어버릴 생각도 다른 여자에게 한눈을 팔 생각도 없으니까.

내 품 안에서 아멜리아가 행복한 표정으로 웃었다. 미궁에서 나에게 상처를 입힌 뒤로 알게 모르게 그늘이 있는 표정을 짓게 된 아멜리아가, 오랜만에 진짜 미소를 지었다. 처음 만난 사람에게 보이는 가식적인 미소가 아니라, 나랑 요루에게만 보여 주는 미소.

나는 어머니랑 여동생을 위해서라도 일본에 돌아가고 싶다. 하지만 이 순간만큼은 이 미소를 떠나고 싶지 않다는 생각이 들고 말았다.

Side 아사히나 코스케

크로우 씨가 빌려준 가장 큰 방에서, 우리는 각자 자리를 잡고 편한 자세로 앉거나 누웠다. 나는 출입구 근처의 벽에 기대면서 팔짱을 꼈다.

아멜리아 왕녀가 말한 대로 모두의 의견을 통일하기 위해 얘기를 나눠 보기로 한 건 좋았지만, 아무도 얘기를 꺼내지 않았다. 파티 멤버만으로 움직였을 때는 사토가 주관해서 예정 등을 의논했다. 하지만 그 방을 나온 뒤로 사토는 한마디도 말하지 않았다. 평소에는 시끄럽게 굴던 와키와 우에노도 여전히 입을 다물고 있었다. 나나세와 츠다는 눈치를 살피면서 불안한 표정을 보였고, 반대로 호소야마는 평소대로 차분한 모습을 보이고 있었다.

나는 머릿속을 정리하려고 눈을 감았다.

우선, 우리와 아키라의 최종목적은 일본에 돌아가는 것이다. 그건 같을 것이다. 아마도 아키라는 어머니인 유카리 씨랑 여동생을 위해서 빨리 돌아가고 싶어 할 것이다. 그렇다면 우리와 다른 것은 무엇일까. 분명 그 과정이겠지. 나는 아키라처럼 소설 같은 것은 읽지 않지만, 아키라에게 들은 얘기로는 이런 이세계물에선 최종보스를 쓰러트리면 돌아갈 방법이 발견되는 경우가 많다고 했다.

……아니, 잠깐?

나는 헉 소리를 지르며 눈을 크게 떴다. 맞은편에 있던 츠다가 깜짝 놀라면서 몸을 떨었다. 크게 뜬 눈을 복잡한 표정을 짓고 있던 사토를 향해 돌렸다.

"사토, 너는 마왕을 쓰러트릴 생각이 있어?"

갑자기 꺼낸 내 질문을 듣고 모두가 나를 봤고, 그 후에 사토를 봤다. 사토는 여자들이 좋아하게 생긴 아름다운 얼굴을 찌푸리면서 고개를 저었다.

레이티스에 있었을 무렵, 우리를 가르치던 기사에게 신물이 나도록 들은 말이었다. 마왕은 사토가 가진, 용사만이 지닐 수 있는 성검과 엑스트라 스킬 『성검술』이 없으면 절대 쓰러트릴 수가 없다고 한다. 반대로 그것만 지니고 있으면 쓰러트릴 수 있을 것이며, 무슨 일이 있어도 사토를 지켜내서 마왕이 있는 곳으로 데리고 가는 것이 우리가 할 일이라고 했다. 그러므로 마왕을 쓰러트리려면 용사인 사토의 의지가 필요 불가결한 것이다.

"다른 사람들에겐 미안하지만, 나는 지금 마왕을 쓰러트릴 필요성을 느끼지 못하고 있어."

현시점에선 마왕은 모습을 드러내지 않았으며, 마족을 봤다고 말하는 사람은 아키라 일행뿐이다. 이번에 우르의 미궁에서 마물이 쏟아져 나온 것은 단순한 사고였을 가능성도 저버릴 수 없다. 내 스킬인 『감』은 그걸 부정하고 있지만, 레벨이 올라감에 따라서 감이 날카로워지고 있는 것뿐이지, 그 스킬을 통해서 진실이 보이는 것은 아니다. 즉, 완전히 신용할 수는 없다.

"그, 그럼 어떻게 일본에 돌아갈 생각인데?!"

와키가 눈을 크게 뜨면서 소리쳤다. 당연한 반응이겠지. 지금까지 마왕을 쓰러트리면 일본에 돌아갈 수 있다고 믿으면서 싸워왔으니까.

"필요성을 느끼지 몬한다는 기 무슨 뜻이고? 마왕을 쓰러트리고 이 세계 사람들을 구한다는 기 츠카사가 했던 말 아이가?"

확실히 사토는 그렇게 말했다. 하지만 그건 아직 레이티스의 왕과 왕녀를 믿고 있었을 때의 일이다. 마왕이 이 세계에 사는 사람들을 괴롭히고 있다는 얘기를 들었고, 우리에게 그들을 구할 힘이 있다는 말을 들었기 때문이다.

"모르겠어. 마왕이 이 세계 사람들을 괴롭히고 있다고 한 사람은 레이티스의 왕이고, 그 왕은 왕녀를 이용해서 우리에게 저주를 걸고 있었어. 그리고 도시 사람들을 봐도, 힘든 생활을 강요받고 있다는 인상은 받지 못했어."

우에노와 와키는 이제야 떠올린 것처럼 눈을 크게 떴다.

도시는 활기가 넘쳤고, 사람들이 많이 있었다. 마족의 영토에 가장 가까운 야마토조차도 마물의 침공을 두려워하는 기색은 없었다.

나나세와 츠다는 성에 남겨두고 온 친구들을 걱정하고 있는 건지, 고개를 아래로 숙였다.

"그럼, 마족에게 당한 오다 얘기는 어떻게 생각해? 오다는 인간에게 위해를 가하는 나쁜 마족과 싸웠다고 했잖아?"

호소야마가 손을 들어서 질문했다.

나는 눈을 가늘게 좁혔다.

호소야마의 말은 아키라를 믿는 사람의 말이었다. 그게 같은 반 친구로서 믿고 있는 것인지, 직감적으로 아키라가 어떤 인간인지 깨달은 것인지는 모르겠지만, 과연 무슨 생각으로 한 말일까. 호소야마는 알 수 없는 구석이 많았다. 와키랑 우에노처럼 알기 쉬운 성격이면 편하겠는데.

"미리 말해 두겠는데, 아키라는 나보다 강해. 지금 되짚어보면 아마 소환되었을 때부터 그랬을 거야. 우리가 한꺼번에 덤벼도 아키라에겐 이기지 못할 테니까, 아키라가 중상을 입을 정도로 강한 마족은 우리가 죽을 각오로 싸워도 이길 수 없다는 뜻이야. 그리고 그 마족의 정점인 마왕에겐 평생을 들여서 노력해도 이기지 못할 거야. 현시점에서의 우리 실력은 평범한 인간보다 약간 더 강한 수준이야."

자신만만했던 사토가 이렇게 약한 소리를 뱉는 것은 처음 들었다. 나나세도 믿어지지 않는 광경을 본 것 같은 눈으로 사토를 보고 있었다.

"나는 일본에 돌아가고 싶고 아키라도 그렇겠지만, 아키라는 마왕을 쓰러트릴 생각이 없어. 분명 이기지 못할 거라는 걸 알고 있기 때문이 아닐까?"

이게 게임이나 소설 속의 얘기라면, 한 번은 죽을 생각으로 덤벼서 직접 겪어보고 그 실력을 알아낼 수도 있겠지만, 이곳은 현실이다. 우리 몸은 하나밖에 없으며, 우리 인생도 단 한 번뿐이다.

"소환된 인간들인 우리 중에서 일본에 돌아가고 싶은 마음이 가장 강한 사람은 아키라일 거고, 그 답에 가장 가까이 다가간 사람도 아마 아키라일 거야. 그러니까 나는 아키라와 함께 행동해야 한다고 생각했어."

사토의 말을 듣고 모두가 납득하면서 고개를 끄덕였다.

"그렇군. 그래서 아키라와 함께 가자고 한 거구나. 쿄스케도 그랬던 거야?"

나나세가 그렇게 말하면서 날 봤다.

그때 아키라와 함께 행동하는 데 찬성했던 사람은 나와 사토

뿐이었으니까, 나에게 묻는 것도 당연하겠지.

"아니, 난 그런 이유로 말한 게 아니야. 단지 조금이라도 아키라의 힘이 되어 주고 싶었던 것뿐이야. 지금의 나는 방해밖에 안 되겠지만."

아키라는 내 상상을 넘어선 수준으로 강해져 있었다. 지금의 내 수준으로는 보호받을 뿐이다. 도저히 옆에서 같이 싸울 수 있을 거란 생각이 들지 않았다. 아키라의 실력을 내 눈으로 본 것은 아니지만, 그래도 얼마나 힘든 수라장을 빠져나왔는지는 그 눈을 보면 알 수 있었다.

"……내는 지금도 오다를 몬 믿겠다. 사란 씨의 몸에 백힛던 건 오다의 단검이었고, 그 전에도 오다는 혼자 어딘가를 돌아다녔지, 우리하곤 같이 있지 않았다 아이가."

우에노는 팔짱을 끼면서 벽에 기댔다.

"그건 오다가 한 짓이 아니라고 처음에 얘기하지 않았던가?"

성을 나온 우리는 제정신을 차린 것을 확인하기 위해서, 앞으로의 방침을 정하기 위해서 첫 번째 작전회의를 가졌다. 그 자리에서 우리는 피가 묻은 사란 씨를 본 아키라의 반응 및 사토가 들었다고 한 왕녀의 말을 통해, 아키라는 사란 씨를 죽이지 않았다는 결론에 도달한 것으로 분명 기억하고 있다.

우에노는 짜증이 나는 듯한 몸짓으로 머리카락을 난폭하게 쓸어 올렸다.

"그기 아이라! 그건 내도 알지만, 내가 말하고 싶은 건 의심 살 만한 행동을 한 오다도 충분히 수상하다는 뜻인기라."

나는 고개를 갸웃거렸다. 아키라는 처음부터 같은 반 아이들과 함께 행동하는 성격은 아니었다고 생각하는데. 왠지 모르게 남을 업신여기는 듯한 표정으로 아이들을 보고 있었던 기억밖에 없다. 나랑 나나세 정도하고만 얘기했었고.

“나도 그렇게 생각해. 그 녀석이 혼자 어딘가를 돌아다니지 않았으면 아무도 의심하지 않았을 거야. 류스케는 처음부터 그 녀석이 마음에 들지 않았던 것 같지만.”

와키가 말하는 ‘류스케’ 는 아마도 오카 류스케를 말하는 것이겠지. 와키와 같은 축구부였고, 반의 분위기를 끌어 올리는 역할을 자주 맡았던 녀석으로 기억한다. 키가 크고, 사토만큼은 아니지만 얼굴도 괜찮았다. 하지만 뭐가 마음에 들지 않았던 건지, 오카는 고등학교 1학년 때의 봄부터 그야말로 아키라의 험담만 하고 다녔다. 오카가 있는 얘기 없는 얘기를 가리지 않고 하고 다녔기 때문에, 반 아이들은 갈수록 아키라와 거리를 두고 있었던 것이다.

한 번은 아키라에게, 오카에게 뭔가 기분을 상하게 할 말을 하지 않았느냐고 물어본 적이 있었다. 그러나 아키라는 고개를 갸웃거릴 뿐이었다. 나중에는 아예 ‘오카가 누군데?’ 라고 되묻는 지경이었다.

자신이 흥미를 느끼는 것밖에 기억하지 못하는 성격 때문일까. 내 예상으로는 아마 나나세의 이름조차도 기억하지 못할 것이다.

그러고 보니, 와키는 오카와 사이가 좋았으며, 오카와 함께 아키라를 험담하고 다녔던 것 같다.

"뭐, 아키라는 좋게 말하면 고독한 늑대. 나쁘게 말하면 협조성이 전혀 없는 귀찮은 녀석이니까 말이지."

나나세가 투덜거렸다. 나는 그 말에 고개를 끄덕일 뻔했지만, 겨우 참았다.

"츠다는 어떻게 생각해?"

방구석에 혼자 입을 다물고 있던 츠다에게 물어보자, 매번 그랬지만 깜짝 놀라면서 떨기 시작했다. 아무래도 이 녀석은 날 상대하는 게 부담스러운 모양이다.

츠다도 검도부 소속지만, 나는 주장이고 츠다는 일반 부원이었다. 체격도 차이가 나고, 츠다는 고등학교에 들어오면서부터 검도를 시작했기 때문에 아직 주전 선수조차 되지 못했다. 생긴 것도 여자처럼 나약하게 보이니, 날 보고 겁을 먹는 것도 무리는 아니려나.

"아, 나, 난 오다랑 그다지 잘 알지 못하는 사이라서 잘은 모르겠지만, 아사히나가 그렇게 신뢰하고 있다면 믿어도 괜찮을 거라 생각해……."

나는 눈을 깜박거렸다.

즉, 내가 아키라를 신뢰하고 있으니까 믿겠다는 뜻일까. 츠다는 나를 신뢰하고 있다는 말인가? 날 부담스럽게 여기면서?

……역시 다른 사람의 생각은 잘 모르겠군.

"호소야마는 어때? 현재 3대 2인데."

나나세에겐 아직 묻지 않았지만, 아마 아키라 파벌일 테니까 실질적으로는 4대 2겠군.

호소야마는 어른스러운 표정으로 미소를 지었다.

“나는 오다를 따라가는 것에 찬성이야. 아멜리아 왕녀가 허락할지 아닐지는 별개지만 말이지.”

빙긋 웃는 호소야마를 보니 왠지 소름이 끼쳤다. 역시 이 녀석은 꺼림칙하다.

“나나세의 대답을 기다리지 않고 다수결로 정해진 꼴이 되었는데, 와키랑 우에노는 어떡할래?”

딱히 파티로 행동해야만 한다고 정하진 않았다. 여태까지는 가는 길이 안전한지 알 수가 없었으며, 레이티스에서 보낸 추격자가 있을지도 모르니까 일곱 명이서 움직이고 있었지만, 지금부터는 스스로 위험한 곳으로 가기로 했으니까 빠져도 상관없다고 사토는 간접적으로 말하고 있는 것으로 보였다.

뭐, 아키라는 몇 명이 늘건 말건 신경 쓰지 않을 거라고 생각하지만.

두 사람은 서로의 얼굴을 봤다. 마주 본 두 사람은 동시에 고개를 저으면서 한숨을 쉬었다.

“뭐, 너희가 오다를 따라가고 싶다고 말하는 건 예상했던 대로니까.”

“오다가 마음에 안 든다 카는 건 내 개인 의견인기라. 어린아처럼 고집은 안 부릴 끼다. 나도 느그랑 같이 갈게.”

인자 와서 모른 척하는 것도 뒤끝이 찜찜하거든. 우에노는 그렇게 중얼거렸다.

확실히 아키라는 요루나 아멜리아 왕녀와 함께 싸우면서 몸에 익은 전투 스타일이 있을 테고. 우리도 두 명이 빠지면 파티의 밸런스가 무너진다.

그리고 저 두 명도 우리를 떠나면 곤란해질 뿐이다.

두 사람의 대답을 듣고 사토는 안도의 한숨을 쉬었다.

"그럼, 왕녀님을 설득하는 것만 남았네."

나나세의 말에 다들 고개를 끄덕였다.

우리나 아멜리아 왕녀라는 사람에 대해서 잘 모르는 이상, 와키와 우에노를 설득하는 것보다도 어려울 것이다.

가장 큰 난관이라고 생각한다.

"기간은 아키라 일행이 수인족 영토를 떠나기 전까지가 되려나. 마족과 싸운 탓에 아키라도 시종마도 많이 지친 상태로 보이니까 회복에는 시간이 걸릴 것 같긴 해."

절박한 상태는 아니다.

하지만, 여유 있게 굴 상황도 아닌 것 같았다.

"그러고 보니, 머지않아 우르크 쪽에서 축제가 열리는 것 같던데. 배에서 만난 여자애가 그렇게 말하더라고."

그렇게 말하면서 와키가 갑자기 화제를 바꿨다.

이 세계의 야생고양이는 일본에 있는 야생고양이보다 경계심이 강해서 쉽게 손길을 허락하지 않는다. 하지만 테이머에게 조교된 고양이는 별개이며, 인간을 아주 잘 따른다. 그렇기 때문에 와키(의 고양이)는 여자에게 아주 인기가 많았으며, 틈만 나면 여자에게 둘러싸이곤 했다. 인간족 영토에서 이곳으로 오는 배 위에서도 고양이를 만지고 싶어 하는 여자들이 와키(의 고양이)를 둘러싸고 있었다.

"축제라…… 기분전환도 겸해서 같이 가 보자고 해볼까?"

사토의 말을 듣고 여자 두 명이 눈빛을 반짝였다. 호소야마라면 또 몰라도 우에노는 축제를 좋아할 것 같았다.

"근데 무슨 축제를 하노?"

"글쎄? 잘은 모르지만 여자들이 빛을 발하는 날이라고 하던데."

나는 고개를 갸웃거렸다.

여자들이 빛을 발하는 날? 패션쇼라도 하는 걸까.

"뭐야, 그게……. 그것도 그렇지만, 이쪽 세계의 축제는 어떤 식으로 하는 걸까."

나나세가 중얼거렸다.

그 말대로 일본에선 축제라고 하면 유카타나 노점이 연상되지만, 다른 나라에선 퍼레이드 같은 걸 하니까, 축제라고만 말하면 너무 추상적이긴 하군.

"그, 그러고 보니, 모험가 길드에서도 아저씨들이 얘기를 했었, 어."

츠다가 조심스럽게 눈치를 살피면서 말했다.

여자처럼 생겼기 때문인지, 츠다는 모험가 길드에서 종종 모험가들에게 붙잡히곤 했다. ……아니, 모험가에서 은퇴한 할아버지들이 츠다를 고양이처럼 귀여워했고, 그 모습을 본 모험가들이 츠다에게 흥미를 보이는…… 그런 상태였다.

어느새 그렇게 되어 버렸기 때문에, 어떤 이유로 츠다에게 무슨 일이 생기면 분명 우르의 모험가들이 일제히 그 원흉을 공격할 거라는 생각이 나에게도 들었다.

"듣자 하니 수인족이랑 인간족 중에서 최고의 미남 미녀를 뽑는다고 하더라고. 매년 열리는 행사이고, 이번에는 수인족 영토인 우르크에서 개최된다고 말하는 걸 들었어."

과연, 확실히 축제이긴 하군. 미스 콘테스트 같은 이벤트인 걸까. 역시 어느 세계에서도 있을 만한 행사인 걸까, 그렇지 않으면 소환된 사람들이 이곳에 전파한 걸까……. 어쨌든, 최고를 뽑기 위해서 콘테스트를 벌이는 것은 전 세계 공통인 모양이다.

"일단 남자 쪽도 뽑긴 하는 것 같지만, 역시 여자 쪽이 인기가 많대. 그, 그리고……."

도중에 츠다는 말을 멈췄다. 얼굴이 새파래져 있었다.

"그리고?"

나나세가 다음 말을 재촉했다.

"콘테스트의 우승자는 매번 행방불명이 되는데, 자, 장기가 어딘가로 팔리는 게 아니냐는 얘기를……."

장기매매라고?

일본에선 흔하게 듣지 못하는 끔찍한 말인 만큼, 이곳이 이세계라는 것을 새삼 실감할 수 있었다.

"왜 우승자만 그렇게 된다는 거야?"

호소야마가 츠다 옆에서 등을 쓰다듬어 주면서 물었다.

장기만 놓고 따진다면 미녀도 추녀도 그다지 다르지 않을 텐데.

“그러니까, 아저씨들은 젊고 아름다운 사람의 장기가 암시장에선 높은 가격으로 거래된다는 말을 했어.”

이 세계에는 경찰이라는 게 없다.

야마토에선 *신센구미 같은 사람들이 순찰을 돌면서 치안유지 임무를 맡곤 했지만, 그것도 나라에서 조직한 것이 아니라 자원봉사라고 한다.

국가는 국가 자체가 위협을 받을 때는 움직이지만, 절도나 강도, 유괴 정도로는 움직이지 않는다. 마물이 있고 전쟁이 있는 세계니까 어쩔 수 없다고 생각하는 한편으로, 어떻게든 대처할 수 없을까 하는 생각이 들기도 했다.

모험가 길드에도 암살이나 복수 의뢰가 들어오곤 하지만, 대부분의 사람들은 받아들이지 않는다. 이 세계에서도 인간을 죽이는 것은 금기시되고 있으며, 일부러 남을 위해서 자신의 손에 피를 묻히는 짓은 하지 않는다.

어지간히 돈에 쪼들리지 않는 한은.

“사토, 어떡할래?”

내 말을 듣고 사토는 깊은 생각에 잠겼다. 아까부터 마음에 걸리는 것이 있는 것 같았다.

사토는 단어를 고르면서 신중하게 말했다.

“개최되는 장소는 우르크였지? ……어쩌면 아키라와 크로우 씨가 말했던 악당—— 그람이라고 했던가? 그 사람이 관여하고 있는 것 아닐까?”

---

* 에도 시대 말기에, 막부의 반대파를 진압하던 무사 집단.

그 말을 듣고서야 떠올렸다. 크로우 씨의 복수 대상이면서 우르크의 길드 마스터라고 했었지.

"그럴 수도 있겠네."

호소야마가 쓴웃음을 지었다. 살인 이외의 중범죄는 저질러 보지 않은 게 없다고 하니, 장기매매를 하고 있어도 이상할 건 없다.

"관여하고 있지 않다고 해도, 용서하지는 못하겠는데."

와키가 중얼거렸다. 사토는 그 말에 고개를 끄덕였다.

"마물이랑 마족에 관한 얘기는 아직 모르겠지만, 인간이 인간을 사고판다는 것은 그냥 보고 넘어갈 수 없어. 그리고 만약 그 람이 관여하고 있다면 크로우 씨가 움직일지도 모르고, 크로우 씨가 움직인다면 아키라가 움직일 거야. ……축제는 기대가 되지만, 범인을 붙잡아서 아키라나 아멜리아 왕녀님에게 우리가 유용하다는 걸 보여 줄 좋은 기회가 되지 않을까."

사토의 말에 따라서 우리의 방침은 정해졌다.

Side 오다 아키라

"뭐?! 축제??"

나도 모르게 넋 나간 소리를 뱉고 만 것은 어쩔 수 없는 일이라고 생각한다. 너무 놀라서, 얼굴을 씻기 위해 물을 담아둔 나무통을 그대로 뒤집어서 엎어버리고 말았다.

어젯밤, 야밤의 이상한 분위기에 휩쓸리는 바람에 아멜리아와 서로 반지를 새기고 있었을 때, 용사와 다른 아이들이 여러 가지 얘기를 나누고 있었다는 건 알고 있었다. 나와 아멜리아가 방으로 돌아온 뒤에도 용사 일행의 방은 환하게 불이 밝혀져 있었으니, 아멜리아를 설득하기 위한 대책을 세우고 있을 것이라고 생각했던 것이다. 그랬는데 설마, 아침이 되자마자 축제를 구경하러 같이 가자는 말을 할 거라고는 생각하지 못했다.

그렇게 말한 쿄스케는 내가 떨어트린 나무통을 주워서 물을 담아 주었다.

"그래. 우르크에서 축제가 열린다고 해. 보러 가지 않겠어?"

쿄스케는 여전히 나랑 아멜리아보다 훨씬 더 표정이 없는 포커페이스로 고개를 갸웃거렸다. 나는 나무통을 받아들면서 얼굴을 찌푸렸다.

"……우르크라."

우르크에는 마족을 불러들인 것으로 보이는 남자가 있었다. 아멜리아를 납치하려고 한 마족을 말이다. 물론, 따끔한 맛을 보여 주는 것으론 부족하다고 생각한다. 적어도 태어난 것을 후회하게 만들어 주어야 내 분이 그나마 풀릴 것이다.

나무통에 얼굴을 가까이 대고, 얼굴을 적셨다. 아직 잠에서 덜 깬 상태인 머릿속이 완전히 깨어난 것 같은 기분이 들었다.

"너도 요루도 움직일 순 있지만 아직 전투는 무리겠지? 훈련도 중요하지만, 가끔은 좀 쉬는 게 어떨까?"

쿄스케의 제안을 듣고 낮게 신음했다.

이 세계의 축제가 어떤 것인지는 모르지만, 틀림없이 즐거울 것 같긴 하다. 아멜리아도 가끔은 그런 걸 즐기고 싶어 할 테고, 일본의 축제와 같은 방식이라면 먹을 것을 파는 노점도 나오겠지. 먹을 것에는 사족을 못 쓰는 아멜리아니까, 분명 가고 싶다는 말을 할 것이 틀림없다.

문제는 무슨 의도로 쿄스케가 나에게 같이 가자는 말을 했느냐 하는 것이다.

"……뭘 꾸미고 있는 거야?"

옷소매로 얼굴을 닦으면서, 쿄스케를 바라봤다.

아멜리아가 먹을 걸 좋아한다는 점은 아직 모를 것이다. 그렇다면 그녀의 위장을 공략하러 온 것은 아니다. 그 축제에 뭔가가 있는 걸까?

의아한 표정을 짓는 날 보면서 쿄스케는 쓴웃음을 지었다.

"수많은 사선을 돌파해 온 바람에 의심이 너무 늘어난 것 아냐? 생각이 지나쳐. 우리 쪽 여자애들이 가고 싶어 하니까 아멜리아 왕녀도 같이 가자는 얘기를 해본 것뿐이라고. 설득하는 방법은 나중에 천천히 생각할 거야."

그 말대로 일본에 있었을 때보다 의심이 깊어졌다는 생각은 들었다. 하지만 이 세계에서 살려면 아마 그 정도가 적당할 것이다.

일본과는 달리 언제 죽을지 모르니까.

"……일단 가는 쪽으로 해 둬. 아멜리아와 요루에게도 물어본 뒤에 대답해야겠지만, 아마 가겠다고 말할 테니까."

그러는 김에 크로우에게 이 세계의 축제에 관해 물어볼까. 나는 개운해진 머리로 오늘의 예정을 계획하기 시작했다.
뒤에서 쿄스케가 의미심장한 표정으로 미소를 지은 것은 눈치 채지 못한 채.

"『축제?!』"
내가 쿄스케 일행이 축제에 같이 가자고 권유했다는 말을 하자, 아멜리아와 요루도 나와 같은 반응을 보였다.
단, 요루는 질렸다는 표정이었고, 아멜리아는 환희에 가득 찬 표정이었지만.
『주공, 혹시 우르크에서 열린다는 미남미녀 콘테스트를 말하는 건가?』
"글쎄? 하지만, 우르크에서 열린다는 말은 했던 것 같은데. ……미남미녀 콘테스트라니, 이 세계에도 그런 게 있어?"
얼굴을 찌푸리는 요루를 보면서 고개를 갸웃거렸다. 반면 아멜리아는 눈을 반짝거리면서 내 손을 잡았다.
"갈 거야?! 가고 싶어!"
유달리 의욕적인 반응을 보이는 아멜리아를 보면서 나는 몸을 뒤로 젖혔다.
"으, 응. 아멜리아가 가고 싶어 할 거라고 생각해서, 일단 가겠다고 대답은 했지만……. 어떤 축제인지 알고 있어?"
"몰라!"
단호한 표정으로 그렇게 내뱉은 아멜리아의 반응에 나는 휘청하면서 몸에 힘이 빠졌다.

"모른다면서 엄청 기뻐 보이네."

"그야 축제잖아? 맛있는 게 잔뜩 있을 거야!"

아아, 역시 아멜리아는 축제보다 먹는 걸 우선하는 건가. 예상했던 대로의 반응이라, 오히려 이해하기 쉬워서 더 귀엽게 느껴진다.

나는 뒷발로 일어서서 머리를 감싸 안은 검은 고양이를 내려다봤다.

『주공, 아멜리아 양, 그건 축제라는 이름의 난투라는 것을 알고 있나? 확실히 노점도 많이 있긴 하지만.』

"가본 적 있어?"

『그래. 그것도 아주 최근에.』

그렇게 말하면서 요루는 미남미녀 콘테스트가 어떤 것인지 설명하기 시작했다.

그의 말에 따르면 축제는 인간족의 영토에서 시작되었으며, 어느새 수인족 영토와 돌아가면서 개최하게 된 축제라고 한다. 콘테스트는 남자 부문과 여자 부문으로 나뉘며, 각자 자신이 나가고 싶은 분야로 나간다. 즉, 남자가 여장을 하고 여자 부문에 출전해도 된다고 하며, 그 반대도 당연히 허용된다.

기본적으로는 인간족과 수인족만 참가하지만, 몇 년 전에는 엘프족이 난입해서 우승한 자가 있었다던가. 그리고 우승자에겐 파격적인 상품을 준다고 한다. 매년 바뀌지만, 작년에는 인간족 영토에 있는 최고급 여관의 자유이용권이었다. 올해는 우르크에서 열리니까, 음식이 상품으로 나올 가능성이 높다고 한다. ……그 말을 하자 아멜리아의 눈빛이 바뀌었다.

"나도 참가할래."

『……주공.』

주먹을 힘껏 쥐는 아멜리아를 보면서 요루가 제발 말려달라는 눈빛으로 날 봤지만, 나는 고개를 가로저었다. 이렇게 되면 아멜리아를 말리기는 어렵다. 아니 불가능하다.

"그건 그렇고, 난투라는 건 무슨 뜻이야?"

만약 위험하다면, 아멜리아에게 미움을 사더라도 가지 않을 것이다.

『……뭐, 남자라는 생물은 어느 세계에서도 추한 것들이니까 말이지……. 매년 우승한 여자가 자신이 생각했던 사람과 다르면 난동을 부리는 자가 나타나기 마련이다.』

아아, 하고 고개를 끄덕였다. 쉽게 상상할 수 있었다.

"아키라, 우승하고 올게."

아멜리아는 얘기를 듣지 않았는지, 콘테스트에 나갈 마음을 단단히 먹고 있었다. 나와 요루를 서로의 얼굴을 바라본 뒤에 한숨을 쉬면서 고개를 저었다.

"아멜리아만큼 아름다운 여자가 또 있을 거란 생각은 들지 않으니, 우승은 확실하지 않을까?"

『……그렇겠지.』

"우르크 축제?"

축제에 같이 가지 않겠느냐고 묻자, 내가 그랬던 것처럼 넋 나간 목소리로 말하는 크로우. 뭐, 혼란스럽긴 하겠지. 마족과 싸우고 목숨이 아슬아슬한 상태로 돌아왔다 싶었는데, 사람 수가 늘어난 데다 그다음 날에는 축제에 같이 가지 않겠느냐는 말을 꺼냈으니까 말이다. 나라면 그런 인간들을 집에 재우는 것도 싫을 것이다.

"……가겠어?"

그렇게 묻자, 크로우는 복잡한 표정을 지으면서 입을 닫았다.

여동생을 죽인 녀석이 있는 저주스러운 땅. 지금까지 왜 복수하려고 하지 않았는지는 모르겠지만, 거기로 가려면 용기가 필요할 것이다.

"진심으로 하는 말인가?"

"진심이야. 아멜리아도 가고 싶어 하고 있어. 원래 먹을 것에는 제정신을 못 차리는 아이니까 말이지."

그렇군, 이라고 중얼거린 뒤 크로우는 어젯밤처럼 허망한 눈으로 공중을 쳐다봤다.

둘만 있는 거실에서 나는 한숨을 쉬었다.

용사 일행은 도시 복구를 도와주러 갔다. 아멜리아와 요루는 질 씨와 함께 나갔다. 아마도 사람이 늘어나면서 식량이 부족해졌기 때문에, 산으로 사냥하러 간 것이겠지. 아직 산을 오르기가 힘든 나와 크로우는 집을 보는 일을 맡게 되었다. 둘만 있는 자리의 침묵을 참지 못하고, 크로우도 가지 않겠느냐고 권유해 본 것이다.

크로우와 요루의 만남과, 크로우의 여동생이 죽은 이야기는 아멜리아로부터 들었다. 나도 여동생이 있기 때문에 조금은 그 마음을 이해할 수 있을 것 같았다. 아무리 자주 싸워도, 입으로는 싫다고 말해도, 그래도 소중한 가족이다. 나와 유이는 거의 같은 타이밍에 어머니의 배에서 나온 사이이기도 해서, 일반적인 남매보다 거리가 아주 가까웠다.

유이는 의사의 실수로 여동생이 된 것이지 사실은 자신이 누나라고 스스럼없이 주장했으며, 지금도 분명 나를 오빠라고 생각하지 않고 있을 것이다. 오빠라고 부르는 표정에는 내키지 않는다는 기색이 역력했으니까 말이지. 하지만 아무리 건방져도 나에겐 귀여운 여동생임이 틀림없다. 만약 유이가 누군가에게 살해당한다면, 나는 절대 스스로를 제어할 수 없을 거라고 생각한다. 어떤 수단을 동원해서라도 그 인간을 후회하게 만들어 줄 것이다.

이건 그저 내 생각이며 크로우도 같은 생각을 하고 있는지는 모르겠다. 하지만 크로우도 비슷하지 않을까.

"……내가 왜 진실을 알면서도 여동생의 복수를 하지 않는지 알고 싶은가?"

크로우는 그렇게 말하면서 꼬리를 흔들었다.

나는 깜짝 놀라면서 크로우를 봤다. 공중에서 정처 없이 흔들리던 시선은 똑바로 나를 향하고 있었다. 하지만, 흑요석 같은 눈동자는 빛을 발하고 있지 않았다.

"네 생각은 눈을 보면 알 수 있다. 포커페이스이긴 하지만, 눈은 입보다 더 많은 것을 말하지."

외모만 보면 질 씨와 그다지 차이가 없는 나이로 보이기 때문인지, 나는 가끔 크로우가 한 세기 이상을 살아온 사람이라는 걸 잊어버리는 것 같았다.

크로우는 고요한 표정으로 입을 열었다.

"이유는 두 가지가 있다. 하나는 동포의 피로 손을 더럽히는 것을, 여동생이 좋지 않게 생각할 테니까. 또 하나의 이유는……."

그렇게 말하면서, 분한 표정으로 주먹을 무릎 위에 떨어트렸다.

"나이 때문에 오랜 시간 동안 싸울 수가 없다. 인간족은 이해가 안 될지도 모르지만, 우리 수인족의 노화는 단번에 찾아오지. 며칠 전까지만 해도 젊은 시절처럼 팔팔하게 움직여도, 다음 날에는 드러눕는 동포도 많다."

그렇군요, 하고 나도 모르게 그런 소리를 뱉었다.

수인족 특유의 노화현상이라고 한다. 처음 알았다.

"개인 차이는 있지만, 내 경우엔 그게 빨랐다. 여동생이 죽고 나서 얼마 되지 않았을 때, 원수를 갚으려고 그람의 정보를 모으는 데 50년 정도의 시간을 들였고 계획을 짰지만 정작 실행하려고 한 날에 노화가 찾아왔지. 젊은 시절에 무모한 짓을 많이 했기 때문에 노화가 빨리 찾아온 거다."

크로우는 자조하는 듯한 미소를 지었다.

듣자 하니 그람은 어지간히도 악운이 강한 모양이다. 그게 아니면 크로우의 운이 너무 없거나.

"리아의 지팡이, 그건 내가 만든 것이다. 그 아이가 왕족으로

받아들여지기 한참 전, 장래의 수호자를 위해서 만들어낸 것이며 내가 만든 것 중에서 내심 가장 잘 만들어진 지팡이로 생각하고 있다. 그 지팡이에는 특별한 마석을 사용했으며, 그게 너희의 위기를 알려 주었지. ……도우러 갈지 어떨지는 상당히 망설였지만."

그렇다면, 우리의 목숨을 구해준 은인은 크로우와 리아가 되는 건가. 왕족이 되기 전부터 아는 사이였을 줄이야……. 어떤 관계일까?

"널 구해준 것에는 이유가 있다."

크로우와 리아의 관계를 생각하고 있으려니, 크로우가 진지한 표정으로 그렇게 말하면서 날 봤다.

얼굴은 똑바로 나에게 향해 있지만, 아까와는 달랐으며, 그 눈에는 이상한 빛이 깃들어 있었다.

나는 그 빛을 느끼면서 숨을 죽였다.

"……뭐지?"

무슨 말을 할 것인지 예측이 안 되는 바람에, 당혹해 하면서 물었다.

크로우는 눈빛을 그대로 유지하면서, 입가에 옅은 미소를 지었다.

"……――."

며칠 후, 결국 우리는 여행을 가는 기분으로 우르크까지 왔다.

그렇다. 오고 만 것이다.

축제가 개최되는 곳은 수인족 영토의 최대 국가인 우르크에서도 가장 큰 도시였다. 분명, 이름은 마리라고 했던 것 같다. 이 축제를 위해서 광장에 큰 무대를 설치했다고 하는데, 마법을 통해 우르크의 다른 도시에서도 무대를 볼 수 있다고 한다. TV 중계 같은 걸까.

마리뿐만이 아니라, 우르크 전체가 아직 낮임에도 불구하고 활기가 넘쳤다. 길의 양쪽 가장자리에는 노점이 줄줄이 있었고, 놀랍게도 인간족이 세운 노점 역시 많이 있었다.

하지만, 아무리 그래도 이건 사람이 너무 많은 것 아닌가. 아직 마리에 들어가지도 않았는데, 수인족이랑 인간족이 뒤섞여서 밀고 밀릴 정도로 붐비는 상태였다. 마리는 주민과 참가자 이외에는 출입금지라고 한다. 뭐, 이렇게 많은 수의 사람들을 보면 납득이 된다.

사람들 중에는 콘테스트에 참가하려는지 잔뜩 신경 쓴 의상을 입은 사람도 간간이 보였으며, 인파에 질렸는지 길가로 피신한 사람도 있었다.

"저기 봐, 아키라!! 먹어본 적이 없는 것들이 잔뜩 있어!"

그중에서도 우리 일행은 너무나 많은 시선을 모으고 있었다.

크로우는 인파 속을 걷는 걸 싫어해서 우리와 떨어져 질 씨와 함께 행동했기 때문에, 같이 있는 사람은 용사 파티와 우리뿐이었다.

우리가 주목을 받는 이유는 평소에도 시선을 모으는 아멜리아가 양손 가득히 먹을 걸 들고, 마치 어린아이처럼 들떠 있기 때문이었다. 하지만 놀랍게도 아멜리아가 아니라 날 보는 시선도 많았다. 무슨 이유인지 몰라서 고개를 갸웃거리고 있으려니, 몇 미터 떨어진 장소에서 들려온 목소리를 듣고 이해했다.

"……저 사람, '어둠의 암살자(사일런트 어새신)' 님 아냐?"

"뭐어? 말도 안 돼애! 그냥 전해지는 이야기 아니었어?"

"마물을 순식간에 해치웠대! 사인 받을 수 있을까?"

사인 같은 건 없어.

아니, 암살자가 얼굴이 다 알려진 것도 모자라서 유명인이 되다니, 이래도 되는 거야? 그 전에 어떻게 날 알아보는 거지? 역시 검은 머리에 검은 눈을 가진 사람이 드물기 때문일까. 이 세계에는 거의 없다고 하니까 말이지.

"……아키라, 너, 유명인이었냐? 나도 사인 받아도 될까?"

나는 옆에서 걸어가는 쿄스케의 말을 듣고 낮게 신음했다. 이럴 때 무표정한 쿄스케의 말은 가슴에 아프게 박힌다.

"사인 같은 건 없어. 아니, 그러지 말고 날 좀 숨겨 줘."

"그래? 그럼 그렇게 하지."

내 앞으로 이동해 준 쿄스케의 몸 뒤에 숨어서 걸었다. 하지만 완전히 숨을 수는 없었다.

"말을 걸어볼까?!"

"그래! 그러자!"

"나도 갈래!!"

"……제발 좀 봐줘."

다시 들려오는 목소리를 듣고, 나는 낮게 읊조리면서 얼굴을 찌푸렸다.
『기척을 지우는 게 어떨까? 주공. 아무리 주공이라고 해도 다 대처하지 못할 거다.』
아멜리아의 어깨 위에 앉아 있던 요루의 말을 듣고 고개를 끄덕였다. 『기척은폐』를 쓰는 건 좋지만, 단 한 가지 문제점이 있었던 것이다.
"아멜리아는 너에게 맡기겠어."
『알았다.』
만원전차 급의 인구밀도였기 때문에, 기척을 숨기고 있으면 다른 사람과 부딪친다. 나는 어쩔 수 없이 나란히 서 있는 노점 위를 걸어가야 하겠지만, 정작 중요할 때 아멜리아 근처에 있어 줄 수가 없는 것이다.
아까부터 아멜리아에게 말을 걸려는 인간들도 많았기 때문에, 사실은 곁을 떠나고 싶지 않았지만.
'아들레아의 악몽' 건 때문에 검은 고양이를 두려워하는 수인족은 어깨 위에 있는 요루 덕분에 오히려 거리를 두면서 멀어졌지만, 인간족은 음흉한 표정을 지으면서 다가오고 있었다.
"쿄스케, 잠시 떨어져 있을 테니까, 나 대신 아멜리아를 좀 봐줘. 말을 거는 녀석이 있으면 날려버려도 괜찮아."
"알았어."
고개를 끄덕이는 쿄스케에게 잘 부탁한다며 맡긴 후에, 나는 『기척은폐』를 발동했다.
내게 말을 걸려던 아가씨들의 반응을 보고 날 인식하지 못하는 걸 확인한 뒤, 노점의 지붕 위로 올라갔다.

일본의 노점과는 달리 나무로 튼튼하게 만들었기 때문에 발로 밟아도 괜찮았다.

축제를 위해 국가 차원에서 그렇게 만들도록 선도한 것이겠지.

"아! 사격 놀이가 있데이!!"

잠시 걸어가고 있으려니, 우에노가 노점 하나를 보고 환호성을 질렀다.

역시 일본의 사격 놀이와 완전히 똑같진 않았으며, 바람 마법을 써서 누구라도 즐길 수 있는 방식이었다.

나무판 같이 생긴 마법 도구로 경품을 겨눠서 마력을 보내면 바람 마법이 발사된다. 잘 맞춰서 경품이 떨어지면 받을 수 있다고 한다. 마법의 컨트롤과 정밀도가 필요해 보인다.

"오! 아가씨, 한번 해 보겠나?"

"할래. 해 볼란다!"

노점 아저씨의 말을 듣고 우에노는 눈빛을 반짝거리면서 돈을 지불했으며, 마법 도구를 받았다.

"좋아! 아멜리아, 뭐 갖고 싶은 거 있나?"

"그럼, 저 과자를 받고 싶어."

축제 분위기에 영향을 받았는지, 이상하게 흥분한 우에노와 아멜리아. 그건 그렇고, 언제 그렇게 친해진 거야?

그러고 보니, 나와 크로우가 집을 지키고 있던 날에 다른 사람들은 제각각 다른 곳으로 나갔지만, 돌아올 때는 함께 왔다. 그때 친해진 걸까.

뭐, 어쨌든 아멜리아가 즐거워 보이니까 괜찮으려나. 저렇게 보여도 왕녀님이니까, 친구 같은 사람은 없었을 테고.

"잘 겨냥해, 우에노."

"알고 있데이! ……이얍!! 오!"

경품이 떨어지는 소리와 함께 아멜리아의 얼굴에 기쁨이 퍼졌다.

"봐라, 봐라! 땄데이!"

"제법인데, 아가씨……. 좋아! 이것도 같이 주지!"

"오오! 아저씨, 고마워요오!"

우에노한테서 경품인 과자를 받은 아멜리아는 정말로 기쁜 듯이 웃고 있었다.

그 표정을 보고 나도 가늘게 눈을 떴다. 이런 모습을 보니, 축제에 오길 잘했다는 생각이 들었다.

피비린내 가득한 일상을 잊을 수 있을 것 같았다.

흥미가 생기는 노점에 들러보면서, 콘테스트 장소인 마리에 도착했다.

아멜리아가 먹어본 적 없는 음식을 파는 노점에서 걸음을 멈췄고, 우에노랑 와키가 게임 노점에서 시간을 잡아먹는 바람에 콘테스트 시간에 아슬아슬하게 도착하고 말았다. 사실은 좀 더 여유 있게 도착할 예정이었는데 말이지.

……그건 그렇고, 위에서 보면서 생각한 것인데 아멜리아의 위장은 블랙홀 같은 게 아닐까. 두 손으로 들고 있던 음식은 누

구의 도움도 받지 않고 아멜리아에게 흡수되었으며, 아멜리아에게 말을 걸려고 했던 남자들이 알아서 물러갈 정도로 노점에서 음식을 계속 사고 있었다. 내가 부탁했기 때문인지, 아멜리아 옆을 지키듯이 서 있던 쿄스케의 표정도 약간 질린 것처럼 보였다.

"늦었군."

마리까지 오니 그렇게 복잡하게 얽혀 있던 사람들의 수가 줄면서 시야가 트였다.

그 자리에 있는 건 콘테스트에 출전할 사람과 동행인 사람뿐이었다.

딱히 커다란 게이트도 없었기 때문에 출전하지 않는 사람도 몇 명 있을 거라 생각했는데, 마리에는 노점이 별로 없기 때문인지 콘테스트 관계자 이외의 모습은 보이지 않았다. 그래도 사람들은 엄청 많이 있었지만, 앞에서 걸어오는 크로우와 질 씨를 알아볼 수 있을 정도로는 공간이 있었다.

"응, 괜찮잖아. 축제인걸. 하고 싶은 대로 마음껏 노는 거잖아?"

가장 즐기고 있던 아멜리아가 들고 있던 음식의 마지막 한 조각을 입에 넣고 삼키면서 말했다.

나는 아멜리아 옆에 착지하면서 『기척은폐』를 해제했다.

"어쨌든 콘테스트 회장으로 들어가자. 여기 있으면 시선을 너무 모아."

갑자기 나타난 나를 보는 용사와 다른 아이들의 놀라움이 담긴 시선을 느끼면서, 콘테스트의 참가 접수를 받고 있는 곳으로 가자고 재촉했다.

현재 아멜리아는 아무것도 먹지 않고 있는지라, 식탐 뒤에 가려져 있던 미모가 그대로 드러나 있었다.

그렇기 때문에 조금 전부터 콘테스트 출전자로 보이는 여성들의 절망적인 시선과, 그런 여성들과 동행해 마리에 들어온 것으로 보이는 남자들의 뜨거운 시선이 아멜리아에게 꽂히고 있었다. 본인은 주목을 받는 것에 익숙하기 때문에 아마 대수롭지 않게 생각하고 있겠지만, 아멜리아와 함께 온 내 입장에선 도저히 허용할 수 없었다.

"……그건 그렇고, 누가 나갈 거야?"

일단 확인을 위해서 물어보니 아멜리아, 호소야마, 우에노, 용사가 손을 들었다.

"이건 좀처럼 없는 기회 아이가? 재밌겠다 싶어서 함 참가해 볼라꼬!"

"원래 모델 쪽에 관심이 있었거든."

"상품 획득 확률이 세 배로 늘어났네."

기운차게 말하는 우에노와 모델 체형인 호소야마는 그렇다고 쳐도, 상품밖에 관심이 없는 아멜리아는 과연 어떨까. 더구나 우에노랑 호소야마가 우승을 해도 상품은 자기가 받을 마음을 단단히 먹고 있었다.

앞의 세 사람을 돌아보다가 용사까지 힐끗 봤더니, 용사는 쑥스러운 표정으로 코 밑을 문지르고 있었다.

"나, 나도 관심이 있었으니까! 그리고 남자 부문도 상품이 나온다고 하니, 만약 먹을 걸 받으면 아멜리아 씨에게 줄 거야."

그 말을 듣고 눈을 빛내는 아멜리아.

"정말?!"

"으, 응."

아멜리아의 식욕에는 용사도 쓴웃음을 지으면서 어쩔 줄 몰라 했다.

우리가 참가 접수를 할 차례가 되었다.

"그럼, 여기에 출전하실 분의 성명을 적고, 신분을 확인할 수 있는 것을 제시해 주세요. 동행분도 같은 절차를 밟아 주세요."

접수처 여직원의 말에 따라 모두가 모험가 길드의 인식표를 보여줬다. 가장 빠르게 알아볼 수 있는 신분증이다. ……그건 그렇고 이름을 기입하고 신분증을 제시하기만 하면 된다니, 의외로 경비가 허술한데?

접수처 여직원이 한 명씩 확인하는 중에, 아멜리아의 인식표를 보고 굳어 버렸다.

"아, 어? 저저, 저기, 잠시만 기다려 주세요!"

뭐, 엘프족의 왕녀가 왔으면 당연히 그렇게 되려나.

당황한 표정으로 상급자를 부르러 간 접수처 직원의 뒷모습을 보면서 그렇게 생각했다.

수인족 영토에선 아멜리아의 미모가 바로 주목을 받았지만, 아멜리아가 엘프족의 왕녀라는 것을 알아차린 자는 없었다. 엘프족은 원래 포레스트 대륙에 틀어박혀 있었으니 지명도는 낮을지도 모르겠군. 이름과 직업은 널리 알려져 있는 것 같았지만.

"오, 오래 기다리셨습니다, 아멜리아 왕녀님."

잠시 후에, 접수처 직원 대신 책임자로 보이는 자가 당장에라도 손을 비비면서 아부를 할 것 같은 자세로 다가왔다.

애써 미소는 짓고 있었지만, 아멜리아를 감정하려는 듯이 번들거리는 시선을 이리저리 움직이고 있었다.

"정말 무례한 질문이라는 건 알고 있습니다만, 엘프족의 왕녀라는 신분을 증명할 수 있는 걸 더 가지고 있진 않으신지요? 경비를 해마다 강화하고 있습니다만, 온갖 수단을 동원하여 다른 사람 행세를 하는 자들이 늘어나고 있는지라……."

즉, 이 아멜리아가 정체 모를 뜨내기가 변장한 가짜가 아닌지 의심하고 있는 것 같았다.

외모만으로 자웅을 겨루는 장소인데, 지명도가 필요한가?

"그런 짓을 해서 의미가 있나?"

쿄스케도 같은 생각을 했는지, 고개를 갸웃거리면서 남자를 봤다. 이마에 식은땀을 잔뜩 흘리면서 미소 짓던 남자는 헤실헤실 웃었다.

"네, 네에, 저희도 이상하게 생각하긴 합니다만, 콘테스트를 진행할 때 한 명씩 이름을 부르기 때문에 이름의 지명도가 높으면 주목을 받는단 말이죠."

이렇게 많은 사람들을 한 명씩 보는 관객들도 힘들겠지만, 이름을 부르는 운영진 측도 많이 힘들겠군.

"그렇구나. 이거면 될까?"

아멜리아가 내민 것은 린가에게 전해 달라고 엘프족의 왕이 들려 보낸 편지봉투였다. 뒷면에 있는 봉랍에는 엘프 왕의 문장이 찍혀 있었다. 내가 모르는 사이에 린가로부터 봉투를 돌려받은 모양이었다.

그걸 본 순간, 남자는 안색이 바뀌면서 머리를 숙였다.

"저, 정말로 큰 무례를 범했습니다! 부디 편안하게 즐겨 주십시오!"

콘테스트는 남녀 부문이 동시에 진행되었다.

물론 용사가 출전한 남자 부문에는 눈곱만큼도 흥미가 없었기 때문에 여자 부문만 볼 생각이지만, 아무래도 용사와 다른 아이들은 뭔가를 숨기고 있는 것 같았다.

다른 아이들보다 오래 알고 지낸 사이이긴 하지만 나 이상으로 포커페이스인 쿄스케는 무슨 말을 해도 표정이 바뀌지 않는다. 무슨 생각을 하고 있는지 전혀 알 수가 없었다.

하지만 알아보기 쉬운 아이들…… 특히 우에노와 와키는 콘테스트 시작 시간이 다가올수록 어딘가 불안한 모습을 보이게 되었다.

"그럼 슬슬 다녀올게."

남자 부문은 조금 떨어진 안쪽에서 진행된다고 한다. 원래 인기가 없었던 데다, 모인 자들도 대부분 명성보다 상품을 노리고 있기 때문이겠지. 다른 도시에서 방영되는 콘테스트의 내용도 여자 부문이 메인이라고 했던 것 같은데.

"잘 다녀와."

와키와 나나세와 츠다는 용사를 응원하러 가는 건지 그 뒤를 따랐다. 그 네 명을 여자와 쿄스케가 배웅했다.

……뭔가가 마음에 걸린다. 뭐가 마음에 걸리는지 생각할 틈도 없이, 모두의 시선이 입구 쪽으로 향했다.

"그으러어니이까아!! 내 이름은 라스티라고! 마족이라고 했잖아! 콘테스트에 참가하러 왔다니까!!"

후드를 덮어쓴 여자가 입구에서 뭐라고 소리치고 있었다. 큰 소리로 내뱉은 말을 듣고, 머릿속으로 소화하다가 굳어 버렸다.

"……마족?"

이렇게 당당하게? 확인하기 위해서 아멜리아의 어깨에 앉아 있는 요루를 보니, 입을 떡하니 벌린 채 굳어 있었다.

여자는 굳어버린 주변 사람들의 반응을 알아차리지 못한 채, 후드 안쪽에서 힐끗 보이는 보라색 눈을 날카롭게 치켜뜨면서 주먹을 하늘로 쳐들었다.

그 몸짓은 어딘가 어린아이 같았다.

"대체 뭐야!! 인간족도 수인족도 있고 저기엔 엘프족의 왕녀도 있는데, 마족인 나는 안 된다는 거야?! 이건 차별이거든!"

차별은 해선 안 된다고 아버지가 말했다며, 아까보다 더 심각하게 식은땀을 흘리고 있는 책임자에게 그렇게 따지고 있었다.

"저, 저기……."

겁을 먹은 태도로 식은땀을 흘리며 주변을 둘러보는 남자와 눈이 마주치고 말았다. 책임자이면서 도움을 요청해도 되나 하는 생각을 했지만, 엘프족 왕녀가 온 것만으로도 이미 한계가 온 사람에게 해결을 바라는 것도 소용없는 짓이겠다 싶어서 한숨을 쉬었다.

"요루, 가자."

『주, 주공?』

요루의 목덜미를 붙잡고 입구 쪽으로 다가갔다.

잘 보니 책임자인 남자는 토끼 수인족이었다. 흰머리라고 생각했었는데, 이제 보니 축 늘어진 하얀색 귀였던 모양이다. 토끼는 기가 약하다는 이미지가 있는데, 용케도 책임자가 되었군. 뒤에서 보니, 바들바들 떠는 흰 꼬리가 꼬리뼈 근처에 있는 것이 보였다. ……뚱뚱한 남자에 토끼 귀……. 수요는 전혀 없겠군.

"무슨 일이지?"

요루를 손에 든 채 말을 걸었다. 토끼의 눈이 빛난 것 같았다.

"거기 너, 넌 마족이 출전하면 안 된다고 생각해?? 네가 안 된다고 한다면 나도 포기하겠어."

토끼가 무슨 말을 하기 전에 후드를 쓴 마족이 내 손을 잡으면서 말했다. 너무 가까운 거리였기 때문에, 아멜리아보다 커 보이는 가슴이 눈에 바로 들어왔다.

뒤에서 아멜리아의 살기가 느껴지는 것 같았다.

"……상관없지 않을까?"

동그랗게 부푼 가슴으로부터 시선을 돌리면서 말하자, 후드를 쓴 마족은 두 손을 들어 올리면서 기뻐했다. 내 옆에서 토끼가 놀라면서 눈을 크게 떴다.

“하, 하지만……! 이 콘테스트에 마족이 출전하는 건 처음 있는 일이라서…….”

“전례는 만들면 돼. ……그리고 이 녀석의 실력 정도면 나중에 난동을 부려도 내가 제압할 수 있어.”

스킬『위기감지』도 반응하지 않았으며, 발산하는 마력도 비전투원이 버텨낼 수 있는 수준이었다. 만일 난동을 부려도 나 혼자의 힘만으로 제압할 수 있는 데다, 진짜 실력을 재주껏 감추고 있었다고 해도 마히로보다는 강하지 않을 테니까 크로우의 도움을 받도록 하자.

“와, 왕녀님의 동행이신 분이 지켜 봐주시겠다면야……. 하지만마, 만일의 경우 저희는 책임지지 못할 수도 있습니다…….”

그렇게 말하고 토끼는 물러났다.

“그렇게 되었으니까 너는 나와 함께 움직여야겠어. 알았지?”

후드를 쓴 마족은 보라색 눈을 빛내면서 고개를 힘차게 끄덕였다.

아울룸 트레이스나 마히로 아베와는 분위기가 너무 달랐고, 정말로 마족인지 확신이 가지 않는지라 저절로 고개가 갸웃거릴 거 같았다. 어린아이 같은 면은 아울룸과 통하는 게 있긴 하지만, 아울룸처럼 잔혹한 면이 없었다.

“물론이지! ……어라—? 너, 엄청 낯이 익은 고양이인데.”

그제야 내 손에 들려 있는 요루의 존재를 알아차렸다.

『……오, 오랜만에 뵙습니다. 라티스네일 님.』

그렇게 말한 요루를 보고 나는 놀라서 눈을 크게 떴다.

요루는 마왕의 오른팔이므로, 꽤나 높은 지위에 있었을 것이다. 그런 요루가 존댓말을 쓰는 것도 모자라서 님이라는 호칭으로 부르는 상대. 아무래도 평범한 마족은 아닌 것 같은데.

"응응, 넌 블랙캣 군 맞지—? 이런 데서 뭘 하고 있는 거야?"

라티스네일의 말을 듣고 요루의 시선이 좌우로 흔들렸다.

『아아, 저기…… 그러니까…….』

그런 요루의 반응을 본 보라색의 눈이 단번에 가늘어졌고, 악질적인 장난을 생각해 낸 어린아이 같은 표정을 지었다.

"흐으으응~ 그 블랙캣이 순순히 죽진 않았을 거라고 생각했지만, 설마 인간족과 계약을 맺었을 줄이야…… 아버지는 이 일을 알고 계셔?"

아버지? 내가 고개를 갸웃거리는 것과 동시에, 요루는 씁쓸한 표정으로 고개를 끄덕였다. 라티스네일은 내 얼굴을 힐끗 본 뒤에 요루의 머리를 마구 쓰다듬었다.

"그렇구나~! 그럼 나는 아무 말 안 할게. '우리, 처음 보네', 네 이름은 뭐니?"

나는 완전히 안중에도 없는 상태가 되었지만, 요루가 안도했다는 것은 알 수 있었다. 그 모습이 사란 단장에게 휘둘리고 있던 질 씨의 모습과 겹쳐 보였다.

『처음 뵙겠습니다, 제 이름은 요루. 주공의 시종마입니다.』

" '요루' 란 말이지. 좋은 이름이잖아."

『황송합니다.』

내 눈앞에서 새삼스럽게 첫인사를 나눈 두 사람은 지금 막 떠

올린 것처럼 동시에 날 쳐다봤다.

"……자, 모처럼의 축제야. 너도 함께 즐겨야지?"

씨익 웃은 라티스네일에게 손을 붙잡힌 채 끌려가면서, 요루에게 설명을 요구하는 염화를 보냈다.

그러자, 요루는 아주 조금 얼굴을 찌푸리면서 날 쳐다봤다.

『나중에 차근차근 설명하겠다. 아멜리아 양도 같이 있는 자리에서.』

아멜리아는 볼을 뾰로통하게 부풀린 채 아까부터 미동도 하지 않았다. 그런 아멜리아에게 나는 쓴웃음을 지었다.

"기분 풀어, 아멜리아."

그렇게 말하자 아멜리아는 고개를 다른 쪽으로 휙 돌리고 말았다. 아마도 날 끌고 다니는 라티스네일이 마음에 들지 않는 것 같다.

"딱히 기분 상하진 않았어. 아키라가 맥을 못 추는 모습이 마음에 들지 않는 것뿐이야. 저 아이 자체는 첫인상이 좋은걸."

"내가? 그럴 리가 없잖아. 괜한 오해야. ……라티스네일이 마음에 들었어?"

아멜리아는 고개를 갸웃거리다가 끄덕였다.

"저 아이는 마족인데도 불쾌한 느낌이 안 들어. ……그리고, 아키라는 저 아이의 스테이터스를 봤어?"

나는 그런 방법이 있었다는 생각을 뒤늦게 하면서 손뼉을 쳤다.

『세계안』을 자주 사용하지 않겠다고 맹세했기 때문인지, 그게 아니면 스테이터스 자체를 자주 확인하지 않기 때문인지, 혹은 전투 중이 아니라서 방심하고 있었던 건지, 『세계안』이라는 편리한 엑스트라 스킬이 있다는 것조차 잊어버리고 있었다.
나는 즉시 『세계안』을 발동해서 라티스네일의 스테이터스를 봤다.

라티스네일
종족 : 마족
직업 : 물 마법사 & 불 마법사 Lv.57
생명력 : 33000/33000
공격력 : 38500
방어력 : 33000
마력 : 44000/44000
스킬 : 물 마법 Lv.6, 불 마법 Lv.6, 매료 Lv.8
엑스트라 스킬 : 마력조작, 마력차단

"…………."
스테이터스를 보고, 나는 자신도 모르게 눈을 문지르고 싶어졌다.
아울룸 트레이스의 스테이터스를 봤을 때는 압도적인 마력과 힘을 느낀 뒤였기 때문에, 그 수치에 놀라긴 했어도 왠지 모르게 납득은 하고 있었다. 하지만 라티스네일 같은 경우는 전혀 예상하지 못한 곳에서 공격을 받았다고 할까, 역시 사람은 외모나 첫인상으로 함부로 단정해선 안 된다는 것을 실감했다.

설마 다른 콘테스트 출전자들에게 방긋방긋 웃으면서 손을 흔들고 강자의 기운은 전혀 느껴지지 않는 저 여자가, 전에 고전했던 아울룸 트레이스보다 레벨은 낮아도 종합적인 스테이터스로는 더 높다니. 그런 생각은 쉽게 할 수 없을 것이다. 살기의 시옷 자도 느껴지지 않았다. 엑스트라 스킬 『마력차단』 덕분인지, 마족 특유의 그 폭풍우 같은 마력도 느껴지지 않았다. 아멜리아의 말을 듣지 않았으면 알아차리지 못할 뻔했다.

"역시 아키라도 『세계안』을 쓰는 버릇을 들여야 해."

따끔하게 어린아이를 꾸짖는 듯한 표정으로 내 얼굴을 들여다보는 아멜리아로부터 시선을 돌렸다.

"그래도 말이지……."

확실히 『세계안』은 편리하다. 상대의 스테이터스를 훔쳐볼 수 있는 것은 이 세계에선 특히 더 유리할 것이다.

하지만……. 나는 그렇게 생각하면서 얼굴을 찌푸렸다.

처음으로 『세계안』을 발동한 날의 일은 잊을 수가 없었다. 모든 것을 선명하게 떠올리지는 못하지만, 그래도 가끔 꿈에 나타난다. 땅바닥에 쓰러진 채 전혀 움직이지 않는 쿄스케와 용사, 다른 아이들. 그 한가운데에 혼자 서 있는 나. 그게 무엇을 뜻하는 것인지 아는 것이 두렵다. 정말로 미래에 일어날 일일까. 그렇지 않으면 가능성 중 하나인 걸까. 진지하게 『세계안』을 쓰면 아마도 바로 알 수 있겠지. 하지만 만약 내가 쿄스케랑 다른 아이들에게 해를 입힌다는 결과가 나온다면, 나는 그걸 버텨낼 수 없을 것이다.

"……아키라와 나는 『세계안』으로 보는 것이 다르니까, 아키라가 뭘 보고 뭘 불안하게 생각하고 있는지는 모르겠어. 하지만 저 아이처럼 실력을 감춘 상대에게도 똑같이 대응했다간 아키라는 위험해져."

확실히 그 말이 옳았다.

진정한 실력을 알게 된 지금이니까 이런 생각을 하는 거지만, 만약 라티스네일이 난동을 부린들 내 힘으론 막을 수 없을지도 모른다. 이 자리에는 크로우가 있으니까 어떻게든 막겠지만, 만약 크로우가 없을 때 과연 나는 저 여자를 막을 수 있을까.

"……받아들이지 말 걸 그랬네."

넌지시 중얼거리자, 아멜리아는 고개를 저었다.

"아키라는 올바르게 행동했어. 그 자리에서 수습하지 않았다면 정말로 난동을 부렸을지도 모르니까. 하지만 내가 하고 싶은 말은, 상대의 역량을 정확히 알 수 있는 눈이 있으니 그걸 활용해야 한다는 뜻이야."

조용하게 흔들리는 아멜리아의 붉은 눈에 자애로운 빛이 반짝였다. 마치 어머니 같았다.

"알았어. 다음부턴 처음 만나는 사람의 스테이터스를 제대로 확인할게."

순순히 그렇게 말하자, 아멜리아는 고개를 끄덕이더니 어린아이를 칭찬하듯 내 머리를 쓰다듬었다. 신장 차이가 있었기 때문에 바들바들 떨면서도 까치발로 발돋움하는 모습이 너무나 귀여웠다.

『……어흠…… 주공, 아멜리아 양, 잠시 괜찮을까?』

둘만의 분위기가 만들어졌을 때, 헛기침을 하면서 요루가 끼어들었다. 도움닫기도 하지 않고 내 어깨에 올라탔다.

그러고 보니 라티스네일에 관해서는 나중에 설명하겠다고 말했었지.

"그래서? 저 후드를 쓴 마족은 정체가 뭐야? 요루가 존댓말을 쓸 상대는 몇 안 될 거라고 생각하는데."

요루는 고개를 끄덕였고, 라티스네일 쪽을 힐끗 보면서 입을 열었다.

『그분…… 라티스네일 님은…… 단적으로 말하자면, 마왕님의 딸이다.』

그렇구나…… 하고 고개를 끄덕이려다가 멈췄다.

방금 뭐라고 말했지? 마왕의 딸? 저 아이가?

"……스테이터스를 보면 납득이 가지만, 전혀 그렇게 안 보여."

아멜리아의 솔직한 감상에 동의했다.

마력이 거의 느껴지지 않기 때문인지, 그렇지 않으면 천진난만함을 그림으로 그려낸 것 같은 언동 때문인지, 마왕의 딸이라는 생각은 들지 않았다. ……딸이 있었다는 것부터가 의외지만.

『뭐, 라티스네일 님은 마왕님과 성격이 안 맞아서 자주 싸우곤 하셨지. 이번에도 마왕님과 싸우고 가출하셨을 것이다. 그리고…… 라티스네일 님은 전체적으로 마왕의 딸에 어울리지 않는 성격을 가지고 계시기든.』

보면 알 것 아니냐고 대놓고 확실하게 말하진 않았지만, 일단 라티스네일이 생각했던 것보다 마족답지 않다는 것은 알 수 있었다. 아니, 대륙을 넘어온 것이 가출의 범위에 들어가는 걸까. 마족은 가출의 레벨도 다른 건가?

『어쨌든 라티스네일 님 앞에서 거짓말을 하거나, 차별적인 용어를 말하지 않았으면 그걸로 된 거다. 저분은 그 두 가지를 특히 싫어하시니까.』

그러고 보니, 조금 전에도 차별은 해선 안 된다고 소리쳤지. ……아버지가 차별은 해선 안 된다는 말을 했다고 한 것 같기도 하고. 아버지가 그런 말을 했다는 건 마왕이 그런 말을 했단 말인가? ……불과 몇 분 만에 마왕의 인상이 확 바뀔 것 같은데. 상상과 전혀 달랐다.

아연실색하면서 나는 고개를 끄덕였다.

"잘 알았어. 쿄스케랑 다른 아이들에게도 말해 둘게."

『부탁하마, 주공. 아멜리아 양 곁에는 내가 늘 같이 있겠다. 라티스네일 님의 기분을 거스르지 않도록 주의해라.』

그렇게 말하면서 요루는 내 어깨에서 아멜리아의 어깨로 뛰어서 옮겨 탔다. 라티스네일로부터 도망칠 생각이로군.

제2장 미남미녀 콘테스트

Side 오다 아키라

정신을 차려 보니 콘테스트는 이미 시작했다. 아멜리아나 라티스네일, 용사 파티의 여자애들도 거의 마지막에 참가 신청을 했기 때문에 이름도 후반부에 불릴 것이라고 한다.

나는 옆에서 열심히 떠들어대는 라티스네일을 돌보면서 멍하니 스테이지 위를 쳐다보고 있었다.

수인족이랑 인간족뿐이지만 꽤 괜찮은 미인들이 모여 있었다.

매일 아멜리아의 비모를 보고 있기 때문인지 그 이상의 감상은 나오지 않았지만, 경쟁할 만큼 아름답기는 했다. 뭐, 아멜리아 쪽이 상대가 안 될 정도로 더 아름답지만.

……아니, 아직 한 명 얼굴을 보지 못한 사람이 있었다.

"……그러고 보니 넌 후드를 벗지 않는 거야?"

나와 거의 같은 위치에 있는 시선을 보면서 물어보자, 라티스네일은 으음~ 하고 고개를 갸웃하더니, 보라색의 눈을 가늘게 좁혔다.

"응, 모처럼 큰 무대에 참가하는 거니까, 모두를 깜짝 놀라게 만들고 싶어! 처음부터 얼굴을 드러내면 내가 우승할 거라는 걸 다들 알아 버리게 되잖아?"

즉, 자신의 얼굴에 자신이 있는 모양이다.

아멜리아의 미모를 보고도 그런 말을 할 수 있다는 건, 라티스네일이 정말로 아멜리아를 이길 수 있는 수준의 미모를 가지고 있다는 걸까. 그게 아니면 단순한 자의식 과잉인 걸까. 이 아이라면 후자일 경우도 있을 것 같아서 두렵다. 하지만 전자라면 꼭 한번 보고 싶다.

"뭐야, 뭐야? 오빠, 나한테 관심이 생겼어? 저 엘프 왕녀님보다 내가 더 좋아진 거야?"

히죽히죽 웃는 라티스네일을, 까불지 말라는 뜻을 담아서 살짝 쥐어박았다.

비록 아멜리아보다 아름다운 자가 이 세상에 있다고 해도, 나는 얼굴만 보고 아멜리아를 좋아하게 된 것이 아니니까, 라티스네일을 좋아하게 될 일은 만에 하나라도 불가능하다.

"쳇, 너희 사랑은 눈이 부시네. 요루 군은 용케도 지금까지 그런 걸 보면서 참았구나."

다분히 의도적으로 혀를 차는 라티스네일을 보면서, 나는 쓴웃음을 지었다.

Side 아사히나 쿄스케

콘테스트는 순조롭게 진행되었으며 내 초조함도 점점 늘어만

갔다. 갑자기 나타난 마족 때문에, 아멜리아 왕녀를 지키면서 그람의 악행을 밝히려는 우리의 계획은 예정과 다르게 돌아가기 시작하고 있었다.

계획의 내용은 다음과 같다. 확실하게 우승을 목표로 하되, 아멜리아 왕녀가 우승하면 그람이 호위하겠다고 할 테니 그 부분을 나와 여자들이 맡는다. 만약 우승할지도 모르는 사토 쪽은 와키와 츠다, 나나세가 동행한다. 사실상 더 중요한 아멜리아 왕녀 쪽 경호가 부족하게 보일지도 모르지만, 여차하면 이쪽에는 아키라와 요루도 있으니 전력 면에선 나무랄 데가 없다.

경계해야 할 것은 그람이라는 길드 마스터의 부하들이다. 츠다가 입수한 정보에 따르면 그람의 부하들은 다들 우르크의 문장을 어딘가에 달고 있다고 한다. 아키라가 알아차리지 못하게 주의하면서, 혈안이 되어 우르크의 문장인 동그라미 위에 새겨진 세 개의 발톱 자국을 찾고 있으려니 라티스네일이라는 마족이 나타난 것이다.

그람이 마족과 연결되어 있을 것이라는 소문은 사실이었던 모양으로, 경계해야 할 대상이 한 명 더 늘어난 것만으로도 머리를 감싸 쥐고 싶을 지경인데 아키라는 그 마족을 전혀 경계하지 않았다. 거짓말과 차별 발언을 하지 않으면 괜찮다는 말을 들었지만 나는 마족을 신용하지 않는다.

요루에게 물어봤는데, 우리가 배를 타고 수인족 영토로 가고 있을 때 아멜리아 왕녀가 마족에게 납치를 당했고, 탈환하기 위해서 쫓아간 아키라는 죽기 직전의 위기에까지 몰렸다고 한다.

크로우 씨가 제때 도착하지 않았으면 정말로 죽었을지도 모른다고 했었지.

아키라는 한 번 죽을 뻔했는데도, 지 마족에게 마음을 열고 있다. 너무 위험하다.

몇 번인가 충고를 하자고, 얘기를 해 주자고 생각했지만 마족이 아키라 옆에 찰싹 붙어 있는지라 얘기를 할 수가 없었다.

"저 마족, 참말로 괜찮은 기가?"

"츠다의 말로는 장기매매의 고객은 대부분이 마족이라고 했으니까 말이지. 저 마족도 그쪽 관련으로 온 걸까."

우에노와 호소야마가 걱정스러운 표정으로 얘기하고 있는 게 들렸다. 두 사람도 나와 같은 의견인 것 같다.

"역시 그렇게 생각해?"

아키라 쪽에겐 들리지 않도록 낮은 목소리로 물어보니, 두 사람은 힘을 주어 고개를 끄덕였다.

"시기가 시기니까, 수상하지 않나?"

"아멜리아 씨는 우리에게 맡기고, 아사히나는 저 사람 곁에 있어 줘."

호소야마의 말을 듣고 고개를 끄덕였다. 나도 그런 제안을 하려고 생각했던 것이다.

이 두 사람에겐 힘들겠지만, 나라면 저 마족에 가까이 있는 아키라와 얘기를 나눠도 이상하진 않으니까 말이지.

내가 다가가자, 즐겁게 얘기를 나누고 있던 두 사람은 동시에 고개를 들었다.

"오, 쿄스케. 이제 슬슬 저 애들 차례야?"

아키라의 말에 고개를 끄덕였다.

우에노와 호소야마는 아멜리아 왕녀와 함께 스테이지 쪽으로 갔다.

순서가 돌아오려면 시간이 걸릴 것이라고 생각했는데, 의외로 빨랐다. 뭐, 아멜리아 왕녀의 얼굴을 보고 새파래진 여자들 몇 명이 그대로 떠나는 걸 봤으니까, 그 이유는 알 것 같았다. 그 미모와 겨룰 수 있는 얼굴이 있다면 한번 보고 싶다는 생각이 들지만 말이지.

그렇게 생각하면서 나는 후드를 쓴 마족을 봤다.

"넌 가지 않아도 되나?"

마족은 놀란 뒤에 서둘러 스테이지 쪽으로 이동했다. 아멜리아 왕녀랑 우에노, 호소야마의 등장순서가 가깝다면 그다음에 온 마족도 바로 무대에 올라갈 순서가 올 것이라고 생각했는데, 그게 적중한 모양이다.

나는 쓴웃음을 짓는 아키라와 나란히 서서 스테이지를 쳐다봤다.

"……아키라, 너, 또 우에노랑 다른 아이들의 이름을 잊어버렸지?"

조금 전에 아이들의 이름을 제대로 부르지 않은 것을 나는 놓치지 않았다. 아키라는 어깨를 움찔하고 움직이더니 웃었다.

"쿄스케한텐 뭘 숨기질 못하겠다니까."

"당연하지. 아키라는 기억하고 있지 않겠지만, 널 알고 지낸 건 오래됐어."

약 10년, 아키라와 사토를 봐 왔으니까.

그때 웃고 있던 아키라의 눈이 날카로워졌다. 오싹하고 등이 차가워졌다.

"그럼 너도 나에게 뭔가를 숨기지 못하겠군. 네 말대로 나는 타인에게 흥미가 없지만, 너의 포커페이스라면 조금은 알아보게 되었거든. ……말해 봐, 쿄스케. 대체 뭘 꾸미고 있는 거지?"

그건 친구를 보는 눈이 아니었다. 일본에 살았던 때의 아키라에겐 없었던 것이 분명히 존재했다.

"무슨 말이야?"

시치미를 떼면서 고개를 갸웃거리자, 아키라의 시선은 더욱 날카로워졌다.

"적어도 칸사이 사투리를 쓰는 여자와 테이머는 내 눈이 닿지 않는 곳에 보냈어야 했어. 콘테스트가 시작된 후로 저 여자는 계속 불안한 표정을 짓고 있었거든."

확실히, 우에노와 와키는 표정을 알아보기 쉬우니까 말이지. 하지만 그 둘만 어딘가로 보낸다면 그건 그것대로 의심을 살 것이다.

"그리고 너도 그래. 라티스네일이 온 뒤부터 계속 초조해하고 있잖아. 한 번 더 묻겠어. 뭘 꾸미고 있지? ……아니, 이다음에 무슨 일이 일어나는 거야?"

날카로운 지적을 받고 나도 모르게 탄성을 질렀다. 내 친구는

탐정이라도 된 것일까. 이게 사선을 돌파한 자의 직감인가.

나는 어깨를 으쓱하면서 스테이지 위에서 우릴 향해 손을 흔들고 있는 우에노를 봤다.

"나 혼자 생각해서 실행하는 계획이라면 망설이지 않고 아키라에게 말했겠지만, 이건 파티 전원이 생각한 거야. 내 독단으로 얘기할 순 없었어."

배신은 아니지만 그래도 아키라에게 숨겨야만 하는 이 상황이 너무나 괴롭다.

하지만, 이라고 고개를 숙이면서 말을 이어갔다.

"지금부터 틀림없이 무슨 일이 일어날 거야. 그건 확실하며, 그람이 연관되어 있어. ……조심해, 아키라. 아멜리아 왕녀를 잘 지켜봐."

"……알았어."

Side 오다 아키라

쿄스케가 해 준 충고에 따라서, 나는 아멜리아에게서 눈을 떼지 않았다. 물론 완전히 눈을 떼지 않는 것은 무리니까, 요루더러 감시하라는 비장의 수를 썼지만.

쿄스케의 입에서 왜 그람의 이름이 나온 것인지, 이 콘테스트에 어떤 식으로 관여하고 있는 것인지 마음에 걸리는 것은 산더미처럼 많이 있었다. 하지만 일단 축제를 즐기자고 생각했다.

『참가번호 291번! 아멜리아 왕녀!!』

칸사이 사투리를 쓰던 여자와 또 한 명의 스타일이 좋은 여자 다음에 아멜리아의 이름이 불렸다.

행사장 안이 술렁거렸다. 보아하니 아멜리아의 지명도는 생각했던 것보다 높은 모양이다. 모습을 보이기 전부터 기대감이 높아지고 있다는 것이 느껴졌다.

아름다운 신록의 드레스를 입은 아멜리아가 모습을 드러낸 순간, 모든 사람들의 시선이 아멜리아에게 못 박힌 것처럼 고정되었다. 순백의 머리카락을 흩날리고 있었고, 붉은색의 눈은 스포트라이트의 빛을 반사하면서 반짝반짝 빛나고 있었다. 엘프의 특징인 뾰족한 귀에는 수수한 느낌의 액세서리가 달려 있었으며, 아멜리아의 매력을 더욱 돋보이게 만들고 있었다.

입을 떡하니 벌린 채 넋이 나간 표정으로 아멜리아를 쳐다보는 남자들이 속출하는 가운데, 나도 아멜리아로부터 시선을 뗄 수가 없었다.

"……아름다워."

나도 모르게 그렇게 중얼거린 것은 어쩔 수 없는 일이라고 생각한다.

평소에도 다른 사람과는 차원이 다른 미모를 자랑하고 있던 아멜리아였지만, 이렇게 드레스를 입고 장신구로 장식된 모습을 보니 평소에 보던 모습조차도 별것 아닌 것처럼 느껴졌다.

그러고 보니, 즉석에서 참가한 사람을 위해서 의상을 대여해 주고 있다는 말을 들은 기억이 있군.

스테이지 위의 아멜리아와 내 시선이 교차하면서 얽혔다. 멍

하니 바라보는 나에게 아멜리아는 요염하게 미소 지으면서, 찡긋 하고 윙크를 했다.

"""우오오오오오오오오오오오오오오?!!!"""

남자들의 입에서 넘쳐 나온 절규가 대지를 뒤흔들었다.

스테이지 끝까지 걸어가다가, 빙글 돌면서 방향을 바꾸며 사라지는 아멜리아의 모습이 보이지 않게 되었어도 환호성은 그치지 않았다.

"……하핫…… 여자는 알아보지 못하게 바뀐다는 말이 정말이었군."

이마에 손을 대면서 메마른 웃음을 흘렸다.

불과 몇 시간 전까지만 해도 푸드 파이터처럼 먹어대는 모습을 보이면서 주변 사람들을 질리게 만들었던 그 아멜리아에게 이렇게 한 방 먹을 줄이야. 다시 반하면서 더 푹 빠지고 말았다.

주위를 돌아보니 여자들은 흥분한 모습으로 아멜리아의 미모를 얘기하고 있었고, 남자들은 그 자리에 아직 아멜리아가 있는 것처럼 넋을 놓은 표정으로 스테이지 위를 바라보고 있었다.

현재까지는 수상한 기운은 없었다.

『각각의 행사장의 열기가 최고조에 달하고 있군요!! 뒤이어서 참가번호 292번! 라스티!!』

여운이 아직 가시지 않은 스테이지를 쳐다보니, 아직도 후드를 쓰고 있는 라티스네일이 자신만만한 미소를 지으면서 당당하게 스테이지를 걸었다.

아멜리아와는 다르게, 후드 때문에 보이지 않는 얼굴이 궁금해진 건지 행사장이 조용해졌다. 언제 후드를 벗을 것인지를 지켜보는 시선이 집중되었고, 기대감이 점점 더 높아졌다.

마왕 딸의 얼굴은 어떨까 궁금해서 나도 시선을 스테이지 위쪽으로 향했다.

스테이지의 중앙에서 라티스네일은 천천히 후드를 손으로 잡았다. 누군가가 꿀꺽하고 침을 삼키는 소리가 들릴 정도로 조용해져 있었다.

펄럭 소리를 내면서, 후드가 떨어졌다.

""오오오오오오오오오오오오오!!!!""

자수정 같은 머리카락에 눈, 군복 같은 옷을 입은 상태에서도 알 수 있는 엄청난 몸매. 하의는 스커트를 입었으며 육감적인 허벅지가 매혹적이었다. 얼굴은 아멜리아보다 약간 못하지만 단정한 이목구비를 갖추고 있었고, 직전까지 숨기고 있어서 그랬는지 후드의 색이 촌스러워서 그랬는지, 갑자기 드러난 부드럽게 말린 보라색 머리카락은 지금까지 참가한 자들 중에서 가장 아름답게 보였다.

아멜리아가 완성된 조각이라면 라티스네일은 인간다운 육감적인 몸매를 가지고 있었다. 어느 쪽이 남자에게 더 좋은 반응을 얻을 것인지를 묻는다면, 물론 라티스네일 쪽일 것이다.

그렇다면, 이런 표현은 좀 그렇지만 얼굴이 좋은 아멜리아와 몸매가 좋은 라티스네일의 일대일 대결처럼 전개되지 않을까.

현재 이 두 명에게 필적할 만한 여자는 없었으며, 아마 앞으로도 나타나지 않을 것 같았다. 아니, 그렇게 흔하게 절세의 미녀가 자꾸 나타난다면 일일이 반응해야 하는 관객도 힘들 테고 말이지.

『……그러면, 올해의 미남 미녀 콘테스트의 집계를 시작하도록 하겠습니다! 각 행사장에 설치되어 있는 패널에 마력을 주입하면서, 표를 주고 싶은 분의 번호를 손가락으로 누르기만 하면 됩니다……!』

어딘가에서 들려오는 사회자의 목소리를 들으면서, 근처에 있던 패널을 조작했다. 물론 내가 표를 줄 사람은 아멜리아다.

투표 완료를 알리는 문자가 패널에 표시되는 것을 지켜본 뒤에, 나는 아멜리아를 비롯한 참가자들이 있는 곳으로 향했다.

"아키라!"

"아멜리아."

300명 가까이 되는 여성들이 있는 스테이지 뒤의 대기 장소에서도 아멜리아는 바로 찾아낼 수 있었다.

돌아보기만 했는데도 반짝거리는 효과가 아멜리아 한 명에게만 적용되는 것처럼 보였다.

옆에는 라티스네일이 있었으며, 둘이서 사이좋게 얘기를 나누고 있었던 것 같다. 가까이에는 용사 파티의 여자 두 명도 있었다.

"오빠, 내 얼굴은 어땠어? 오빠도 후드 안이 궁금했었지? 감상은?"

붙임성 좋아 보이는 미소를 지은 라티스네일이 나에게 달려와서 그렇게 말했다. 라티스네일의 뒤에 파닥거리면서 좌우로 흔

들리는 개의 꼬리가 보인 것 같은 기분이 들었다. ……환각인가?
"응, 의외였어. 뭐, 아멜리아에겐 밀리겠지만."
마찬가지로 나에게 다가온 아멜리아의 머리를 쓰다듬어 주면서 말했다. 아멜리아는 목을 골골골 울리기라도 할 것 같은 분위기를 띠면서, 기쁜 표정으로 눈을 감았다. 라티스네일이 개라면 이쪽은 고양이로군.
나는 단연코 고양이가 취향이다.
라티스네일은 아름답고 늘씬한 허리에 손을 대면서 볼을 부풀렸다.
"그야 아멜리아는 규격을 벗어나는걸! 아멜리아보다 더 예쁜 얼굴을 가진 사람은 아무도 없을 거야! 그래도 내 입으로 이런 말을 하는 것도 좀 그렇지만, 남자들이 더 좋아할 사람은 내 쪽이거든!"
"라스티는 입만 열지 않으면 충분히 귀여워."
"뭐? 그 말은 내가 소위 '아쉬운 미인' 이라는 뜻이야?!"
어느새 친해진 건지, 두 사람은 서로를 이름으로 부르고 있었다.
그리고 라티스네일이 '아쉬운 미인' 이라는 점에는 격하게 동의한다.
"그러고 보니, 나는 오빠 이름을 모르니까 아직도 계속 오빠라고 부르고 있는데."
문득 떠오른 것처럼 라티스네일이 그렇게 말했고, 듣고 보니 그랬다는 생각이 들었다.

그러고 보니 제대로 인사를 하지 않았군. 나는 『세계안』으로 다 봤고, 요루가 말했으니까 라티스네일의 이름을 알고 있었지만 내 이름을 말한 기억은 없다.

"많이 늦긴 했지만 내 이름은 오다 아키라야. 이쪽 세계에선 아키라 오다라고 말하는 게 맞으려나? ……뭐, 어쨌든 잘 부탁해."

"응! 아키라란 말이지! 기억했어, 오빠!"

"이름을 말해 줬는데도 그 호칭은 안 바뀌네."

쉽사리 가늠이 안 되는 라티스네일의 성격 때문에 나도 모르게 쓴웃음이 흘러나왔다.

결과 발표까지는 아직 시간이 걸릴 것이다. 더 얘기를 나눠도 괜찮겠지.

"라티스네일이 본명이지? 콘테스트의 사회자가 말했던 '라스티'는 애칭이야?"

"그래! 라티스네일은 기니까 내가 직접 생각해낸 거야! 그대로 라티스라고 해도 됐겠지만, 라스티 쪽이 더 애교스럽고 귀엽잖아?"

뭐, 확실히 라티스라는 이름만으로는 라티스네일의 성격에 맞지 않고, 뭔가 딱딱한 느낌이 느껴지는 것 같긴 하다.

"라스티가 더 어울려. 아키라, 라스티는 얘기를 나누고 있으면 정말 재미있어."

아멜리아의 표정이 누그러져 있었다.

라티스네일의 완만한 말투와 성격이 좋은 방향으로 편안해지는 효과를 만들어내고 있는 걸까. 라티스네일에겐 어딘가 사람을 끌어들이는 카리스마 같은 재능이 있는 것 같았다.

『투표 및 집계가 완료되었습니다! 그러면 고대하시던 결과 발표를 시작하겠습니다!!』

어디선가 들려오는 사회자의 목소리를 듣고 정신을 차렸다.

라티스네일과의 대화에 예상외로 집중하면서, 지금이 한창 콘테스트 중이란 걸 잊어버리고 있었다.

아멜리아와 라티스네일은 눈을 마주치면서 웃었다.

"……누가 이겨도 따지기 없기야."

"응! 물론이지!"

상위 다섯 명이 상을 받은 뒤에, 다시 스테이지 위에 등장하기로 되어 있다.

대기 장소 안에 있는 대부분의 사람들이 기도를 하는 가운데, 아무 행동도 하지 않고, 그저 결과를 기다리고 있는 아멜리아와 라티스네일은 역시 다른 사람들과는 명백히 다른 분위기를 풍기고 있었다.

다른 사람들이 상위 다섯 명 안에 들어가면 된다고 생각하는 것에 비해서, 이 두 사람이 바라는 것은 단지 1위라는 칭호뿐이다. 뭐, 아멜리아가 바라는 것은 1위가 되면 같이 따라오게 될 상품 쪽이겠지만.

『그러면 결과를 발표하겠습니다! 5위!! ……참가번호 108번, 나탈리아!!』

주황색 드레스를 입은 여성 한 명이 왈칵 울음을 터트리는 것

갈더니, 스테이지 쪽으로 이동했다. 어지간히 기뻤는지 믿어지지 않는다고 중얼거리고 있었다.

『뒤이어 4위!! ……참가번호 25번, 아르딜라!!』

이번에는 푸른 드레스를 입은 까마귀 수인족 여성이 흥 하고 콧방귀를 뀌면서 스테이지로 나갔다.

그 표정은 너무나도 불만스러웠으며, 아멜리아와 라티스네일을 증오하는 듯한 표정으로 노려보고 있었다.

뭐, 이 두 사람이 없었으면 확실히 우승할 기회가 있었을지도 모른다. 자존심이 강해 보이는 성격은 넘어간다고 쳐도 얼굴은 괜찮았다. 얼굴만큼은.

『3위!! …………참가번호 2번, 소노라!!』

흰 드레스의 여성이 어쩔 줄 모르는 몸짓을 보이면서 나갔다. 덜렁이 속성이 좋은 효과를 발휘한 걸까.

이때쯤부터 이젠 포기한 듯이 고개를 숙인 여성들이 늘어났다.

아멜리아와 라티스네일이 1위와 2위를 차지할 것이라는 건 라이벌 여성들도 잘 알고 있을 것이다.

『그럼 1위를 발표하겠습니다!!!』

""어???""

"……아아, 그렇게 된 거군."

2위를 발표하지 않고 넘겨 버린 것에 의문의 목소리가 일어나는 가운데, 나는 혼자 납득하면서 두 사람을 봤다.

두 사람도 이해했는지 서로의 얼굴을 바라보고 있었다.

『1위는……!!! …………참가번호 291번과 292번, 아멜리아 왕녀와 라스티!!!!』

보아하니 승패가 정해지지 못한 것 같다.

『사상 최초로 공동 1위가 나왔습니다!!』

흥분한 어조로 사회자가 외치는 가운데, 아멜리아와 라티스네일은 손을 맞잡고 스테이지 쪽으로 걸어갔다.

『그러면 두 사람에겐 대회위원장께서 표창장과 상품을 수여하시겠습니다!!』

나는 대기 장소에서 나와서 스테이지 앞에 자리를 잡았다. 대기 장소에선 아멜리아의 얼굴이 잘 보이지 않았다.

반짝반짝 빛나는 스테이지 위에선 아멜리아가 웃으면서 내 쪽을 향해 손을 흔들고 있었다. 나는 살짝 미소를 지으면서 그에 응했다. 내 주변에 있는 남자들이 자신을 향해 흔든 것으로 착각하고 환호성을 질렀다. 요루가 말한 난투가 일어나지 않은 걸 보면, 관객들도 두 사람의 우승에 납득한 것 같았다.

"그, 그러면 제256회 미남 미녀 콘테스트, 미녀 부문 최우수상, 아멜리아 왕녀, 라스티. 귀하는 제256회 미남 미녀 콘테스트에서 눈부신 성적을 거뒀습니다. 따라서 이를 기려 이 표창장을 드립니다. 대회위원장 라판."

스포트라이트가 한층 더 환하게 빛나면서, 상장을 받는 두 사람과 토끼 수인족을 비췄다.

여전히 식은땀을 잔뜩 흘리고 있는 수인족은 약간 떨리는 손으로 두 사람에게 상장을 주었다. 이름이 라판이었구나.

"아— 우승상품 말입니다만, 도착이 늦어져서 내일 드릴 수 있을 것 같습니다. 그래도 괜찮겠습니까?"

그 말에 아멜리아가 두말없이 고개를 끄덕이는 것이 보였다. 그 눈은 미지의 음식을 갈구하면서 빛나고 있었다.

그렇다면 오늘은 여기서 묵게 되는 건가. 지금부터 방을 잡을 수 있는 여관이 있으려나…….

이 도시에 있는 사람들은 500명 정도다. 하지만 다른 도시에서 사람들이 몰려오지 않았다고 단정할 수는 없는 데다, 적어도 출전자의 반 정도 되는 인간족은 여기에 묵게 될 테니 자칫하면 노숙도 각오해야겠군. 나랑 아멜리아, 요루는 노숙에 익숙하며 기사단 부단장이었던 질 씨, 모험가였던 크로우는 그렇다고 쳐도 쿄스케와 다른 아이들은 괜찮을까.

"나도 괜찮아—."

아멜리아를 따라 라티스네일도 방긋 웃으면서 승낙했다. 실제로는 도착이 늦어진 게 아니라, 이례적으로 공동 1위가 나왔기 때문에 상품이 한 사람 몫만큼 부족해진 것이겠지.

토끼 수인족은 안도하는 표정을 지었다.

"……마음에 안 드는 얼굴이군."

그 토끼의 얼굴이 어떤 의도를 담고 있는 것으로밖에 보이지 않았다.

이 대륙에 오면서부터 질릴 정도로 느끼고 있는 일종의 예언 같은 예감이었다. 이상한 일에 얽히기도 했고, 아멜리아가 납치당하기도 했고, 미궁에서 마물이 튀어나오기도 했고, 마족과 싸우면서 죽을 뻔하기도 했고, 용사 일행이 찾아오기도 했고,

콘테스트에 참가하기도 했고, 마왕의 딸과 아는 사이가 되기도 하는 등……. 별별 일이 다 있었군. 전 세계를 둘러봐도 우리보다 더 귀찮은 일에 자주 휘말린 사람은 없지 않을까. 대체 누가 이렇게 재수가 없는 거야. ……나인가.

『그러면, 이것으로 콘테스트를 폐막하겠습니다! 여러분, 참가해 주셔서 감사합니다! 내년에는 인간족 영토, 레이티스에서 개최할 예정입니다!!』

나는 자신도 모르게 뿜고 말았다.

레이티스라면 우리를 소환하고 나에게 누명을 씌운 나라이며, 아직 같은 반 아이들의 대부분이 남아 있는 곳이다. 인간족 영토의 최대 국가이니, 확실히 콘테스트 같은 행사를 대대적으로 열기엔 딱 좋은 곳이겠지. 숲도 있고 아름다운 호수도 있었던 것 같다. 지금 생각해 보면 아름다운 나라이긴 하다. 솔직히 말해서 그 왕과 왕녀가 있는 한 내가 그 나라를 좋아하게 될 일은 없겠지만.

문득 눈앞에 인기척을 느끼고 고개를 들었다.

한번 생각에 잠겨 버리면 주변을 보지 못하게 되는 것이 내 약점이로군.

하지만 다행히도 눈앞에 있는 사람은 지금까지 어디 있었는지 모를 크로우와 질 씨였다.

"너, 잠깐 얘기할 게 있다. 가자."

"아, 이봐."

두 사람에게 손을 잡힌 채 억지로 끌려간 곳은 뒷골목의 초입인 약간 어두운 곳이었다.

콘테스트의 휘황찬란한 분위기와는 동떨어진, 차갑고 축축한 장소였다.

두 사람은 콘테스트 행사장에서 보이지 않는 위치까지 온 뒤에 손을 놓아 주었다.

"……무슨 얘길 하려는 거야. 이런 곳에서."

미간을 찌푸리면서 불만스러운 목소리로 말하자, 두 사람은 서로의 얼굴을 바라본 뒤에 이야기를 시작했다.

"사실 우리는 어차피 여기 묵게 될 거라고 생각해서, 한발 먼저 여관을 찾고 있었어."

"그때 좋지 않은 소문을 들었지. 너에게도 알려 두는 게 좋겠다고 생각했다."

고맙다고 말하려다가 입을 닫았다.

좋지 않은 소문이라니 그게 뭘까. 적어도 내 귀에 들어오지 않았다는 것은 어두운 세계의 정보일 것이다.

어두운 세계의 정보라는 것은 정보꾼이나 암살로 먹고사는 자들이 팔고 있는 정보를 말한다. 그들은 정보에 민감하지 않으면 매일을 살아갈 수 없다. 그러므로 그 정보는 신빙성이 높은 것은 물론이고 늘 신선하다. 나도 원래는 그들의 세계에 있어야 하지만, 어떻게 된 건지 일반 세계에 있다.

바로 알아차린 나는 고개를 끄덕였고, 크로우는 얘기를 계속했다.

"이 정보를 얻은 것은 우연이지만, 듣자 하니 매년 이 대회의 우승자는 행방불명이 된다고 하더군. 그리고 그 사실을 일반인들은 모른다. 그러니까 그렇게 많은 수의 사람들이 참가하는 것이겠지만, 그래도 조금은 이상하다는 생각이 들지 않나?"

조금 이상한 수준이 아니다. 너무나도 이상하다.

"어두운 세계에 사는 사람이라고 해도 일반 세계와 관계된 일을 하고 있는 자가 대다수야. 그런데 왜 그런 이상한 사건의 소문이 퍼지질 않은 거지?"

내가 그렇게 말하자 두 사람은 얼굴을 찌푸렸다.

"그리고 내가 사건의 소문을 몰랐다는 게 이상해. 아무리 숨어 살고 있다고 해도, 양쪽 세계의 정보에는 신경을 쓰고 있었어. ……그렇다면 그 소문은 어두운 세계에 정통한 자들 중에서도 극히 일부의 자들밖에 모르고 있다는 뜻이야. 쉽게 퍼지지 않도록 정보가 통제되고 있는 거지. 그리고 내가 잘 알지 못하는 어두운 세계의 정보라면 대충은 짐작이 가."

뭐냐고 묻자, 크로우는 내키지 않는 표정으로 답했다.

"인신매매와 관련된 거다."

인신매매. 그건 이 세계에서도 위법행위에 해당한다.

옛날, 수인족은 멀리까지 돈을 벌기 위해 찾아온 인간족을 노예로 매매했던 적이 있었다고 한다. 그리고 그런 짓은 이세계에서 소환된 3대 용사가 중지시켰다.

이 세계에선 용사소환이 과거에 네 번 있었으며, 네 명의 용사들은 각 대륙에 다양한 영향을 끼쳤다. 엘프족, 마족과 관련이 있으며 오랜 옛날에 활약했던 초대와 2대 용사는 어찌 되었든간에, 비교적 오래되지 않았으며 기록에 남기 쉬운 수인족 및 인간족과 관련이 있는 3대와 4대 용사의 이야기는 다양한 문헌에 영웅담이 실려 있었다.

3대 용사의 이야기 중에서 특히 유명한 것은 체술, 검술과 인신매매 사건이다. 마법 적성보다 신체 능력이 우수한 수인족에게 체술이랑 검술을 가르치고 그 힘을 살릴 수 있는 일자리를 주선해서, 그때까지 계속되던 인신매매를 완전히 중지시켰다. 그의 몸은 인간족이었지만, 곰처럼 큰 덩치에 수인족처럼 호쾌한 성격을 가지고 있었다고 한다. 그리고 역대 용사 중에서도 뛰어난 카리스마를 자랑했으며, 지금도 그 인기는 식지 않았다. 3대 용사에게 경의를 표하는 의미로, 수인족 아이들은 그 힘을 약한 자를 위해 쓸 것을 맨 먼저 배우게 된다. 그런 내용이 레이티스성의 장서실에 있던 책에 적혀 있었다.

슬쩍 보니, 크로우는 불쾌한 표정으로 이를 드러냈고 털이 곤두서 있었다.

수인족에게 인신매매라는 것은 가장 금기시되는 행위이며, 경애하는 3대 용사를 모독하는 행위다. 크로우가 무의식적으로 기피하면서 알아차리지 못했던 것도 무리는 아니다. 애초에 그런 행위가 수인족들 사이에 아직 남아 있다는 것 자체가 믿어지질 않는 사실일 테니까.

"……뭐, 그 소문에는 이어지는 내용이 있는데, 콘테스트 우승자가 연달아 모습을 감추니까 누군가가 멋대로 흘린 질 나쁜 농담이라는 말도 있고, 몸이 다 해체돼서 사라졌다고 말하는 사람이 있어서 정보가 뒤죽박죽인 것 같지만 말이지."
해체되어 팔렸다면 장기매매이려나. ……미남 미녀 콘테스트라는 점을 생각해보면 아름다운 용모에 가치를 두고 있는 인신매매 쪽이 더 현실성이 있을 것 같은데. 일단 머릿속에는 넣어두자.
"……일단은 조사해 보겠다. 여긴 그 녀석의 힘이 미치는 범위이기도 하니까."
크로우의 눈이 어둡게 빛났다. 이 눈이 향할 상대는 단 한 명, 여동생의 복수 대상이라고 하는 그람을 말하는 것이겠지.
확실히, 이곳 마리에서 그람이 길드 마스터를 맡고 있는 우르크는 그렇게 멀지 않다. 만약 인신매매, 장기매매가 정말로 일어나고 있다면, 정보 통제가 가능한 인물이 뒤에 있다는 얘기가 된다. 그람은 과거에 재상이었던 자이니, 그런 것에 대해선 잘 알고 있을 것이다. 충분히 있을 수 있는 일이겠지.
"아키라, 그 일은 잘 부탁한다."
크로우의 목소리를 듣고 고개를 드니, 그 날처럼 날카롭고 어두운 눈이 날 꿰뚫어보고 있었다. 순식간에 입안이 바짝 마르는 것을 느끼면서 나는 가볍게 끄덕였다.
그 일이라는 것은 크로우를 축제에 같이 가자고 권유했을 때 들은 것, 우리를 마족으로부터 구한 이유다. 나는 그 일에 대해서 아직까지 답을 내지 못하고 있었다.
크로우는 그걸 알고 있으면서 서두르라고 재촉하고 있는 것이겠지. 평소에는 '너' 라고 부르는데 일부러 이름으로 부른 것을 통해서 크로우의 진지함이 전해져 왔다. 하지만 나도 안이하게 바로 대답할 수 있는 내용의 얘기가 아니기 때문에 이러는 것이지, 일부러 애를 태우려는 의도는 없었다.

약한 반응이었지만, 그래도 내가 제대로 고민하고 있다는 것을 알았는지, 크로우는 만족하여 골목길에서 나갔다.

남겨진 질 씨는 날 보고 걱정스러운 표정으로 눈썹을 찌푸리고 있었다.

"……내가 조언할 수 있는 내용이 아니라는 것은 분위기를 보니 알겠지만, 너무 마음에 담아두지 않도록 해."

크로우도 질 씨에겐 아무 말도 하지 않은 것 같았다. 나는 의식적으로 웃었다.

"뼛속부터 회사의 노예 기질이 있는 질 씨에겐 듣고 싶지 않은 말이군요."

사란 단장이 관여하고 있었기 때문인지는 모르겠지만, 성을 나오면서 이젠 완전히 남남이 되었는데, 이런 곳까지 우리를 쫓아올 줄은 생각하지 못했다. 그리고 용사와 다른 아이들이 자신들만의 의지로 레이티스 성을 빠져나올 수 있었다고 생각하긴 힘들다. 틀림없이 이 사람이 뒤에서 손을 썼을 것이다. 간섭이 지나치다고 할까, 걱정이 많은 성격이면서 스스로 고생을 자처하는 것 같다는 생각이 드는 건 내 기분 탓일까.

내가 그렇게 말하자, 진지하다는 개념을 마치 그림으로 그려낸 것 같은 질 씨의 얼굴이 슬쩍 풀렸다.

"확실히 그렇긴 하네."

골목길에서 나오니, 아멜리아와 라티스네일, 용사 파티가 모여 있었다. 아멜리아와 라티스네일이 사이좋게 얘기를 나누고 있는 모습을 용사 일행이 멀리서 보고 있다는 게 정확한 표현이라고 할까.

"아! 아키라, 크로우는 먼저 여관에 가 있겠대."

그러고 보니 여관을 잡기 위해서 따로 행동하고 있었다고 말했었지. 그 후에 나온 얘기가 너무 충격적이라서 살짝 잊어버리고 있었다.

"라티스네일, 넌 어떡할 거지?"

사람 수에 포함되지 않았을 한 명에게 물어보니, 라티스네일은 쓴웃음을 지으면서 고개를 가로저었다. 용사 일행을 슬쩍 본 뒤에 머리를 긁었다.

"난 이 부근에서 그냥 노숙할 거야. 저 사람들도 내가 없어야 더 마음 편히 잘 수 있을 테니까 말이지!"

그 자리에서 라티스네일과는 헤어졌다. 아멜리아는 라티스네일이 어지간히 마음에 들었는지, 약간 쓸쓸한 표정을 짓고 있었다.

"그렇게 같이 있고 싶었어?"

"……저 아이, 왠지 키리카와 닮은 것 같아서 내버려둘 수가 없어. 이런 말을 하면 키리카가 화를 낼지도 모르겠지만."

그런 말을 들으면서 나는 고개를 갸웃거렸다. 닮았……나? 뭐, 내가 키리카와 같이 지낸 것은 엘프족 영토에 있었던 그때뿐이었으니까, 가족밖에 모르는 감각일지도 모르겠군.

"뭐, 내일 다시 만날 수 있을 거야."

소문대로라면 라티스네일도 인신매매의 대상이겠지만, 그 스테이터스 수치를 본 뒤로는 우리가 오히려 발목을 잡게 될지도 모른다는 생각이 들었다. 나는 그렇다 쳐도, 라티스네일에게 좋은 인상을 가지고 있지 않은 용사 일행은 확실히 방해될 것이 틀림없다.

의외로 여관은 청결한 분위기의 좋은 곳이었다. 수인족의 건물은 외장과 내장이 반대인 경우가 많아서 깨끗한 건물을 봤을 때 지저분한 방을 상상했지만, 내장이 한 가지 색으로 통일된 고급스러운 느낌을 풍기는 호텔이었기 때문에 맥이 빠졌다.

"생각보다 좋은 곳이긴 한데, 숙박비는 괜찮은 건가?"

우리 중에는 일단 한창 잘 먹을 시기인 남자 고등학생이 있으며, 나보다 더 많이 먹는 아멜리아가 있으므로 식비만으로도 돈이 엄청 든다. 그런데 이런 좋은 여관에서 묵는다니, 가지고 있는 돈으로 충당이 될까.

질 씨에게 몰래 물어보니, 질 씨는 미소를 지으면서 괜찮다고 말했다. 뭐가 괜찮은지를 몰라서 고개를 갸웃거리고 있으려니, 안쪽에서 사람 좋아 보이는 수인족이 나왔다.

"여러분, 호텔 '레이븐'에 잘 오셨습니다. 저는 이 호텔의 주인인 코르보라고 합니다. 오늘은 편안히 묵었다 가십시오."

우르에서 묵었던 '수많은 새'의 어깨가 처진 주인이 비둘기 수인족이라면 이 사람은 까마귀 수인족에 해당하려나. 동물 쪽은 그리 자세히 알지 못하기 때문에 틀렸을지도 모르지만. 어깻죽지에서 칠흑색 깃털이 잠깐 보였기 때문에 그렇게 판단했다.

방으로 안내하면서 코르보는 기쁜 표정으로 얘기하기 시작했다.

"실은 저도 옛날엔 모험가로 살았는데, 그때 크로우 님이 제 목숨을 구해주셨죠. 크로우 님과 같이 오신 분들이 묵을 곳이 없어 난처하시다는 얘기를 듣고, 제가 먼저 저희 호텔에서 묵고 가시라고 부탁을 드렸답니다."

과연 그런 사정이 있었구나. 그렇게 생각하면서 납득했다. 이렇게 말하는 것도 미안하지만 그 크로우도 사람을 구하긴 했었군.

그러니까 여관비는 주지 않아도 된다고 말하면서, 호텔 안에서도 최고급으로 보이는 방 앞에서 걸음을 멈췄다. 이런 방에 묵으면서 숙박비를 지불해야 했다면 상당히 위험했을지도 모른다.

"크로우 님, 일행분을 모셔왔습니다."

노크를 했고, 안에서 흐릿하게 들려오는 크로우의 대답을 들은 뒤에 문을 열었다.

"우와아아아!"

"오오!"

용사와 다른 아이들이 환호성을 질렀다. 나도 눈을 크게 뜨면서 눈앞의 광경을 정신없이 보고 말았다.

"굉장해!"

"그러네……."

방 안은 호텔의 인테리어와 마찬가지로 단색으로 이뤄져 있었다. 그러나 외벽 쪽 한 면이 바깥 경치가 보이도록 되어 있었으며, 휘황찬란한 도시의 모습을 한눈에 볼 수 있어서 상당히 괜찮은 야경이 펼쳐져 있었다. 이 방으로 오는 도중에 상당히 계단을 올라간다고 생각했는데, 이런 이유가 있어서였나.

마치 그 자리에 벽이 없는 것처럼 선명한 경치가 보였지만 벽은 제대로 있었으며, 유리도 아닌데 밖의 경치가 보인다는 것에 놀랐다.

"이 벽만큼은 마물의 비늘로 만든 것이라 바깥 경치를 즐길 수가 있답니다. 그럼 필요한 게 있으면 무엇이든 말씀만 하십시오."

그렇게 말하고 코르보는 슬쩍 방에서 나갔다.

흑과 백의 방 안에서 움직이는 게 있다 싶었는데, 검은색 소파에 느긋하게 앉아 있는 크로우였다. 한 손으로 와인 같은 걸 담은 유리잔을 돌리면서, 야경 때문에 들떠 있는 용사 일행을 보고 있었다.

"좋은 방이로군."

"그래, 나도 이런 방에 공짜로 묵을 수 있을 거라곤 생각하지 못했다. ……코르보는 어두운 세계와는 관계가 없고, 종업원 중에도 수상한 자는 없다. 오늘 밤은 안심하고 지내도록 해라."

그런 소문을 들은 뒤여서 그런지 코르보에 관해서도 빈틈없이 조사했던 모양이다. 유리잔을 기울여 안에 든 것을 마시던 그의 눈에 비로소 내가 비쳤다.

"그 소문 말인데, 너무 마음에 두지 마라."

크로우의 입에서 나온 날 걱정하는 말을 듣고 놀라서 눈을 크게 떴다.

처음 만났을 때는 좀 그랬지만 실은 착한 사람이었다는 걸까. 늘 츤데레라고는 생각하고 있었지만, 최근에는 자상해지는 경우가 더 많은 것 같다.

"아멜리아를 노리고 있을지도 모르는데 말이야?"

"너는 어깨의 힘을 빼면 실력을 제대로 발휘할 수 있는 타입이다. 섣부르게 긴장하지 말고 평소에 하던 대로 해라. 그게 그 아이의 안전으로 이어지게 된다."

다시 창문 쪽으로 시선을 돌리는 크로우를 보면서 쓴웃음을 지었고, 나는 옆에 있는 소파에 앉았다.

"교사 같은 말을 하는군."

"듣지 못했나? 나는 옛날에 제자를 두고 있었다. ……뭐, 남김없이 전부 병원으로 갔지만."

그 얘기는 아멜리아로부터 들었다.

듣자 하니, 초대 용사와 같은 자신의 기술을 후세에 전하려고 생각했지만, 제자는 모두 정신이 망가지고 말았다고 했던가. 아멜리아를 제자로 받아들이는 것을 거절한 것도 그게 이유였다고 한다.

"계속 궁금했는데, 어떤 기술이지?"

아멜리아도 그게 뭔지 말하지 않았다. 직업이 대장장이인 크로우가 습득한 것이니까 누구라도 비교적 쉽게 얻을 수 있는 스킬일 것이라고 생각했지만, 미궁에서 크로우가 우리를 구해 주러 왔을 때 내 몸을 조종하고 있던 『그림자 마법』이나 마히로가 아멜리아에게 걸었던 마법진 등을 해체했던 것도 관계가 있지 않을까.

크로우는 잠시 생각한 뒤에 입을 열었다.

"……쉽게 말하자면 마법의 상쇄다. 정식 스킬명은 엑스트라 스킬 『반전』. 마법진이 상대라고 해도, 마법을 보기만 하면 반전되는 마법을 만들어 내서 상쇄하지."

나는 오오 하고 탄성을 질렀다. 실질적으로 마법을 보기만 해도 상쇄하는 스킬이 있으리라곤 생각하지 못했다. 그 정도면 마히로도 경계할 만하군. 마법사 입장에선 터무니없는 상성을 가진 기술이니까 말이지.

"물론 단점은 있다. 이 스킬을 얻은 상태에서 고대어까지 마스터해야만 하지. 그리고 이 고대어는 너무나도 어려우면서 글자 하나하나가 인간을 광기에 빠트리는 마력을 띠고 있다. 그야말로 습득하기 위해서 빠져들면 정신이 붕괴될 정도로."

고대어라면, 분명 마법진에 새겨져 있는 언어를 말하는 건가. 확실히 엑스트라 스킬인 『언어이해』가 없다면 단순히 의미가 없는 모양으로 보이겠지.

"게다가 고대어를 이해했다고 해도 고대어의 단어가 또 난해하지. ……나도 익히는 데 100년이 걸렸다."

그 말을 듣고, 응? 하는 생각과 함께 뭔가가 걸렸다. 분명 수인족의 수명은 100여년 정도라고 하지 않았던가. 고대어를 익히고 『반전』을 얻는 데 100년, 그리고 용사 파티의 멤버로 마왕을 토벌하기 위해 간 것이 100년 전. 아무리 생각해도 계산이 맞지 않는다.

"넌 대체 몇 년을 살고 있는 거야?"

크로우는 희미하게 웃으면서 오른쪽 위로 시선을 돌렸다.

"글쎄, 수인족에게 나이를 세는 습관은 없으니까 말이지. 나도 정확한 나이는 잊어버렸지만, 200년은 확실히 살고 있군."

나는 눈을 휘둥그레 떴다.

그중의 반을 써서 고대어를 익혔다는 말인가. 평범하지 않은 집념이로군. 나는 도저히 할 수 없는 일이다.

아니, 그 전에 왜 죽지 않은 거지?

"아니, 노화가 시작된 것은 여동생이 살해당하고 나서 50년 후니까 약 250년을 살아온 건가? 아니, 300년인가? 어쨌든 너무나 괴상했던 어머니 때문에 나는 이렇게 오래 살고 있는 거다."

괴상하다니……. 도저히 어머니에게 쓸 말이란 생각은 들지 않았다. 아니, 애초에 크로우 본인도 괴상한 것 같은데. 유전인가?

"보편적으로 생각해 봤을 때 불로불사의 약을 실수로 먹는 일이 가능한가? 그 때문에 그 할망구는 아직도 살아 있는 데다 나는 수명이 두 배가 되었으니……. 모든 일의 원흉은 그 인간이다."

그렇게 말한 뒤에, 크로우는 몸을 축 늘어트리면서 소파의 등받이에 기댔다. ……취한 걸까? 평소보다 말이 많았으며, 옛날 이야기를 많이 해 주고 있었다. 공사 현장 아저씨들이 취했을 때 보이는 것과 같은 현상이다.

"어머니가 불로불사의 약을 먹었기 때문에 오래 살고 있다는 말이야?"

그렇게 묻자, 크로우는 흐릿해진 눈을 한 채 고개를 끄덕였다.

"그래. 괴상망측한 할망구가 날 낳기 전에 그 약을 먹는 바람에, 배에 있던 나에게도 영향이 생겨 버렸지. 그러니까 그 인간 탓이야."

크로우가 수인족 중에서도 유달리 오래 살고 있는 것은 그런 이유가 있었던 모양이다. 하지만 수명이 두 배가 되었다곤 해도, 그러면 슬슬 수명이 다 된 것이 아닌가.

"나는 여동생의 원수를 갚을 때까지는 죽을 수 없지만, 그래도 사는 것에 지쳤다. 빨리 끝내고 싶어."

크로우의 입에서 나온 말을 듣고 놀랐다.

끝내고 싶다는 건, 즉, 죽고 싶다는 뜻인 걸까. 그렇지 않으면 복수심을 바탕으로 살아가는 것을 그만두고 싶다는 뜻일까.

일본인의 수명은 다른 나라 사람보다 길지만, 그래도 한 세기를 살아가는 인간이 많지는 않다. 나 자신은 크로우의 10분의 1도 살아보지 못했기 때문에, 그 기분을 추측하는 것은 불가능했다. ……아멜리아한테라도 의논해 볼까.

그런 생각을 하고 있으려니, 어느새 크로우는 소파에 누운 채 새근거리는 숨소리를 내면서 자고 있었다. 그 얼굴은 너무나도 온화했고, 도저히 죽고 싶다는 얼굴로는 보이지 않았다.

"가능하면 그대로 내버려 두지 않겠어?"

목소리가 들려서 돌아보니, 질 씨가 모포를 든 채 서 있었다. 기척은 느껴지지 않았지만 역시 가까이에 있었던 모양이다.

"질 씨는 크로우와 어떤 관계죠?"

크로우에게 모포를 살며시 덮어 주는 질 씨에게 물었다.

질 씨는 난감한 표정으로 웃으면서 내 맞은편에 있는 하얀 소파에 앉았다.

"이 사람이 예전에 제자를 두었다는 건 알고 있겠지?"

그 말에 고개를 끄덕였다. 조금 전까지만 해도 그 얘기를 하고 있었다.

"그 제자 중의 한 사람이 우리 어머니였어. 물론 지금은 이미 돌아가셨지만."

나는 조용히 눈을 크게 떴다.

크로우가 전선에서 물러난 후, 각국은 크로우가 습득한 초대 용사의 기술을 어떻게든 자국 인간에게 계승하고 싶다고 생각해 그들을 크로우에게 보냈다고 한다. 물론 인간족도 예외는 아니었다. 크로우는 거절하지 않았다고 한다. 복수심이 흐려지기 시작했고, 노화가 시작되었을 때라 시간적인 여유가 있었다. 그리고 질 씨의 어머니는 예외 없이 정신이 망가졌다.

"우리 아버지는 모험가였거든. 내가 어렸을 때는 이미 안 계셔서, 어머니 홀로 날 키우셨지."

나는 내 어머니를 떠올리고 있었다. 몸이 약했던 어머니를.

"어머니가 정신이 망가진 후에 나를 키워 준 사람은 크로우 씨였어. 기사단에 추천해 준 사람도, 기사단을 그만두게 되었다는 말을 듣고 다시 취직할 곳이 정해질 때까지는 자기 일을 도우라고 다시 불러 준 사람도 이 사람이었고 말이지."

질 씨는 한숨을 쉬면서 크로우의 자는 얼굴을 다정한 표정으로 바라봤다. 나이를 먹은 아버지를 보는 듯한, 자애로움이 담긴 눈빛이었으며, 나는 한 장의 그림을 보는 것처럼 그 광경을 넋을 잃고 봤다.

"나에겐 누가 뭐래도 은인이자 아버지인 사람이야. 어머니 일은 조금도 원망하지 않아. 이 사람은 그저 요령이 없는 것뿐이니까."

"이번에 잠깐 같이 살면서 조금은 이해하게 되었습니다. 그래서, 당신은 크로우가 어떻게 하길 원하는 건가요?"

크로우가 츤데레이며, 곤경에 처한 사람을 내버려 두지 못하는 성격이라는 것은 호텔 주인이 했던 말을 통해서도 알 수 있었다. 사람 좋은 것치고는 약간 비뚤어져 있는 것 같기도 하지만.

하지만 그 얘기를 나한테 해서 뭘 어쩌자는 걸까.

"이 사람이 하고 싶은 대로 해 주지 않겠어? 네가 짐작하는 대로 이젠 시간이 없어."

"……같이 휩쓸리는 건 이제 사양하고 싶은데요."

나는 그렇게 사람이 좋지도 않고 착한 사람도 아니다. 확실히 크로우는 생명의 은인이고 질 씨도 성을 나오는 걸 도와주었지만, 나에겐 나의 목적이 있다.

그저 집으로 돌아가고 싶을 뿐이다. 그걸 추구하고 있는 것뿐이다. 와야 할 때가 왔을 때 아멜리아와 요루, 같은 반 아이들이 함께 있으면 그걸로 충분하다.

그리고 집에 돌아가기 위한 열쇠는 마왕성, 혹은 레이티스 성에 있다. 우리는 마왕을 토벌하겠다는 바람을 이루기 위해서 레이티스 성에 불려왔다. 그런 목적으로 사용된 것은 마족의 2인자인 마히로가 쓰던 마법진과 아주 닮은 것이었다.

"그래, 잘 알고 있어. 너희가 그 목적을 이루기 위해서 행동하고 있는 것도, 마왕성으로 가고 싶어 한다는 것도."

"그렇다면……."

"가는 도중에 해도 돼. 나는 네가 여행 중에 우연히 엘프족 사람들을 발견하면 거둬 주겠다는 약속을 했다고 들었거든."

나는 과거의 자신에게 혀를 차고 싶어졌다. 그때 했던 말이 이렇게 스스로의 목을 조르게 될 줄이야.

"그리고 마족 영토에서 마왕성에 도착하려면 이 사람이 필요하지 않을까? 난 가 본 적은 없지만, 심각하게 길을 헤맨다고 들었거든. 그 마족 아가씨는 안내인으로 신용할 수가 없어."

확실히 마족의 영토에 가본 경험이 있는 크로우는 필요할지도 모른다. 무엇보다 마족 영토는 엘프족이나 수인족 땅과 달리 뭐가 있는지 모르니까. 안내인은 필요할 것이다.

그걸 위해서 크로우를 도와주고 빚을 만들어 놓는 건 나쁘지 않은 선택이다.

"그렇군요. 하지만 그렇게 간단한 일이 아닙니다."

크로우에게 부탁받은 것은, 내 입장에선…….

입을 다문 날 보더니, 질 씨는 일어서서 내 어깨를 두들겨 주었다.

“내가 하고 싶은 말은 그것뿐이야. 이 사람도 언제 죽을지 모르니까, 결단은 빨리 내려 줘.”

질 씨가 떠난 방에서, 나는 잠든 크로우의 숨소리를 들으면서 야경을 바라봤다.

나 하나의 고민 같은 건 관계없다는 듯이, 도시는 변함없이 찬란하고 아름다웠다.

“아키라, 최근에 제대로 자고 있어?”

다음 날, 다른 사람들보다 한발 먼저 일어난 아멜리아가 걱정스러운 표정으로 물었다. 나는 커피 같은 음료를 마시면서 아멜리아로부터 눈길을 돌렸다.

사실은 최근 잠을 이루지 못하고 있었다. 왜 그런지는 잘 알고 있다. 예전에 크로우에게 들었던 것과 부탁받은 것이 원인이다. 그리고 어젯밤에 질 씨가 해 준 말 때문에 더 고민하게 되었다.

“제대로 못 자고 있어. 하지만 전투에 지장은 없을 거야. 이 세계에 온 뒤로 깊이 잠들어본 적은 기절했던 걸 제외하면 한 손에 꼽을 정도니까 말이지.”

한 손으로 얼굴의 반을 가리면서 말했다. 아마 상당히 심각한 얼굴을 하고 있겠지. 다들 일어나기 전에 어떻게든 해야겠군.

그렇게 생각하고 있으려니, 아멜리아가 내 얼굴을 들여다보기 시작했다. 얼굴을 가린 손을 치우더니 내 얼굴을 두 손으로 감쌌다.

"혼자 참으면서 끌어안고 있는 게 아키라의 안 좋은 버릇이야. 내가 그렇게 믿음직스럽지 못해?"

"아, 아니, 그런 뜻은……."

붉은색의 눈이 정면에서 날 바라봤지만, 얼굴을 감싼 두 손 때문에 시선을 돌릴 수도 없었다. 처음으로 아멜리아의 눈이 무섭다고 생각했다.

"아키라가 말을 못하는 이유가 우리나 다른 누군가를 지키기 위해서라는 건 알았어. ……그렇다면, 나는 아키라를 지키기 위해서 강행수단을 쓸 거야."

"자, 잠깐!"

말릴 틈도 없이, 아멜리아는 마력을 높였다. 옅은 푸른색 빛이 내 몸을 감쌌다.

"미안해, 아키라. 『마법생성』…… 『강제수면』!!"

"아멜……리, 아……."

의식을 잃기 직전에 마지막으로 내가 본 것은 괴로워하는 듯한 아멜리아의 표정이었다.

그리고 절망했다. 아멜리아에게, 좋아하는 사람에게 이런 표정을 짓게 만들 정도로 나는 몰려 있었단 말인가, 라고 생각하면서.

Side 아멜리아 로즈쿼츠

의식을 강제적으로 빼앗은 아키라에게 모포를 걸쳐주고, 순진하게 잠든 그의 얼굴을 바라봤다.

눈 밑에 있는 다크 서클을 살짝 만져봤다. 어제보다도 더 진해져 있었다.

"꽤나 폭력적인 공주님이로군."

조용하게 들려오는 목소리에 고개를 들어보니, 옆 소파에서 자다가 일어난 얼굴로 크로우가 히죽거리면서 우리를 보고 있었다.

나는 그 얼굴을 노려봤다.

"아키라에게 무슨 얘길 한 거야?"

크로우는 내 시선에서 눈을 돌리더니, 고양이처럼 기지개를 켰다. 나는 노려보는 눈길을 유지한 채 크로우에게서 아키라를 보호하듯이 일어섰다.

"그렇게 미간에 주름 잡지 마라. 주름살이 일찍 생기니까. ……그리고 나는 상응하는 보수를 요구한 것뿐이다."

상응하는 보수라는 말을 듣고, 나는 놀랐다. 미궁에서 우리 위기를 구해줬던 크로우의 뒷모습이 머릿속을 스쳤다.

"그래서 브루트 미궁에서 우리를 구해준 거야? ……대답해."

시선을 돌리는 크로우를 한층 더 날카롭게 노려봤다.

크로우는 아주 약간 얼굴을 찌푸렸다.

"아냐. 뭐라고 말해야 할까. 당신들을 구해준 건 단순한 호의였다. ……그 행동에서 이용가치를 찾아낸 건 나중 일이야."
나는 그 약해진 표정을 보고 놀라서 눈을 크게 떴다.
나는 아키라만큼 이 남자와 깊이 아는 사이도 아니고 이해도 하지 못하고 있었다. 하지만 여동생을 구하지 못한 것에 대한 복수심은 이해할 수 있을 것 같았다. 그래서 시간이 지나며 복수심을 버리려고 했던 크로우를 질타했지만, 그 행동이 옳았는지조차도 확신하지 못하고 있었다. 처음 만났을 때의 인상은 그다지 좋지 않았던 것으로 기억하는데, 나중에는 그를 동정하게 된 자신에게 놀랐다.
나와 이 사람의 행동 원리는 아마 아주 비슷할 것이다.
"난 말이지, 옛날에 당신을 동경하고 있었어."
얘기를 돌리려는 것처럼 화제를 바꾸려는 그에게 한소리 해주려고 생각했지만, 그 말을 듣고 입을 벌린 채 멈추고 말았다. 크로우는 그런 내 얼굴을 보고 슬쩍 웃었다.
"엘프족의 위기를 구한 왕녀. 영웅담에서라도 나올 법한 『소생마법』, 『중력마법』의 사용자. 나에게 당신은 내 목표로 삼아야 할 사람이었지. ……뭐, 정작 만나 본 뒤에 당신의 그 인간다운 면을 보고 조금은 다시 생각하고 있지만."
"……날 그런 눈으로 보는 사람은 싫어."
나를 칭송한다는 것은 그 지옥을 초래한 키리카를 폄하하고 있다는 뜻도 되니까.
그런 나를 보면서 크로우는 쓴웃음을 지었다.
"그렇군. 당신은 그런 사람이로군. ……리아의 지팡이를 내가 만들었다는 얘기는 들었나?"

나는 고개를 가로저었다. 아마도 그 얘기는 아키라에게 했을 것이다.

최근에는 아키라와 느긋하게 얘기를 나눌 시간도 없었으니까, 서로의 정보에 차이가 생기고 있었다.

"그 지팡이 덕분에 당신들의 위기를 알아차릴 수가 있었지. 리아의 이름이, 당신과 아주 비슷하다고 생각하진 않나?"

"……내 이름에서 따온 거야?"

"그래. 당신과 같은 사람이 되라는 의미에서 내가 지어준 거다."

생각지도 못한 연결고리를 알게 되면서 나는 눈을 크게 떴다.

그리고 눈을 가늘게 좁혔다.

"그래서 그게 어쨌단 거야?"

리아—— 우르크의 제 1왕녀와 무슨 관계가 있는 걸까.

크로우는 뒤통수를 긁고는 아침 해가 떠오르기 시작하는 바깥을 봤다.

"글쎄. 나는 단지 당신이 인정한 아키라 오다라는 인간을 시험해 보고 싶었을 뿐이야. 이 녀석에게 한 말에 거짓은 없지만, 당신 옆에 서기에 충분한 자격이 있는지 보고 싶다는 생각이 들었다. 리아에게 그 이름을 지어 주었을 때, 당신 옆에 누군가가 서 있을 거라곤 생각도 못했으니까 말이지. 물론 지금도 그렇게 생각하고 있지만."

그 말을 듣고, 나는 머리끝까지 피가 치솟는 것을 느꼈다. 간

접적으로 아키라가 내 옆에 서 있어야 할 자가 아니라고 말하고 있었기 때문이다.

"……당신의 그 제멋대로인 생각이 아키라에게 얼마나 큰 부담을 주고 있는지 알아?!"

내 말을 듣고 크로우의 동작이 멈췄다. 떠오른 아침 해 때문에 표정은 잘 보이지 않았지만, 왠지 모르게 약해진 것처럼 느껴졌다.

"나도 이렇게까지 고민할 줄은 몰랐다. 내가 요구하는 보수가 당신을 위한 일이 될 것이라고 말하자, 상당히 마음이 흔들리고 있었지만 말이지. 아무래도 그 녀석은 진심으로 당신에게 반해 있지만, 인간성을 버릴 정도는 아닌 것 같군."

사랑은 때때로 눈을 멀게 만든다. 나도 일단은 아키라보다 몇 배나 더 오래 살았으니까 그 정도는 잘 알고 있다. 아키라가 나 때문에 눈이 멀어 버린다면, 나는 물러서야 할 것이다.

나는 살짝 미소 지었다.

"내가 점찍은 남자야."

크로우는 아침 해 쪽으로 시선을 돌린 채 어깨를 으쓱했다.

"그런 것 같군. 하지만 심각하게 고민할 정도로 나에게 큰 은혜를 입었다고 생각하는 것 같아. 그 남자는 아마 당신에게 또 무슨 일이 생기면 인간성까지도 저버리겠지."

조심하도록 해라. 그렇게 말하면서 아키라를 본 뒤에, 크로우는 방에서 나갔다.

결국, 아키라에게 무슨 말을 한 것인지는 알아내지 못했다. 그보다 지금 했던 말이 충격적이었기 때문이다.

"……아키라, 넌 날 위해서 인간성을 버릴 거야?"

그 질문에 대답이 돌아오지 않을 것을 알고 있으면서도, 물어보지 않을 수가 없었다.

Side 아사히나 쿄스케

아침에 일어나니 소파에서 아키라가 자고 있었다. 그 옆에서 아멜리아 왕녀가 아키라의 머리를 쓰다듬고 있었다.

아키라가 자는 얼굴을 보는 것은 오랜만이었다.

"……아키라가 이렇게까지 무방비하게 자는 건 드문 일인데."

그렇게 말하자, 아멜리아 왕녀는 살짝 어깨를 움찔하더니 날 봤다. 그 눈은 왠지 모르게 슬퍼 보였다. 무슨 일이 있었던 걸까.

"어라? 아멜리아, 벌써 일났나! 내가 맨 먼전 줄 알았는데!"

"……그러네, 잠을 잘 못 잤어."

무슨 일이 있었는지 물어보려 했지만 때마침 일어난 우에노 때문에 그러지는 못했다. 아키라의 머리를 계속 쓰다듬으면서 아침부터 시끌벅적한 우에노와 대화하고 있었다. 그 눈은 조금 전과는 달랐으며, 사랑스러움이 넘쳐 나오는 것 같았다.

"우와! 오다의 이런 무방비한 모습은 처음…… 아이구나, 오랜만에 본다!"

바꿔 말하는 우에노의 말을 듣고 그랬었지, 하고 납득했다.

아키라는 반에서도 유명한 잠꾸러기였으니까 말이지. 매번 깨우러 오는 선생이나 무서운 선생이 수업할 때는 일어나 있었지만, 그 외의 수업 시간에는 대부분 자고 있었다. 어떻게 매번 시험에서 낙제점을 피할 수 있는 건지 신기했다. 뭐, 그런 사실을 알고 있는 건 나 정도였지만 말이지. 다른 아이들이 알았다면 커닝을 하고 있다면서 따지고 들었을 것이다. 나도 아키라가 아르바이트를 하는 틈틈이 공부하고 있다는 걸 알게 되기 전까지는 그렇게 생각하고 있었지만.

"내가 모르는 아키라……. 궁금해."

적극적으로 달려드는 아멜리아 왕녀의 반응과 함께 여자들끼리의 대화가 시작되려 하는지라 나는 먼저 물러나기로 했다.

"나는 다른 방에 가 있을게. 밖에 나갈 때는 불러."

"우왓?! 아사히나, 니도 있었나?"

아까부터 계속 날 무시하는 것 같다고 생각했는데, 아무래도 우에노는 날 알아차리지 못했던 모양이다.

"처음부터 있었어."

일단 대답한 뒤에 밖으로 나갔다.

상품을 받을 시간은 정오쯤. 받을 사람은 아멜리아 왕녀와 라티스네일, 그리고 무슨 이유인지 남자 부문에서 1위를 딴 사토였다.

듣자 하니 남자 부문에 출전한 사람은 거의 대부분 보디빌더 같은 근육질 마초들뿐이라서, 스트레이트한 미남자를 좋아하는 층의 표가 사토에게 몰렸다고 한다. 우리도 일단 계획의 세부 사항에 넣어 두긴 했지만 사토가 정말로 입상할 거라곤 생각하지 못했기 때문에, 1위라는 얘기를 들었을 때는 자신도 모르게 한 번 더 쳐다보고 말았다.

최근 며칠 동안 츠다에게서 얻은 정보를 우리 나름대로 생각해서 조사하고 있었다. 파헤치면 파헤칠수록 우르크의 길드 마스터인 그람과 관계가 있다는 의혹이 짙어졌다. 역대 콘테스트 우승자가 행방불명되는 사태에 그람이 관여하고 있다는 건 더 이상 의심할 여지가 없었다. 그리고 상대는 그걸 숨기려는 노력을 게을리 하고 있었다. 정보꾼을 이용하지도 않았는데, 우리 같은 단순한 모험가도 정보를 모을 수가 있었으니까 말이지. 오히려 정보꾼에게 휘둘리는 걸 조심하고 있는 것처럼 보였으니까, 그쪽을 통해 정보를 모으고 있던 크로우 쪽은 아직 완전히 그람의 짓이라고는 알아차리지 못하고 있을 것이다.

아키라에게 전할 것인가 말 것인가. 우리는 계속 생각하고 있었다.

"결정했어?"

방을 나왔을 때, 바로 옆의 벽에 기대고 선 채 나에게 물은 사토에게 고개를 끄덕였다.

아키라의 눈 밑에 생긴 다크 서클이 날이 갈수록 짙어지는 것을 나는 그냥 보고 넘길 수가 없었다. 그래서 알려야 한다고 주장하는 사토 쪽 그룹에 계속 반대하고 있었다. 물론 아키라 일행에게 알리고 아멜리와 왕녀와 사토의 경비를 강화하는 게 제일 좋은 방법이다. 하지만 오늘 아키라를 보고 마음을 굳혔다.

"아키라에겐 알리지 않겠어. ……뭐, 저 녀석도 바보는 아니니까 자기 나름대로 대책은 생각해 뒀을 거야."

"자기 나름대로라니?"

내 말을 듣고 사토는 고개를 갸웃거렸다. 나는 고개를 끄덕인 뒤에 입에 검지를 갖다 댔다.

"알아차리지 못했어? 어제부터 요루의 모습이 보이지 않아. 어딘가에서 아멜리아 왕녀를 경호하고 있거나, 혹은 정보를 모으러 나갔을 수도 있어. 하지만 시종마라면 아키라의 부탁에 따라서 움직이고 있는 건 틀림없을 거야."

뭐, 어느 쪽이든 입을 다물고 있었던 것의 변명은 생각해 둬야겠지.

사토도 납득했는지 고개를 끄덕였다.

"우리 중에서 아키라를 가장 잘 이해하고 있는 사람은 너야. 그렇다면 네 말대로 하는 게 좋겠지."

나는 쓴웃음을 지었다. 사토도 아키라와 함께 지낸 시간은 거의 같을 텐데.

"아멜리아 씨는 우에노에게 맡기고, 우리는 계획을 마지막으로 확인해 보자. 지금부터 콘테스트 우승자인 아멜리아 씨를 그 람이 노릴지도 모르지만, 같은 우승자인 내가 미끼가 될 수도 있으니까. 자, 방에서 다들 기다리고 있어."

알겠다고 대답하고 나는 사토의 뒤를 따라갔다.

아키라가 그렇게 자는 얼굴은, 최근에는 본 적이 없었다. 우리가 먼저 잠이 들었고, 일어나는 것도 아키라가 먼저였다. 일찍 자고 일찍 일어나는 걸까. 그렇지 않으면 자지 않는 걸까. 어느 쪽이든 건강을 해치고 있다는 건 보고 있으면 알 수 있지만. 아멜리아 왕녀의 곁이 꽤나 안심이 되는 걸까. 어쨌든 지금만이라도 제대로 쉴 수 있는 것 같아서 다행이다. 아멜리와 왕녀 덕분이로군.

아키라도 아멜리아 왕녀와 만나면서부터 성격이 원만해진 것 같았다. 뭐, 그 대신 아멜리아 왕녀에게 무슨 일이 생기면 가장 위험한 인물로 바로 바뀌겠지만.

Side 아멜리아 로즈쿼츠

"이봐, 정말로 두고 와도 괜찮겠어?"

어제 지정받은 장소로 상품을 받으러 가는 도중에, 옆에서 걷고 있는 크로우가 그렇게 물었다.

아키라는 나갈 시간이 되어도 계속 자고 있었기 때문에 그대로 소파에 두고 온 것이다.

오늘 아침에는 어딘지 모르게 공손한 말투였는데, 이젠 원래의 크로우의 말투로 돌아가 있었다.

그 호칭은 대체 뭐였을까. 나를 부를 때 '너' 나 '왕녀' 가 아니라 '당신' 이라고 불렀는데. 그리고 나를, 내가 했던 일을 알고 있는 것 같은 말투고 키리카도 알고 있는 듯한 반응을 보였다.

그 당시 엘프족을 습격한 미궁의 마물에 관한 이야기는 각 대륙에 전해졌다. 마족이 습격할 때를 대비해서 마족이랑 마물과 관련된 정보를 공유해야 하는 의무가 있기 때문이다. 보고 의무 때문에 키리카가 실수로 마물의 미끼를 대량으로 뿌리고 말았다는 것이 알려지고 말았지만, 지금은 엘프족이 모든 힘을 동원해서 당시의 문헌을 소거했기 때문에 문서로는 남아 있지 않다. 즉, 그때 살아 있었다면 키리카를 알고 있어도 이상하지 않은 것이다. 하지만 몇 년 전인지는 잘 몰라도 그건 상당히 예전의 일인지라, 수인족의 수명을 생각해 보면 기억하고 있는 사람은 이젠 살아 있지 않을 것이다.

캐묻고 싶은 충동에 사로잡혔지만, 만약 크로우의 반응이 내 착각이며 다들 필사적으로 숨겨온 키리카의 비밀이 밖으로 새기라도 한다면 나는……. 그렇게 생각하자 물을 수가 없었다.

"……아키라는 최근에 지나치게 무리를 했어. 그리고 오늘은 상품을 받으면 바로 여관으로 돌아갈 거니까 괜찮아."

상품을 받고 나면 이 도시에는 더 볼 일이 없다. 아키라가 일어나면 당장에라도 출발하겠지. 아키라도 그냥 잠이 부족한 것뿐일 테니, 돌아갈 때쯤엔 이미 일어나 있을 것이라 생각한다.

"그런가. ……무사히 돌아갈 수 있으면 좋겠지만."

넌지시 중얼거린 크로우의 마지막 말은 내게 전해지지 않은 채, 공기 중으로 흩어졌다.

"여기…… 맞제?"

눈앞의 건물을 보고 우에노가 어리둥절해 하면서 중얼거렸다.

크로우의 말을 제대로 듣지 못한 것도, 눈앞의 건물을 보고 놀랐기 때문이다.

어제 지정받은 장소에는 지저분하고 무너지기 직전인 호텔이 있었다. 콘테스트의 상품을 받을 만한 장소로는 도저히 생각되지 않았다.

순식간에 그 자리의 공기가 긴장감으로 팽팽해졌다. 오늘, 다들 어딘가 신경이 곤두서 있는 것 같다고 생각하곤 있었지만, 설마 이 사태를 예측했던 걸까.

"……누구냐?!"

크로우의 날카로운 목소리를 듣고 돌아보니, 검은 옷을 입은 한 명의 남자가 서 있었다.

모두의 시선이 그쪽으로 향했다.

"당신은 분명, 대회위원장인…… 라판, 씨?"

호소야마의 말을 듣고 눈을 크게 떴다.

확실히, 잘 보지 않으면 흰머리로 잘못 볼 것 같은 흰색의 토끼 귀와 그 얼굴은 낯이 익었다.

단, 어제처럼 뭔가에 겁을 먹으면서 움찔움찔 떠는 그런 나약한 모습이 아니라, 당당한 분위기로 그 자리에 서 있었다.

"……아무래도 널 노리고 있는 것 같다."

크로우의 목소리에 놀라서 제정신을 차리니, 콘테스트 대회위원장인 라판과 마찬가지로 검은 옷을 입은 남자들에게 포위되어 있었다.

은퇴했다곤 하나 예전에 용사 파티의 일원이었던 크로우와 지금의 용사 파티, 그리고 내가 알아차리지 못한 상태에서 이렇게까지 가까이 다가오다니, 상당한 실력자들인 것 같다. 전부 열두 명. 완전히, 빈틈없이 포위되어 있었다.

"……아멜리아 왕녀인 것으로 알고 있는데, 맞소?"

그중 한 명의 입에서 내 이름이 나왔다.

용사 파티의 멤버는 내 주위로 달려와서 주변을 경계했다. 마치 처음부터 예측이라도 하고 있었다는 움직임이었다. 하지만 지금은 그런 것에 주시할 여유가 없었다.

"그런데, 무슨 일이지?"

눈을 가늘게 뜨면서 대답하자, 검은 옷의 남자들은 서로의 얼굴을 보면서 고개를 끄덕였다. 평화롭게 얘기를 나눌 분위기가 아니라는 것은 『기척감지』 스킬을 얻지 못한 나라도 느낄 수 있었다.

" '그람' 님이 부르시니, 같이 가 줘야겠소."

'그람' 이라는 이름이 나오자, 내 옆에 선 크로우의 살기가 급속도로 높아지는 것을 느꼈다. 크로우의 여동생의 원수였다.

"엘프족의 왕녀가, 고작 길드 마스터 따위의 부름에 응할 거라고 생각했어?"

애당초 나 같은 왕족을 맞이하는 자리에 사람을 보내서 부르다니. 있을 수가 없는 일이다. 상대가 직접 찾아오는 것이 예의라고 할 수 있을 것이다.

내가 그렇게 대꾸하자, 검은 옷의 남자들은 포위망을 좁히기 시작했다. 보아하니 강제로라도 데려갈 생각인 것 같다.

그들의 뒤에서 라판이 천박한 목소리로 웃고 있었다.

"그건 그렇고 이러시면 안 돼죠……. 이런 곳에 여자와 아이들은 물론이고 늙은이까지 데려오다니. 평소에는 늘 같이 있던 애송이도 오늘은 데려오지 않은 것 같고 말이죠."

이들 중에서 유일하게 주의하고 있던 인물이 아키라였던 것 같다. ……용사 파티 쪽은 일절 모르고 있는 걸까. 아키라가 말했던 것처럼 정보는 최대한 모아두고 있어야 한다는 걸 실감했다.

나는 한숨을 한 번 쉰 뒤에 손을 앞으로 내밀었다.

"『그래비티』."

내 마법 때문에 검은 옷의 남자들은 땅바닥에 무릎을 꿇었다. 옛날에는 적과 아군을 가려서 사용할 만큼 능숙하진 못했지만, 아키라와 미궁 생활을 하면서 세부적인 컨트롤을 익혔다. 오늘 아침에 사용한 『마법생성』 때문에 방대한 마력소비로 피로가 조금 남아 있지만, 이 정도 상대라면 이걸로 충분할 것이다.

"그래서, 날 어디로 데려가려는 거지?"

무릎을 꿇고 있는 그들을 내려다보면서 물었다.

분명 내 눈은 지금 너무나도 차갑게 빛나고 있을 것이다. 아키라가 있는 장소에선 절대 보여 줄 수 없는, 날카로운 눈. 만약 대답하지 않는다면 여기서 고문을 해도 상관없다.

나도 금이야 옥이야 귀하게 다뤄지면서 자란 사람이 아니다. 하이엘프가 몇백 년이나 엘프족 전체를 통치하려면 온갖 지저분한 짓도 해 오기 마련이다. 나는 아키라가 생각하고 있는 것처럼 깨끗한 여자는 아니다. 평소에는 멍청한 모습을 보이고 있을지도 모르지만, 나를 노리고 있다면 잠자코 있을 수 없다.

"대답하지 않겠다면 압사해 버리렴."

들어 올린 손을 조금씩 내렸다. 그 움직임에 맞춰서, 남자들의 몸이 우두둑거리는 소리를 내며 지면에 깊게 박혔다.

Side 사토 츠카사

정말로 순식간이었다. 순식간에 포위되었고, 포위하고 있던 자들은 순식간에 무릎을 꿇었다. 우리가 했던 행동은, 할 필요도 없는 경계와 그냥 보고 있는 것뿐이었다. 우리가 손을 댈 필요도 없었으며 여기에 있을 필요도 없었다.

"자, 대답해. 당신들이 노리는 건 뭐지? 그람은 지금 어디 있고, 뭘 꾸미고 있는 거야?"

그들이 무릎을 꿇게 만든 마법을 건 팔을 천천히 낮추면서, 아멜리아 씨가 물었다. 그 눈에는 빛이 없었으며, 너무나 차가웠다. 내가 심문당하고 있는 것도 아닌데 뭐든 대답하고 싶어졌다.

우리 파티의 멤버들도 나와 같은 기분을 느끼고 있는 건지 그 얼굴은 창백해져 있었다.

우리는 아멜리아 씨가 나약하다는 것을 의심하지 않았다. 싸우는 모습을 본 적이 없는 데다, 무엇보다 싸우는 모습을 상상할 수 없었으니까. 아멜리아 씨가 약하며 보호받을 대상이라는 걸 전제로 경호 계획을 세웠다. 즉, 우리 계획은 처음부터 큰 착각이었다는 말이다.

아키라는 알고 있었을까? 이렇게 될 것을.

"우, 우리는, 아, 아무것도 몰라! 정말, 이야!"

얼굴을 공포의 빛으로 물들이면서 콘테스트의 대회위원장이 대답했다. 불쌍하게까지 느껴지는 그 얼굴을 보고도 아멜리아 씨는 표정이 바뀌기는커녕, 불쾌한 감정으로 얼굴을 찌푸리고 있었다.

"내가 이 세상에서 가장 싫어하는 것이 뭔지 알아?"

그 가는 팔이 조금씩 내려가기 시작했다. 이제 그 눈에는 아무런 빛이 존재하지 않았다.

짓눌리면서 비명을 지르는 그들에게, 그 눈은 과연 어떻게 보이고 있을까.

"그건 말이지, 거짓말을 하는 거야. 아무것도 모른다는 당신의 말은 거짓이야. 나는 당신보다 몇십 배는 오래 살았어. 그런 상대에게 거짓말이 통할 거라고 생각해?"

엘프족이 전체적으로 오래 산다는 것은 이 세계의 상식이며, 상식을 잘 모르는 우리도 잘 알고 있었다. 하지만 싸우는 모습은 아무래도 쉽게 상상이 되지 않았다.

입을 다물고 있는 검은 옷의 남자들에게 크로우 씨가 무거운 입을 열었다.

"빨리 대답하는 걸 추천하겠다. 이 왕녀는 지금 진심이거든?"

즉, 아멜리아 씨는 이 자리에서 사람을 죽일 각오를 했다는 뜻이다. 이곳은 일본이 아니다. 악의의 대상이 된 당사자가 상대를 죽이고자 한다면 이 세계에선 우리가 그걸 말릴 권리는 없다. 아니, 실력을 놓고 생각해 봐도 우리는 말릴 수가 없을 것이다.

그들이 무언가에 차츰 짓눌리는 모습을, 마치 남의 일인 것처럼 보고 있었다.

"아, 알았어!! 알겠습니다! 얘, 얘기하겠어요!"

우두두둑 하고 뼈가 삐걱거리는 소리가 울려 퍼지는 가운에, 검은 옷을 입은 남자 한 명이 소리를 질렀다. 몇 초만 더 늦었으면 돌이킬 수 없는 일이 일어났을지도 모른다.

아멜리아 씨는 손을 살짝 들어 올렸지만 마법을 완전히 풀지는 않았다.

"그 상태에서 얘기해. 누군가 한 명이라도 이상한 행동을 하면 전원 압사할 거야."

아멜리아가 뒤이어 말하기를 재촉하는 가운데, 검은 옷의 남자 한 명이 콘테스트 우승자의 장기를 팔고 있다는 것을 얘기했다. 그 내용은 츠다가 가져온 정보와 완전히 일치했다. 이번에는 아멜리아 씨가 표적이었던 것 같다.

아멜리아 씨의 표정이 점점 험악하게 변해 갔다.

"그렇군. 그러니까 상품을 준다는 것도 거짓말이고, 나를 따로따로 해체해서 어느 제정신이 아닌 사람들에게 팔아넘길 생각을 했다는 말이네."

무의식중에 그러는 걸까. 마법을 걸고 있는 손을 점점 내리고 있는 것 같은데.

"거기까지, 스토오오오옵!!"

자칫하면 정말로 압사하겠다 싶었는데, 그 손은 바로 직전에 어두운 곳에서 나타난 인물에게 제지당했다.

그 인물이 누구인지를 이해하면서 우리는 경계를 더욱 강화했다.

"그러면 안 되지. 여긴 네가 있던 나라하고는 다른 곳이거든? 상대가 어두운 세계에 사는 인간이라고 해도, 죽여선 안 돼!"

라스티. 본명은 라티스네일. 콘테스트에 출전해서 아멜리아 씨와 함께 공동 우승한 마족이라고 했다.

나는 남자 부문에 참가했기 때문에 잘 몰랐지만, 구석에 위치한 남자 부문의 스테이지까지 환호성이 들려올 정도로 분위기가 뜨거웠다.

"어머나, 라스티. 이 나라에선 생사여탈권은 상대가 범죄자일 경우에 한해서 일반적으로 인정을 받고 있거든? 정확하게는 정식으로 결투를 한 뒤에 인정되는 거지만, 저자들이 먼저 덤볐으니까 이것도 결투로 치면 문제는 없어."

아멜리아 씨가 눈을 동그랗게 뜬 얼굴로 무시무시한 말을 하고 있었지만, 마족은 그 손을 놓지 않았다.

"난 말이지, 비록 악인이라고 해도 인간에겐 그 인간의 살아온 이야기가 있고, 그건 절대 타인에게 빼앗겨선 안 된다고 생각해. 그러니까 내 앞에서 사람이 죽는 걸 그냥 보고 있을 순 없어."

후드 사이로 보이는 보라색 눈은 순식간에 잔잔해졌으며, 말투도 어딘가 위엄 있는 분위기를 띠고 있었다.

그 변화에 놀랐기 때문인지, 아멜리아의 손에서 힘이 빠져나갔다. 그에 맞춰서 마족도 아멜리아 씨에게서 손을 뗐고, 평소처럼 아주 가벼운 분위기로 웃었다.

"뭐, 그렇게 죽이고 싶다면 내가 보고 있지 않을 때 하도록 해—! 나는 정의의 편이지만, 그렇다고 해서 눈에 보이지 않는 장소에 있는 사람까지 구할 수는 없으니까 말이지—."

방긋 웃는 마족을 보면서 질려 버렸는지, 이제는 도망칠 수 있게 된 검은 옷의 남자들도 움직이지 못하고 있었다.

크로우 씨가 나라의 치안을 맡는 관리에게 검은 옷의 남자들을 넘기는 모습을 보면서 생각했다.

……결국, 우리는 뭘 하러 온 걸까. 그람의 악행을 밝혀서 아키라의 인정을 받으려는 게 목적이었지만, 실제로는 여기 온 것만으로 끝나고 말았다. 한 것이라곤 아키라를 축제에 같이 가자고 권유했고, 미끼가 되리라고 생각해서 콘테스트에서 의미 없는 우승을 했으며, 필요가 없는 경계를 한 데다, 필요가 없는 호위계획을 세우고 있었을 뿐이었다. 아니, 뭔가를 지킨다는 건 지금의 나에겐 가능할 것 같지도 않았다.

자신의 무력함을 통감했다.

Side 오다 아키라

어딘가 어둡고 깊은 바다로 가라앉는 듯한 감각이 느껴졌다. 계속 흔들리면서, 점점 깊은 곳으로 잠겨 들어갔다.

"……여긴……."

목소리는 나오는 것 같았다. 반사되면서 울리고 있었다. 몸만 자유롭게 움직이지 않았다.

나는 잠시 생각한 후에, 이렇게 되기 전의 마지막 기억을 떠올렸다.

"분명, 나는 아멜리아 때문에 억지로 잠이 들었는데……."

그랬다.

내 눈 밑에 생긴 다크 서클 때문인지, 그걸 보다 못한 아멜리아가 강제적으로 날 재운 것이다. 『강제수면』에 걸리기 직전에 보였던 아멜리아의 얼굴을 떠올리면서 나는 한숨을 쉬었다. 뭐, 그건 잠이 부족한데도 무리를 하려고 한 나에게 잘못이 있다. 눈을 뜨면 일단 사과부터 해야겠군.

마음이 다시 차분해졌으니, 다음은 상황 파악이다.

아멜리아의 『강제수면』으로 억지로 잠든 후에 눈을 뜬 기억이 없다는 것은, 이곳을 꿈속이라고 받아들여도 된다는 뜻일까. 일단 『세계안』을 시험해 볼까? 꿈속이라면 내 눈은 닫혀 있을 테니까 아무것도 표시되지 않을 것이다.

"……역시 그런가."

예상대로 『세계안』을 쓸 수 없었다. 아니, 애초에 스킬 자체를 쓸 수가 없겠지. 꿈속이니까.

자, 이제 어떡한다.

그런 생각을 하고 있으려니 등에 뭔가가 닿는 감각이 느껴졌다. 바다 같은 이 광경과 부드럽게 닿는 충격을 느끼면서 해저라는 말이 머릿속을 스쳤지만, 그런 것치고는 평평하고 따뜻했다.

어차피 몸도 움직이지 않으니까 잠자코 있으려니, 어디선가 목소리가 들려왔다.

『……대답하지 않겠다면 압사해 버리렴.』

자신의 호흡 소리에 묻혀 들리지 않을 정도로 작은 음성이었지만, 내가 이 목소리의 주인을 알아보지 못할 리가 없다. 아멜리아였다. 그런 것치곤 꽤나 가시 돋친 목소리였는데. 내용을 통해서 평화롭게 이야기하고 있다는 게 아니라는 것은 알겠지만, 아멜리아의 이런 적의가 넘치는 목소리는 처음 들어본 것 같다.

나와 처음 만났을 때도 나를 경계하고 있긴 했지만, 살기를 드러내진 않았다. 아멜리아 쪽은 날 보자마자 곧바로 스테이터스를 『세계안』으로 봤을 테니까, 그 결과에 따라 경계심을 조절했을지도 모르지만 이 정도까지는 아니었는데.

『내가 이 세상에서 가장 싫어하는 것이 뭔지 알아? ……그건 말이지, 거짓말을 하는 거야. 아무것도 모른다는 당신의 말은 거짓이야. 나는 당신보다 몇십 배는 오래 살았어. 그런 상대에게 거짓말이 통할 거라고 생각해?』

아무리 엘프족이 오래 산다는 걸 알고는 있어도 아멜리아처럼 나와 비슷한 나이처럼 보이는 소녀가 몇십 년이나 연상이라는 생각은 잘 안 든단 말이지. 나도 때때로 아멜리아가 우리와 같은 나이이지 않을까 하는 생각을 할 때가 있다. 최근에는 용사 파티의 여자애들과 사이좋게 떠들고 있는 모습을 볼 때라거나.

『빨리 대답하는 걸 추천하겠다. 이 왕녀는 지금 진심이거든?』

아멜리아의 목소리 외에 희미하게 크로우의 목소리도 들렸다. 시간상으로는 콘테스트의 상품을 받고 있을 때인가? 그렇다면 크로우와 질 씨가 말했던 소문은 사실이었던 것 같군.

크로우의 목소리가 들린 뒤에는 누군가가 큰 소리로 외친 듯한 어수선한 목소리가 들렸지만, 무슨 말을 하고 있는지는 잘 들리지 않았다.

아무래도 내가 주워들을 수 있는 목소리는 아멜리아의 근처에 있는 사람으로 한정되는 것 같다. 이건 아멜리아의 『강제수면』에 걸렸기 때문에 아멜리아의 마력과 이어져 있는 상태가 되었기 때문일까.

『그 상태에서 얘기해. 누군가 한 명이라도 이상한 행동을 하면, 전원 압사시킬 거야.』

인정사정없이 말하는 아멜리아의 목소리를 듣고 나도 모르게 쓴웃음을 지었다.

그때 부글부글하는 소리와 함께 바다 같은 이 공간이 흔들렸다. 뭘까. 어디까지나 감이지만, 수위가 내려간 것 같은데……. 혹시나 하는 생각인데, 이곳은 아멜리아의 마력이 저장되어 있는 마력조 안인가? 거의 무한의 마력을 지닌 아멜리아의 마력이 이 바닷물이라면, 어느 정도는 앞뒤가 맞아떨어진다.

눈을 뜨면 크로우에게 물어볼 수밖에 없겠군.

만약 아멜리아의 마력조 내부라면, 방금 그 흔들림은 아멜리아가 어떤 마법을 쓰면서 마력을 소비했다는 말인가. '압사' 라는 말을 통해 예상해 보면 『중력마법』이려나.

『……나를 따로따로 해체해서 제정신이 아닌 사람들에게 팔아넘길 생각을 했다는 말이네.』
아멜리아의 말은 시작부터 끝까지 혐오로 물들어 있었다. 뭐, 좋은 기분은 들지 않겠지만 설마 진심으로 죽일 생각은 아니겠지.
목소리밖에 들을 수 없는 자신을 한심하게 느끼면서 귀를 지그시 세우고 있으려니, 예상 못한 난입이 있었다.
『거기까지, 스토오오오옵!!』
통통 튀는 것처럼 기운찬 라티스네일의 목소리를 듣고 안도함과 동시에 어깨의 힘이 빠졌다.
콘테스트에서 아멜리아와 공동 1위를 한 라티스네일도 그 자리에서 상품을 받을 예정이었을 것이다. 어제 처음 만났으며 상대는 마족이지만, 라티스네일이 등장한 걸 알자 왠지 안심이 되었다.
『그러면 안 되지. 여긴 네가 있던 나라하고는 다른 곳이거든? 상대가 어두운 세계에 사는 인간이라고 해도, 죽여선 안 돼!』
아멜리아와 비교적 가까운 위치에 나타난 것인지, 크로우보다는 목소리가 또렷하게 들렸다.
……뭐랄까, 여전히 하는 말이 마족 같지 않은 마족이로군.
아멜리아가 반론하는 목소리를 귀 기울여 들었다. 나는 죽일 것까지는 없다고 생각하는데……. 그러자, 내 말을 대변하는 것처럼 라티스네일이 처음으로 진지한 목소리로 말했다.
『난 말이지, 비록 악인이라고 해도 인간에겐 그 인간의 살아온 이야기가 있고, 그건 절대 타인에게 빼앗겨선 안 된다고 생각해.

그러니까 내 앞에서 사람이 죽는 걸 그냥 보고 있을 순 없어.』

정말로 마족인지 의심하고 싶어지는 말이로군. 실은 용사였습니다, 같은 반전이 있는 건 아닐까. 라티스네일이라면 대환영이지만.

『뭐, 그렇게 죽이고 싶다면 내가 보고 있지 않을 때 하도록 해—! 나는 정의의 편이지만, 그렇다고 해서 눈에 보이지 않는 장소에 있는 사람까지 구할 수는 없으니까 말이지—.』

멋진 말이었는데, 마지막에서 다 망치고 있군. 뭐, 라티스네일답긴 하지만.

그 말을 마지막으로 내 의식이 점점 떠오르기 시작하는 것을 느꼈다. 아무래도 시간이 다 된 모양이다. 마치 해저에서 떠오르는 것처럼, 몸이 자유를 되찾아가고 있었다.

제3장 물의 도시 우르크

Side 아멜리아 로즈쿼츠

"어서 와."

호텔 '레이븐'의 방으로 돌아오니, 완전히 기운을 찾은 아키라가 날 맞아 주었다. 눈 밑에 있는 다크 서클도 사라졌으며, 겉모습만 봐도 건강체 그 자체인 것 같아서 안심했다.

"다녀왔어."

오래 걸어서 지쳐 보이는 크로우를 선두로 사람들이 줄줄이 방으로 들어와서 눕거나 앉았다. 아키라는 아무것도 묻지 않았다.

"각자 휴식을 취했으면 바로 짐을 싸도록 해 줘. 모두 준비가 끝나는 대로 출발할 거야. 크로우, 질 씨, 아멜리아, 용사, 쿄스케는 지금부터 옆방에 모여 줘."

"알았어."

아키라의 말에 따라 모두가 움직이기 시작했다. 이 안에서 가장 리더십을 발휘해 주길 바라는 크로우가 아무 말도 하지 않기 때문에, 아키라가 내키지 않으면서도 지시하고 있다는 느낌이 들었다.

옆방에 아키라가 지목한 사람들이 모두 모이자, 지시한 것은 아니지만 원형이 되도록 위치를 잡았다.

"그럼 앞으로의 진로를 정하자."

응? 하고 고개를 갸웃거리는 용사와 쿄스케를 보면서, 아키라는 뒤통수에 손을 댄 채 고개를 돌렸다. 이건 쑥스러워할 때의 동작이다.

아키라는 용사 일행의 동행을 인정하지 않겠다고 말했지만, 진로를 정하는 회의에 두 사람을 불렀다. 즉, 그런 뜻이 담겨 있는 거겠지. 용사는 기쁨 반, 당혹스러움 반이라는 표정으로 입을 열었다.

"잠깐, 동행을 허용해 주는 건 고맙지만, 왜 갑자기……?"

"너희가 그람이 주도하는 장기매매 건을 알고 움직였다는 건 알고 있어. 나는 딱히 힘을 보여 주면 된다고 말한 적은 없었어. 보호를 받아야 하는 대상은 필요가 없다고 말한 거지. 결과적으로 너희는 누구를 지키는 게 최우선인지를 생각했고, 스스로 싸울 것을 선택했어. 그것만으로도 충분하겠지."

아키라의 말을 다시 떠올려보면서 고개를 끄덕였다.

"큰일임에도 불구하고 나에게 아무 말도 하지 않은 것은 납득할 수 없지만…… 뭐, 괜찮겠지. 뭔가 그럭저럭 고생도 한 것 같으니까."

두 사람은 안도한 것처럼 한숨을 쉬었다. 아키라에게 숨기고 있었던 것이 계속 마음에 걸렸던 모양이다.

"어쨌든, 앞으로 어느 쪽으로 갈 것인지가 중요해. 구체적으로 말하자면 마왕이 있는 것으로 생각되는 마족의 영토로 갈 것인가, 그람이 있는 것으로 생각되는 이 우르크의 수도 우르크로 갈 것인가를 정해야겠지."

마족의 영토라는 말에 용사가 반응했고, 그람이라는 말에 크로우가 반응했다. 둘 다 나중에 가야 하는 장소이긴 하다. 라판은 당국에 넘겼지만, 그런 자는 쓰고 버리는 말단일 뿐이다. 그 자를 이용해서 그람에게까지 이어지기는 어려울 것이다.

"……너는 어떻게 생각하지? 물론 제반 사정을 제외하고 생각한다면."

제반 사정이 구체적으로 뭘 뜻하는 것인지는 모르겠지만, 아키라는 잠시 생각한 후에 대답했다. 크로우가 아키라의 눈을 보고 있었다.

"……마족의 영토는 상당히 복잡해서 안전한 장소가 적을 것 같아. 그뿐만 아니라 요루는 브루트 미궁에서 마히로와 교전한 이후로, 마족 영토에 관한 정보가 지워지고 있다고 했어."

나도 모르게 아키라의 어깨 부근을 봤다. 최근 며칠 동안 보지 못했지만, 요루가 원래 있어야 할 위치는 말하자면 아키라의 어깨 위였다. 모습이 보이지 않는 것과 관계가 있는 걸까. 아키라가 걱정하고 있는 것 같지는 않으니까 아무 말도 하진 않겠지만.

"따라서, 마족의 영토로 들어가려면 절대적으로 전문가의 지식이 필요해. ……비록 그게 100년 이상도 더 된 것이라고 해도 말이지."

모두의 시선이 크로우에게 향했다.

한 번 마왕성의 깊은 곳까지 진격해 본 적이 있는 크로우라면 잘 알고 있을 것이다. 전승에 따르면 크로우가 소속되어 있었던 선대 용사 파티는 약 50년의 세월을 들여서 마족의 영토를 철저히 조사했다고 하니까.

"마족의 영토는 우리 집 앞마당이라고 해도 과언은 아니다. ……100년 전부터 바뀌지도 않았을 테고."

"저기, 그렇게 말하는 근거는 있는 건가요?"

크로우는 말하는 도중에 끼어든 용사를 날카로운 눈으로 노려보면서, 얘기했다.

"근거? 그건 간단하다. 그 녀석들은 경계할 필요 자체를 느끼고 있지 않기 때문이지. 마족의 영토를 돌아다니는 기분 나쁘게 생긴 마물들은 어떨지 모르겠지만, 마족에게 경계심은 눈곱만큼도 존재하지 않는다. 마족 이외의 종족이 자신들을 이길 수 없다는 걸 알고 있으니까 경비도 서지 않고 경계도 하지 않지. 뭔가가 바뀌었을 리가 없어."

그러고 보니 요루는 미궁에서 마족 중에는 고통을 평생 느껴본 적이 없는 자도 있다는 말을 했었다. 마족의 경이적인 생명력과 공격력, 마력 때문에 드러나지 않지만 방어력도 모든 종족 중에서 가장 우수하다고 한다. 일상생활은 물론 전투에서도 다치지 않는다고 한다. 정말로 지금 생각해 보면 도망칠 수 있었던 것이 기적이라는 생각이 들었다.

"즉, 크로우의 동행은 마족의 영토로 가는 것을 생각해 보면 필수적이야. 크로우는 조건을 하나 걸고 안내를 맡아 주겠다고 했어. 그 조건 때문에 반드시 우르크에 가야만 해."
'조건' 이란 대체 무엇일까. 불길한 예감만 들었다.
"그런고로 나는 우르크에 간 뒤에 마족의 영토로 가야 한다고 생각하고 있었어. 하지만 그 조건은 나 혼자의 힘만으로 해결할 수 있으니까, 둘로 나눠서 이동해도 돼."
아키라 혼자서도 처리할 수 있는 조건……. 정말로 어떤 의뢰일까.
"제반 사정을 제외하고 생각한다면 지금 당장에라도 마족의 영토로 쳐들어간 뒤에 집에 돌아가고 싶어. ……하지만, 모든 일에 순서라는 게 있는 이상 그럴 수는 없을 거야."
즉, 우르크에 들른 뒤에 마족 영토로 가야 한다는 결론에 도달한 것 같다.
나는 아키라를 따라가겠다고 정했으니까 도중에 어디를 들르더라도 상관없지만, 용사와 쿄스케는 그렇지 않은지 복잡한 표정으로 입을 다물고 있었다.
"얼마 전에 알게 된 마족 여자애는 어때? 친해졌잖아?"
라스티는 분명 마족이긴 하지만, 마족이라는 생각이 들지 않을 정도도 좋은 아이다. 더구나 '정의의 편' 이 되고 싶다고 했으며 마히로 같은 마족과는 사고방식이 완전히 반대였다. 여기까지라면 힘이 되어 줄지도 모르지만, 라스티에게 안내를 부탁하기에는 치명적인 문제가 하나 있었다.
"너희는 라티스네일을 싫어하는 줄 알았는데……. 뭐, 안됐지만 그 의견은 기각해야겠어."

이 사람들은 단지 다른 곳에 들러서 시간 낭비를 하고 싶지 않다는 생각을 하고 있을 뿐인 것 같지만.

그렇게 생각하면서, 아키라와 눈을 마주치며 고개를 끄덕였다. 나는 아키라의 말을 이어받아서 입을 열었다.

"물론 그런 방법도 생각하긴 했어. 하지만 라스티가 말하길, '나는 마왕성 안이라면 안내할 수 있지만 마족의 영토는 그다지 밖으로 나와 본 적이 없으니까 모르겠어' 고 했어."

라스티가 마족 영토를 안내해 줄 수 있는지 물어봐 주면 좋겠다는 아키라의 부탁을 받고, 바로 조금 전에 만났을 때 물어보고 온 것이다.

우리가 마왕성에 볼일이 있다는 걸 밝히고 안내를 부탁할 수 있는지를 묻자, 웃는 얼굴로 고개를 저었다.

'나는 소위 온실 속의 꽃 같은 아가씨거든. 마왕성 안에서 태어나고 자랐어! 마왕성에서 밖으로 나가본 적도 없고, 마족 영토를 본 적도 없어! 그러니까 이렇게 가출을 한 거지만…….'

'그럼, 어떻게 여기까지 온 거야?'

'그건 말이지…… 날아왔어!'

'뭐……?'

뭐가 뭔지 이해가 되지 않는 대화였지만, 라스티가 거짓말을 하고 있는 게 아니라는 것은 알 수 있었다. 정말로 마족의 영토로 나가본 적이 없는 것 같았다.

내가 그렇게 대답하자, 반대하고 있던 두 사람도 납득한 것 같았다.

"그럼, 그 조건이란 건 뭐야?"

용사의 말을 듣고 아키라는 처음으로 말끝을 흐렸다. 한편 크로우는 완전히 엉뚱한 방향으로 고개를 돌린 채 우리 얘기를 듣지 않고 있었다.

"아아…… 그게, 말이지."

말이 없어진 아키라의 얼굴을 보니, 눈을 이리저리 돌리면서 어떻게 얼버무릴 것인지 생각하고 있는 것 같았다. 진짜 조건이 뭔지는 말할 생각이 없어 보였다.

"약간 도움을 주는 거야. 크로우의 노화가 시작되면서 하지 못하게 된 것을 돕는 거지. 그러니까 그렇게 사람이 많이 필요하진 않아. ……아니, 나 혼자면 충분해."

아키라는 그렇게 딱 잘라 말했다. 크로우의 어이없어하는 얼굴을 보는 한, 거짓말은 하지 않는 것 같다. 단지 핵심이 되는 내용만은 언급하지 않고 있는 것이겠지.

"그렇군. 그럼 우리는 먼저 출발하도록 할게. 어딘가에서 합류하고 싶은데, 어디가 좋을까."

"그렇다면 이 부근이 좋지 않을까? 마족 영토에서 가깝고, 그러면서도 수인족 영토 안이기도 하니까."

지도를 펼치면서 용사와 질 씨가 얘기를 나누는 것을 들었다.

귀로 들으면서 아키라의 얼굴을 살펴보니, 뭔가 망설이는 듯한 눈빛을 하고 있었다. 『강제수면』은 그저 잠을 재우는 것뿐이라 고민을 해결하는 효과는 없다. 아키라가 잠을 제대로 자지 못하게 된 원인이 크로우가 내건 조건 때문이라고 봐도 틀리지 않을 것이다.
"……다른 곳으로 잡아라."
고개를 돌리고 있던 크로우가 그곳으로 정해지려고 한 순간 얘기에 참가했다.
"왜죠? 여기라면 언제든지 행동으로 옮길 수 있고, 마족 영토에서도 가장 가까운데요?"
질이 말하자, 크로우는 귀찮다는 표정으로 한숨을 쉬었다.
"……지 않아."
"뭐?"
넌지시 중얼거린 말을 듣고 자신도 모르게 되묻자, 째릿 하는 소리가 들릴 것 같은 속도로 노려봤다. 안 그래도 원래 눈매가 사나운 사람이 그렇게 노려보니 정말로 무서웠다.
"그러니까 거기엔 할망구가 있으니까 가고 싶지 않다고, 말했다."
할망구라는 게 누구를 말하는 건지 몰라서 잠시 생각했다. 할머니를 뜻하는 걸까.
"아멜리아, 크로우가 말한 할망구란 사람은 크로우의 어머니를 뜻하는 거야."
아키라가 나에게 슬쩍 속삭였다. 그렇구나, 하고 납득했다.
아니, 하지만 크로우의 어머니가 어떻게 아직 살아 있는 걸까. 크로우에게 노화가 일어났다는 건 슬슬 수명이 다 되어 간다는 뜻이니까, 어머니가 살아 있을 리가 없다. 어떻게 된 건지 몰라서 아키라 쪽으로 눈길을 돌렸더니, 크로우를 보고 쓴웃음을 짓고 있었기 때문에 나와는 눈이 마주치지 않았다. 아키라는 크로우의 어머니가 살아 있다는 걸 알고 있었단 말일까?

"그보다, 그곳에서 서쪽으로 더 가면 사람이 없는 오두막이 있다. 옛날에 파티의 안전가옥으로 쓰던 곳이니까 필요한 물건들도 다양하게 있을 거다."

그 말을 듣고 놀랐다.

그러고 보니 마족 영토를 연구하는 50년 동안 안전가옥을 여러 곳 세워서 효율 좋게 조사를 진행했다는 소문을 들은 적이 있다.

"그럼, 합류 지점은 그곳으로 하죠."

크로우에 관한 수수께끼는 깊어졌지만, 이걸로 대강의 진로는 정해졌다. 최근에는 귀찮은 일에 너무 자주 휩쓸린 것 같으니까, 최대한 안전하게 이동할 수 있으면 좋겠는데.

Side 오다 아키라

"그럼 나중에 또 보자."

"죽지 마라— 아키라!!"

"너희도."

그 후에 이야기는 막힘없이 금방 결론이 났고, 곧바로 출발하기로 했다.

질 씨와 용사 파티는 한발 먼저 수인족 영토의 최북단에 있는, 선대 용사 파티가 이용했던 안전가옥으로 출발했다. 우리와 크로우는 그람이 있는 우르크로 향했다.

용사 일행은 질 씨의 마법으로 다른 사람은 알아볼 수 없는 표시를 하면서 전진했다. 안전가옥이 있는 부근은 특히 흉포한 마물이 많아서, 상위 랭크 모험가라도 목숨을 잃을 수 있는 위험한 장소였다.

솔직하게 말해서 우르크로 가는 우리보다 위험도가 더 높았다. 아무리 질 씨가 있고 용사와 쿄스케의 공격력이 높더라도 죽을 때는 죽는다. 특히 여자와 테이머에겐 힘든 길이 될 것으로 생각한다. 누구 하나 빠짐없이 모두와 다시 만날 수 있으면 좋겠는데.

장난스러운 분위기로 애써 작별인사를 하는 나나세와 다른 아이들을 보면서 쓴웃음을 지었다.

"무사히 만나자."

"미리 말해 두겠는데, 너희가 더 위험하니까 조심해."

평소와 같은 말투로 말하는 쿄스케를 보고 어이가 없어서 그렇게 말하자, 이번에는 진지한 표정으로 고개를 끄덕였다.

"알고 있어. 하지만 너도 조심해. 네가 주저할 정도로 큰일을 하려는 거잖아?"

쿄스케의 말을 듣고 놀라서 숨을 죽였다.

때때로 쿄스케는 핵심을 찌르는 말을 할 때가 있다. 일본에서도 늘 그렇게 생각했지만, 이쪽 세계에 온 뒤로는 그게 스킬『감』이 되었기 때문에 정밀도가 더 높아진 것 같은 느낌이 들었다.

"……그러네. 조심할게."

겨우 얼굴을 움직여서 웃자, 쿄스케는 석연치 않은 표정을 지으면서도 용사 일행 쪽으로 걸어갔다.

"뭐야, 말하지 않은 건가?"

어느새 옆에 와 있던 크로우가 그렇게 물었다. 그렇게 쉽게 말해도 되는 내용이 아니다.

"응. 그리고 말한다고 해도 아멜리아에게 먼저 말해야 해."

내가 그렇게 말하자, 크로우는 '그래, 알았다' 는 듯한 표정을 지으면서 질 씨에게 가 버렸다. 자신이 먼저 물어봐 놓고, 각설탕을 통째로 삼킨 듯한 표정을 지을 것까진 없잖아.

"아키라, 슬슬 시간이 됐어."

"아아, 그렇군. 그럼 나중에 또 보자고."

이제 평생 만나지 못하게 될지도 모르는 반 아이들에게 손을 흔들었다.

"잘 가, 아키라."

"그래."

용사 일행에게 등을 돌렸다.

물론, 저쪽이 괜찮아도 우리 쪽이 실패하면 결국 계획은 파탄이 나고 말 것이다. ……나도 단단히 각오해야겠지.

"아키라, 우르크에는 뭐가 있는지 알고 있어?"

마리에서 우르크로 가는 길은 정비가 되어 있지 않았다. 완전히 짐승이나 다닐 가도를 따라갔다.

얼굴이 보이지 않도록 후드를 덮어쓴 상태의 아멜리아가 그렇게 물었다.

참고로 크로우는 우리 뒤를 어슬렁어슬렁 따라오고 있었다.

"아니, 그다지 아는 게 없어. 분명, 우르크는 수인족 영토 중에서도 특히 번성한 곳이라고 들은 것 같은데."

"그래. 가장 크고, 가장 풍요로워. 맛있는 것도 많아."

아멜리아가 노리는 건 역시 그쪽이겠지. 그렇게 생각하면서 쓴웃음을 지었다.

이런 속도로 간다면 1주일 내지는 2주가 채 되지 않았을 때 도착할 수 있을 것이다. 절실하게 자동차가 필요했다. 자동차가 안 된다면 적어도 마차나 짐마차에 타고 싶었다.

"우르크는 물의 도시다. 도시의 곳곳에 수원이 있고, 도로가 아니라 강으로 구역이 나뉘어 있지. 교통수단은 오로지 배밖에 없다. 아름다운 도시니까 관광객이 많아지면서 발전한 것이겠지."

크로우의 말을 듣고 헤에, 하고 감탄했다.

역시 잘 알고 있군.

"그러고 보니 내가 살았던 세계의 어떤 나라에도 그런 곳이 있었지."

"그래?"

고개를 끄덕이면서, 사회 교과서에 실려 있던 사진을 떠올렸다.

분명 베네치아라고 했던 것 같은데. 한 번쯤은 가보고 싶다고 생각했지만 외국은 왠지 귀찮을 것 같고, 어머니의 건강 문제도 있었으니까 포기했었지.

"……내가 여관을 잡아 놓을 테니까 그 동안에 관광이라도 하고 오면 되겠군."

넌지시 중얼거리는 크로우의 목소리를 듣고, 아멜리아와 서로의 얼굴을 바라봤다. 친절 모드인가?

"우르크에 가면 리아도 만날 수 있을까?"

"여관을 출발할 때 미리 연락해 뒀다. 딱히 중요한 용무가 없으면 도시를 안내해 줄 거야."

크로우의 대답을 듣고 고개를 갸웃거렸다.

"……뭐냐. 하고 싶은 말이 있으면 확실하게 말해라."

갑자기 불쾌한 표정을 짓는 크로우를 보고 왠지 안심이 되었다. 그렇지, 크로우는 이런 느낌이었다.

"아니, 지금까지와는 태도가 달라서 당황했던 것뿐이야."

그렇게 말하자, 크로우는 입을 다물었다. 그러는가 싶더니, 고개를 번쩍 들었다.

"……자질이 있어 보이는 녀석에겐 그에 맞는 자세를 보인다. 그 용사 일행에겐 기대가 되지 않지만, 너희는 기대가 되기 때문이다. 단지 그것뿐이야."

무뚝뚝한 대꾸였지만, 크로우다운 대꾸였다.

"그럼, 초대 용사의 기술을 가르쳐 줄 거야?"

아멜리아, 아직 포기하지 않았단 말이야? 그렇게 생각하면서 놀랐다. 예전처럼 만나러 가서 머리를 숙이는 행동을 하지 않게 되었으니까, 이젠 그만 포기했을 거라고 생각하고 있었다.

"……그러지. 하지만 네가 어떻게 되더라도 난 모르니까 그리 알아라."

크로우는 포기한 듯이 한숨을 쉬었지만, 아멜리아는 기뻐하는 것 같았다.

용사 일행과 헤어진 후 딱 2주째가 되는 날, 우리는 우르크에 도착했다.

당초 예정보다 늦어진 이유는 가는 도중에 크로우가 아멜리아에게 초대 용사의 기술인 엑스트라 스킬 『반전』의 기초 지식을 가르치고 있었기 때문이다.

엑스트라 스킬 『언어이해』를 지니고 있는 나에게도 난해한 내용이었지만, 공부는 되었다. 뭐, 식사 준비 같은 일을 처리하고 있는 동안에는 듣지 못했기 때문에 완벽하게 이해하지는 못했지만.

참고로 아멜리아는 『마법생성』으로 스킬 『이해』를 만들어서 어떻게든 진도를 따라가고 있었다고 한다. 『언어이해』처럼 만능은 아니지만 난해한 얘기를 들을 때 편리하다고 했던가. 걱정하고 있던 사항인 정신에 미치는 영향도 스킬 덕분에 보이지 않았다.

제자를 둔 적이 있기 때문인지, 크로우는 능숙하게 가르쳤다. 그래도 굳이 말하자면 사란 단장이 역시 더 잘 가르쳤던 것 같군.

"드디어 도착했구나. 물의 도시 우르크."

나와 아멜리아는 기쁨의 함성을 질렀다. 주위에 있는 관광객으로 보이는 사람들이 우리와 마찬가지로 소리를 지르고 있었으므로 딱히 눈에 띄진 않았다.

그건 그렇고, 생각했던 것보다 멋진 도시였다.

건물 사이에 수로가 있었고, 그곳을 사람을 태운 배가 오가고 있었다. 수로는 배 한 척 한 척이 작게 보일 정도로 폭이 넓어서 충돌할 걱정은 전혀 없었다. 도시의 건물은 전체적으로 녹색 식물로 덮여 있는지라, 자연 속에 존재한다는 걸 실감할 수 있었다. 더구나 수로의 물은 연푸른색에 바닥이 보일 정도로 맑고 투명했다. 이런 경치라면 하루 종일 보고 있을 수 있을 것 같았다.

기쁨의 함성을 지르는 우리를 한 번 본 뒤에, 크로우는 발길을 돌렸다.

"예정대로 나는 여관을 잡아 놓고 올 테니까 너희는 관광이라도 하고 있어라. 리아와 만나기로 한 장소는 도시에 있는 중앙 분수 앞이다. 해가 지기 전에 거기 있으면 여관으로 안내할 사람을 보내마. 제때 오지 못하면 노숙이라도 하면 되겠지."

그런 말을 남기더니, 바로 가버렸다. 아니, 처음 오는 곳에 일행을 놓고 가 버리는 게 정상인가?

"뭐, 어쩔 수 없나. 우린 데이트를 즐기자, 아멜리아."

"데이트?"

손을 내밀자, 아멜리아가 조심스럽게 그 손을 잡았다.

"그래. 네가 말하는 건 뭐든지 들어줄게. 최근 2주 동안 열심히 공부한 상이야."

그렇게 말해 주자, 아멜리아는 볼을 붉히더니 기쁜 표정으로 옆에 섰다.

"상이란 건 처음 받아 봐."

나지막이 중얼거린 말을 듣고 미소 지었다.

아멜리아는 엘프족의 왕족이므로, 지금까지 공부를 하거나 노력을 하는 것이 당연한 일이었겠지. 아멜리아는 진지한 성격이니까, 주변 사람들이 말려도 동포들을 위해서 무리하고 있었을 거라 생각한다.

"내가 처음이라니 정말 기쁜걸. ……일단 리아와 만나기로 한 장소에 가봐야겠지."

최대 국가의 수도라고 불리는 만큼 그런대로 규모가 클 것이다. 대강이라도 가는 길을 가르쳐주면 좋았을 텐데. 좌우도 구별이 안 되는데, 중앙이 어딘지를 알 수 있을 리가 없잖아.

"아키라, 저걸 먹어 보고 싶어."

"그래. 나도 괜찮겠다고 생각하고 있었어."

아멜리아와 내가 끌린 곳은 매혹적인 향기를 풍기고 있는 가게였다.

어떤 냄새인지 묘사하자면 새우나 게 같은 갑각류를 굽고 있는 냄새에 가까웠다. 하지만 새우나 게는 아닌 것 같았다.

"주인아저씨, 그거 두 개 줘요. 그리고 중앙 분수가 어디에 있는지 알고 있어요?"

"오! 감사합니다!! 중앙 분수는 저쪽으로 쭉 가면 나와요, 손님."

친절한 주인에게 감사 인사를 한 뒤에, 걸어가면서 그걸 먹었다.

생긴 것은 완전히 꼬치구이인데 구운 생선의 맛이 났다. 그리고 냄새는 새우였다. 신기한 음식이로군. 하나 더 언급하자면 이 꼬치구이의 이름은 가리비였다. 뭔가 너무 뒤죽박죽으로 섞여 있는 것 아냐?

"맛있어?"

"응. 아, 다음에는 저거 먹어도 돼?"

뭐든지 들어주는 데이트를 하자고 말은 했지만, 결국은 평소와 다를 게 없이 먹으면서 걸어 다니는 데이트가 되었다. 뭐, 예상은 했지만.

"아키라, 이쪽에도 맛있어 보이는 게 있어!"

배로 이동하는데도 도중에 들르는 곳이 너무 많아서 전혀 나아가질 못하고 있었다.

리아도 일단은 우르크의 왕녀이지 않았던가. 우리 쪽에도 왕녀가 있다곤 하나, 이렇게 오래 기다리게 해도 괜찮을까?

"아키라, 이쪽이야, 이쪽!"

그래도 즐거워하는 아멜리아를 상대로 강하게 나갈 수 없었기에 마지막까지 계속 옆길로 새고 말았다.

뭐, 최근에는 정말로 단둘이 보내는 시간이 미궁 안에 있었을 때와 비교하면 적었던 데다, 정보 공유도 제대로 하지 못하고 있었다.

아멜리아에겐 아직 이 나라에 온 진정한 목적을 얘기하지 않았다. 아예 이렇게 된 바에는 이대로 얘기하지 않는 것이 좋지 않겠느냐는 생각이 들 지경이었다. 아무것도 숨기지 않겠다고 결심했는데도 말이지.

“아! 아키라, 저게 중앙 분수 아닐까?”

갑자기 시야에 들어온 것은 웬만한 건물보다 훨씬 더 높은 분수였다. 실제로는 분수 자체가 이 도시에서 가장 큰 수원이었으며, 솟구쳐 나오는 물을 그대로 분수로 만들어 놓은 것 같았다. 수로의 물의 약 70퍼센트는 저 분수에서 나오는 것 같았다.

엘프족의 신성수도 그렇고, 일본과는 스케일부터가 다르군.

“아! 오시길 기다리고 있었어요!!”

낯익은 모습이 우리 쪽으로 달려왔다.

“오랜만입니다, 아멜리아 님, 아키라 님!”

애교 있는 미소를 지으면서 우리에게 달려오는 리아를 보고, 우리는 ‘잘 지내는 것 같아서 다행이다’ 라고 생각하면서 서로의 얼굴을 바라봤다.

“그러고 보니, 리아가 사용하던 『신의 반전결계』는 크로우의 엑스트라 스킬인 『반전』을 응용한 거야? 그렇지 않으면 비슷하지만 다른 거야?”

왕족 전용인 이동용 배 안에서 나는 계속 궁금했던 것을 물었다. 왕족 전용 배이다 보니 앞을 가던 배들이 일부러 비켜 주고 있었다. 덕분에 배는 수로의 한가운데를 유유히 나아가고 있었다.

우리는 배 안에 있는, 아마도 왕족만 이용하는 것이 허락되어 있을 것 같은 스위트룸에 있었다. 그런데 아멜리아라면 또 모를까, 나는 이 자리에 어울리지 않는 듯한 느낌을 도저히 지울 수가 없었다. 휘황찬란한 방 안에 까마귀가 홀로 헤매다가 들어온 것 같았다. 뭐, 대접받은 홍차와 과자는 맛있었지만.

리아와는 크로우의 집에서 내가 정신을 잃은 때 이후로 처음 봐서 그때의 그 결계가 무엇이었는지 물어볼 시간이 없었다.

수호자라는 직업은 결계 등의 방어마법이 뛰어나다. 방어마법 중에서도 『신의 결계』라는 결계는 현재 알려진 모든 결계마법 중에서도 최고의 방어력을 자랑한다. 실제로 컨티넨 미궁에서 사란 단장이 쓴 빛 마법의 상급결계마법인 『생크추어리』보다도 강하고 단단했으며, 굳이 말하자면 신성함까지 느껴졌다. 미궁의 최하층 클래스의 힘으로도 쉽게 파괴되지 않는 걸 보면, 사실 상당히 강하지 않을까…….

“그, 그건 비슷하지만 다른 거예요! 확실히 크로우 님을 생각하면서 본뜬 것이긴 하지만, 그분의 『반전』은 보기만 해도 발동되는 것이라 정말로 순식간에 발동돼서 공략이 불가능하니까요. 실제로 제 결계는 금방 파괴되었고 말이죠.”

확실히 마히로에게 파괴되긴 했다. 하지만 마히로는 마족 중에서도 두 번째로 강하다고 주장하던 남자다. 비교하는 상대가 잘못된 건 아닐까.

“그렇다면 크로우의 『반전』은 마법을 반전한 마법으로 상쇄시키는 거지만, 리아의 『신의 반전결계』는 마법 공격이든 물리 공격이든 상관없이 공격을 그대로 반사한다는 건가?”

리아의 결계는 소위 거울 같은 거란 말일까. 크로우의 경우는 하려고 마음을 먹으면 마법을 상쇄함과 동시에 자신도 마법으로 공격을 할 수 있지만, 리아는 거울처럼 반사하는 것밖에 할 수가 없다. 하지만 브루트 미궁에서 그랬던 것처럼, 다수가 상대일 때 리아의 결계는 편리하겠군.

"그래요. 그리고 제 결계는 신의 힘을 쓰고 있기도 하기 때문에 힘으로 밀어붙이는 느낌이에요. 제가 수호자가 아니라 평범한 결계사였다면 절대 쓰지 못하겠죠."

리아 본인도 누구에게 어떤 식으로 반사할지 생각하지 못하며, 결계가 전부 알아서 해 준다고 한다. 과연, 확실히 비슷하지만 다른 것이다.

"그런데, 그걸 왜 물어보시나요?"

고개를 갸웃거리는 리아에게, 아멜리아가 크로우로부터 엑스트라 스킬 『반전』을 배우고 있다는 얘기를 했다.

그 말을 듣자마자, 리아의 몸이 부들부들 떨렸다.

"뭐, 뭐, 뭐라고요오오오?!"

숨을 크게 들이쉴 때부터 큰 소리를 지를 것이 뻔히 보였기 때문에 나는 귀를 막을 수 있었지만, 아멜리아는 그대로 당하고 말았다.

"……아키라."

원망스러운 표정의 아멜리아가 귀를 누르면서 내 쪽을 늘게 뜬 눈으로 노려봤다. 나는 쓴웃음을 지으면서 미안하다는 뜻으로 손을 들었다.

"아멜리아 님, 정말로 그분에게서 『반전』을 배우고 있단 말인가요?!"

"으, 응."

아무리 아멜리아라고 해도, 리아의 이런 기백에는 주춤거리면서 밀릴 수밖에 없었다.

리아는 역시 이건 좀 심하다고 생각했는지 곧장 아멜리아에게서 물러났다. 뭐, 보기에 따라선 수인족의 왕녀가 엘프족의 왕녀를 윽박지르는 것처럼 보이기도 하니까 말이지.

같은 왕녀라고 해도 아멜리아가 엘프족 전체의 왕녀인 데 반해 리아는 수인족의 나라들 중 한 곳의 왕녀일 뿐이다. 그리고 리아의 경우는 직계 왕녀가 아니다. 누가 더 지위가 높은지는 바보라도 알 수 있을 것이다.

"……어흠, 실례했습니다. 그만 평정심을 잃고 말았네요."

리아가 부끄럽다는 표정으로 말했다. 뭐, 리아에게는 그 정도로 충격적인 일이었던 모양이다. 『신의 반전결계』 건도 그렇고, 왠지 모르게 크로우를 존경하고 있다는 느낌이 드니까 말이지.

"일단 그 얘기는 나중에 천천히 듣기로 하죠. ……지금 우리가 가고 있는 곳은 왕성이에요."

자세를 단정하게 바로잡으면서 리아가 말했다.

"왕성? 우리를 초대한다는 말이야?"

아멜리아라면 또 모를까, 스스로 말하는 것도 좀 그렇지만 수상쩍게 보이는 내가 들어가도 괜찮단 말인가?

"네. 아버님, 그러니까 폐하께서 아멜리아 님에게 인사를 드리고 싶다고 하셔서요. ……그리고 아키라 님도 만나고 싶어 하시는 것 같아요."

나는 고개를 갸웃거렸다. 수인족 최대 국가의 왕이 일개 모험가인 나를 만나고 싶어 한다고? 내가 소환을 통해서 이 세계로 온 것은 알려지지 않았을 텐데. '사일런트 어새신' 이라는 이명 때문인가? 그렇다면 정말로 사양하고 싶은데.

"자세한 얘기는 저도 듣지 못했지만, 아키라 님이 엘프족의 왕에게도 인정받은 모험가라는 것을 알고 의뢰하고 싶은 것이 있다고 하시더군요."

점점 더 이해가 안 되는군. 엘프족의 왕에게 인정받았던 이유는 아멜리아의 호위라는 명목으로 같이 있었기 때문이었겠지만, 그렇다고 해도 인간족의 수상한 남자를 왕성에 들이지는 않을 텐데.

"……그 건에 대해선 왕 본인에게 물어보기로 하지."

석연치 않은 감정을 그대로 남겨둔 채, 배는 나아갔다.

그러고 보니 리아에게 묻고 싶은 게 하나 더 있었다.

"리아, 그람이란 사람을 알고 있어? 일단 너와는 사촌이 되는 사람일 텐데."

리아의 동물 귀가 움찔 움직였다. 알고 있군.

아멜리아는 자신과는 관계없는 일이라는 표정으로, 테이블 위에 있는 차와 과자를 먹고 있었다.

"저는 양녀인 몸이고, 제가 왕족이 되었을 때 그람 님은 이미 재상을 그만두셨으니 잘은 모르지만……."

리아는 그렇게 말하면서 내 얼굴을 힐끗 봤다. 나는 그래도 얘기해달라는 뜻으로 고개를 끄덕였다.

"그래도 괜찮아. 리아가 본 그람과 그 인상을 가르쳐 줘."

그 눈을 지그시 바라보자, 결국에는 졌는지 리아는 단념한 것처럼 한숨을 쉬었다.

나와 아멜리아는 의자에 깊이 몸을 기대면서 얘기를 들었다.

"그람 님은 현재의 왕인 이그삼 라군의 누나의 외동아들로 태어나셨죠. 현재 왕의 가문은 대대로 아이가 귀해서, 그람 님이 태어나셨을 때는 다들 크게 기뻐했다고 들었어요."

아아, 벌써 이야기가 어떻게 전개될지 알 것 같다.

나는 테이블 위에 놓여 있는 쿠키 같은 과자를 집어 먹었다.

"그리고 현재의 왕을 비롯한 왕족분들의 귀여움을 받으면서 자란 그람 님은…… 그, 오만한 성격으로 성장하고 말았고, 이 세상의 모든 것은 자신의 것이라고 착각하게 되었다고 하더군요."

태어난 곳이 왕가였기 때문에 좋든 나쁘든 자신이 바라는 게 뭐든 이뤄질 수 있는 환경 속에서 살았단 말인가. 좋겠네, 태어나면서 금수저인 인간은. 태어나는 장소를 고를 순 없다고 하지만, 격차가 너무 심한 것 아냐?

"현재의 왕에게 떼를 써서 재상의 자리에 오른 뒤에는 하고 싶은 대로 하고 살았죠. 여자들을 거느리고 아이들을 팔았으며 남자들을 자신의 부하로 들였어요. 거역하는 자는 자신이 고용한 용병을 써서 죽였고요. ……정말로, 자신이 마음에 든 인간 말고는 인간으로 생각하지 않는 사람이었던 것 같아요."

그리고 그런 짓들이 발각되면서 재상에서 물러났고, 길드 마스터가 되었다고 한다.

리아도 내심 생각하는 것이 있는지 조용히 시선을 떨궜다.

"길드 마스터에 임명된 뒤에도 제멋대로 굴고 있는데, 이젠 폐하도 말리지 못하는 지경이 됐어요."

나는 고개를 갸웃거렸다. 현재 왕의 조카라곤 하지만, 그렇게 강한 권력이 있단 말인가?

"수인족은 조카에게도 권력을 주는 거야? 추방한 자인데도?"

내가 하고 싶었던 말을 아멜리아가 대변해 주었다. 그래, 바로 그 말을 하고 싶었어.

"아뇨, 그람 님이 가지고 있는 권력은 길드 마스터라는 것뿐이에요. 문제는 그 병력에 있죠."

"고용했다는 용병 말이야?"

내 말을 듣고 리아는 고개를 끄덕였다. 홍차로 입을 적신 뒤에 얘기를 이어갔다.

"그래요, 그 용병들은…… 한심한 일이지만, 왕국의 가장 강한 부대도 상대가 안 돼요. 어둠의 루트를 통해 유통되고 있는 위법적인 약에도 손을 대고 있기 때문에, 신체 능력이 차원이 다르죠. ……이젠 인간이라고 할 수 없는 수준이에요. 말도 하지 못하고, 아마 평범한 생활도 할 수 없을 거예요."

입술을 깨무는 리아의 모습을 보고 여러모로 짐작이 가는 게 있었다. 아무래도 그 용병이란 자들을 본 적이 있는 것 같다.

"어떤 자들이었어?"

과자를 입에 가득히 넣은 채 우물거리는 아멜리아가 물었다. 이 녀석은 정말로 맛을 보면서 먹고 있는 걸까. 과자 같은 고급

품은 그렇게 쉽게 먹을 수 있는 게 아니라고.

"그러네요…… 제가 보기로는 억지로 몸을 움직이고 있다는 인상을 받았어요. 아마 약 때문이겠죠. 살육 인형이 되었고 명령밖에 듣지 않게 됐어요. 아직 잘은 모르겠지만 그걸 가능하게 하는 약이 있는 것 같아요."

말투로 봐선 마약 종류는 아닌 것 같군.

"어둠의 루트로 유통되는 약이라……. 그렇다면, 그걸 만들고 있는 자는 약사나 조합사 같은 직업을 가진 자겠군. 평범한 사람이 그런 약을 만드는 건 무리일 테니까."

"네. 우리 나라도 조사하고 있지만, 아직도 발견하지 못했어요."

직업이라는 스테이터스는 우리의 상식을 바꿔 버리는 힘을 지니고 있다. 그건 이 세계에 와서 질릴 정도로 맛봐 왔던 것이다.

나도 같은 반 아이들도, 일본에선 마물 같은 걸 죽일 수 있는 힘은 가지고 있지 않았다. 일본에 살았던 때의 우리와 지금의 우리의 차이점은 직업의 유무와 스테이터스가 눈에 보인다는 것이다.

이건 큰 차이다. 직업이 태어날 때 정해져 있다면 장래가 불안해질 일은 없다. 그리고 스테이터스가 보인다는 것은 자신이 잘하는 것과 못하는 것이 보인다는 뜻이다. 일본과는 달리 죽음의 위험이 늘 주변에 있지만 살기 쉬운 세계이긴 하다. 단, 일본과 같은 점은 그런 힘을 악용하는 자가 반드시라고 해도 될 정도로 있다는 것이다. 인간을 살육 병기로 바꿔 버리는 약을 만들 수 있다면, 병에 걸린 사람을 구할 수 있는 약도 만들 수 있을 텐데.
"나라에서 찾지 못하는 건 어쩔 수 없는 일이겠지. 어두운 세계에 사는 인간이니까."
"네. 이그삼 폐하도 같은 견해를 피력하셨어요. 이번에 아키라 님을 부르신 이유도 이 일과 관계가 있을 거라고, 저는 추측하고 있어요."
나는 보이기 시작한 왕성을 쳐다보며 한숨을 쉬었다. 과연 수인족의 왕인 이그삼의 호출이 좋은 결과가 될까 나쁜 결과가 될까. 지금 당장 불길한 예감은 들지 않지만, 왕이라는 인종을 신용해선 안 된다는 것은 이 세계에 온 뒤로 확실하게 깨닫게 되었다. 조심하는 게 최선의 대책이겠지.

산의 골짜기 사이, 계곡 안에 그 거대한 건물이 있었다.
레이티스의 왕성보다 크고, 엘프족의 왕성보다 조용하면서 선선했다. 혈기왕성한 수인족의 왕성인지라 소란스러울 것이라 생각하고 있었다.
"여기가 왕성이에요. 바닥이 미끄러우니까 조심하세요."
수로에 걸쳐지도록 세워져 있기 때문인지 축축하긴 했지만 공기가 기분 나쁘진 않았다. 나는 고개를 들어 쳐다보면서 한숨을 쉬었다. 성의 가장 높은 곳이 보이지 않았다. 뭐랄까, 모 마법학교랑 비슷한 것 같군.
"여긴 산으로 둘러싸여 있는데, 산 위에서 적이 기습하면 잠시도 못 버티는 것 아냐?"

배에서 내린 뒤에 성을 쳐다보면서 리아에게 그렇게 말했는데, 리아는 미소를 지으면서 고개를 저었다.

"왕성은 상공 및 지하도 포함해서 구체 모양의 결계로 덮여 있기 때문에 침입자를 걱정할 필요는 없어요."

리아가 자랑스러운 표정으로 말하는 걸 보면, 성에 펼쳐져 있는 것은 『신의 결계』이려나. 즉, 결계를 펼친 사람은 리아인 것 같다.

적당히 대꾸하면서, 희미하게 막이 펼쳐진 것처럼 보이기도 하는 상공을 한 번 더 쳐다봤다. 『신의 결계』라면 괜찮은 건가?

"자, 아멜리아 님, 아키라 님, 이그삼 폐하를 알현하실 방은 이쪽이에요."

알현실이라면서 우리를 안내한 곳은 너무나도 넓은 방이었다. 레이티스 성도 그렇고, 왜 이렇게 큰 방이 필요한 걸까, 학교의 학생회실 정도로 넓기만 해도 충분하지 않을까.

실제로 알현실에 있던 사람은 옥좌에 앉아 있는 왕으로 보이는 사자 수인족과, 옥좌 옆에 서 있는 기사로 보이는 말 수인족뿐이었다. 기척감지도 이 두 사람밖에 없다고 알려주고 있었다. 즉, 우리까지 합쳐서 다섯 명이 이 넓은 공간에 있는 것이다. 진정이 되질 않는다.

"아버님, 엘프족 왕녀 에밀리아 로즈쿼츠 님과 용사소환자 아키라 오다 님을 모셔왔습니다."

리아의 인사에 맞춰서 우리도 머리를 숙였다.

용사소환에 관한 것은 스스로 리아에게 폭로했으니까 어쩔 수 없나. 여러모로 귀찮으니까 최대한 숨겨 두고 싶었는데 말이지.
옆에 서 있는 기사와 뭔가 얘기를 나누고 있던 왕은 리아가 그렇게 말한 순간 얼굴을 들어서 우리 쪽을 봤다.
"오오!! 수고했다, 리아. 두 분도 이리로 오시오."
빙긋 웃으면서 말하고 있지만 그 눈은 나를 훑듯이 바라보고 있었다. 나는 그 시선을 알아차리지 못한 척을 하면서 옥좌에 다가갔다. 옆에 서 있는 기사는 나를 곁눈질로 한 번 보더니, 흥 하고 콧방귀를 꼈다. 보아하니 아멜리아는 둘째 치고 나는 환영받지 못하는 모양이었다.
리아가 옥좌 조금 뒤에 자리를 잡고 서자, 이그삼 왕이 얘기를 시작했다.
"잘 오셨소, 아멜리아 공, 오다 공."
밝게 웃으면서 이그삼 왕은 옥좌에서 일어섰다.
다른 종족의 왕에게 갖출 예의 같은 건 잘 모르기 때문에, 나는 아멜리아를 따라 했다. 이 왕이 의뢰할 게 있다고 해서 온 것뿐인지라 예의를 갖출 필요는 없었지만, 내 행동 때문에 아멜리아가 비난을 들을 수도 있게 되는 상황은 피하고 싶었다.
"오랜만에 뵙습니다. 이그삼 폐하."
"오랜만이로군! 어떤가. 그 건은 좀 생각해 보았소?"
이그삼 왕이 그렇게 말하자, 아멜리아는 벌레를 100마리는 씹은 듯한 표정을 지었다. 그 건은 뭘 말하는 걸까. 아니, 그 전에 아멜리아의 표정이 엄청난데. 그렇게 싫은 일이란 말인가. 남의 일처럼 그렇게 생각하고 있으려니, 아멜리아가 내 쪽을 슬쩍 봤다.

"저에겐 이제 아키라가 있으니까요."

볼을 붉히는 아멜리아. 정말로 무슨 얘기를 하는 거지.

이그삼 왕은 아주 짧은 순간 눈썹을 찌푸렸지만, 이내 원래의 밝은 미소로 돌아왔다.

"그런가, 그거 아쉽군. ……그럼, 인사는 여기까지 하고 본론으로 들어가지."

그다지 아쉬워하지 않는 것 같은 이그삼 왕이 옥좌에 앉음과 동시에 옆에 서 있던 기사로 보이는 사람이 한 걸음 앞으로 나섰다.

"아멜리아 왕녀님, 처음 뵙겠습니다. 저는 이그삼 폐하를 모시는 근위기사, 빅터라고 합니다. 앞으로도 절 기억해 주시면 영광이겠습니다."

아마도 여자가 좋아할 것 같은 미소를 지으면서 아멜리아에게만 인사한 뒤에, 나를 한 번 바라봤다.

아멜리아는 빅터에게 고개를 끄덕인 뒤에 이그삼 왕을 봤다. 그녀의 무뚝뚝한 반응에 빅터의 이마에 힘줄이 돋은 것이 보였지만, 이그삼 왕이 얘기를 시작했기 때문에 시선을 그쪽으로 옮겼다.

"우선, 양녀이긴 하나 딸을 브루트 미궁에서 구해 줬다고 들었소. 일국의 왕으로서, 아버지로서 감사의 인사를 하고 싶군. 고맙소."

옥좌 위에서 머리를 숙이는 이그삼 왕을 보면서 아멜리아는 고개를 저었다.

"그 일의 발단은 제가 마족에게 유괴를 당한 것입니다. 리아는 절 구하러 와 줬을 뿐이니 오히려 잘못은 저에게 있으며, 리아를 구해 준 사람은 크로우와 아키라이지 제가 아닙니다."

"……그런가. 그럼, 크로우에게도 고맙다는 말을 해야겠군."

이봐, 나한테는 안 한단 말이야? 아까부터 단체로 따돌리기라도 하는 것처럼 나는 계속 무시를 당하고 있었다.

"그리고 할 얘기는 하나가 더 있소."

그제야 겨우 이그삼 왕은 나와 눈을 마주쳤다.

그 순간, 내 『위기감지』가 최대한의 경보를 울려댔다. 너무 늦잖아. 회피 불가능한 단계가 되어서야 울리는 건 스킬로서 좀 문제가 있는 것 아닌가.

"용사소환자인 아키라 오다 공이라고 했던가? 내 부탁을 들어줄 수 있겠나?"

나는 자신도 모르게 나올 뻔한 한숨을 애써 참았다.

"내용에 따라서 달라지겠지."

"네 이놈! 무례하다!!"

내 대답이 어디가 마음에 안 든 건지 모르겠지만, 갑자기 달려들 것처럼 꾸짖는 빅터를 보면서 나는 자신도 모르게 한숨을 쉬었다. 조금 전에는 불만을 애써 참고 있었는데, 딱히 의미가 없었군.

"내용도 듣지 않고 '네, 알겠습니다' 라고 말할 수는 없잖아. 의뢰 내용과 그에 따른 보수를 들은 뒤에 결정하는 건 당연한 거야."

내가 그렇게 말하자, 이그삼 왕은 살짝 웃었다.

"보아하니 이세계의 용사님은 의외로 만만치 않은 자인 것 같군. 좋다. ……이번에 오다 공에겐 어떤 자의 암살을 부탁하고 싶다. 보수는 이 나라에 있는 동안 안전을 보장하는 걸로 하면 어떨까?"

씨익 웃는 이그삼 왕을 보면서, 나는 겨우 깨달았다. 이 사람은 내가 싫어하는 인종이다.

"거절하겠어."

"뭐라고?!"

바로 딱 잘라 말하자, 빅터가 눈을 크게 떴다. 수인족에게 왕이 어떤 위치에 있는 사람인지는 모르겠지만, 너무 놀라는 것 아냐?

"왜지? 그대들은 여기 오기까지 수많은 마물과 사람들의 습격을 받았다고 들었다. 엘프족 영토, 수인족 영토인 우르, 마리. 싸움이 없는 다른 세계에서 온 그대들이 가장 크게 바라는 것이 안전일 것이라 생각했다만."

이 사람이 어떻게 우리의 동향을 알고 있는지는 일단 넘어가겠지만, 착각도 이만저만이 아니로군.

"안됐지만, 내 몸 정도는 내 힘으로 지킬 수 있거든. 남의 신세를 질 필요는 없어."

내 레벨을 어떻게 인식하고 있는 걸까. 스테이터스를 보는 한 나보다 높은 실력을 지닌 자는 이 안에 없었다. 뭐, 스테이터스를 볼 수 있는 사람은 나와 아멜리아뿐이니까 어쩔 수 없는 일이긴 하다.
그렇다고 해도, 우리가 어디에서 습격을 받았는지 알고 있다면 우르에서 내가 마물을 섬멸한 것도 알고 있을 텐데.
"네 이놈, 설마 스스로 대량의 마물을 섬멸했다는 헛소문을 퍼트린 것이냐?!"
격분하면서 내뱉는 빅터의 말을 듣고 대강 이해할 수 있었다. 듣자 하니 내가 마물을 『그림자 마법』으로 섬멸한 것을 거짓말로 생각하고 있는 것 같다.
내 옆에서 아멜리아가 얼굴을 찌푸렸다.
"갑자기 무슨 소리를 하는 건가 했더니, 헛소문이라고? 뭘 근거로 그런 말을 하고 있는 거지?"
"그럼, 아멜리아 왕녀께선 그 자리에 없었다고 보고를 받았습니다만 뭘 근거로 이자의 거짓말을 믿고 계시는 겁니까? 애초에 이렇게 생긴 남자가 100마리를 넘는 마물을 섬멸할 수 있을 리가 없습니다!"
무슨 이유인지 내 외모만으로 그렇게 단언했다. 뭐야, 이 녀석. 이그삼 왕도 웃고만 있을 뿐인지 말리지는 않는 걸 보면 오히려 나를 관찰하고 있는 것 같기도 했다.
곁눈질로 아멜리아의 미소가 더 깊어지는 것을 봤다. 이건 전에 없을 정도로 엄청나게 화가 났다는 건데.
"그런 보고를 받았다는 건, 실제로 그 사람은 그 자리에 있었다는 얘기지. 당신은 동료의 말을 믿지 못하는 거야? 그리고, 처음 본 당신보다 내가 더 아키라를 잘 알고 있어. 더 이상 그 입을 열지 마. 불쾌해."
네, 논파당했습니다. 그런 말이 떠오를 정도로 화려한 말솜씨였다. 역시 나보다 수십 배의 세월을 살아온 사람은 다르다.
빅터는 입술을 깨물면서 입을 닫았다.
"아키라가 했던 것을 그 자리에 없었던 내가 증명할 수는 없어. 하지만 그건 아키라가 거짓말을 했다는 것과 같은 뜻이 되진 않아. 즉, 이 대화는 의미가 없다는 거야. ……하던 얘기를 계속하지죠. 아키라에게 의뢰하고 싶다는 암살 대상은 누구인가요?"
아아, 그러고 보니 그런 말도 했었지. 그 후에 안전을 보장하겠다느니 어쩌니 하는 말이 나오는 바람에 완전히 잊어버리고 있었다.
"그대들 모험가들이라면 이름 정도는 들어봤을 거라 생각한다만, 그대가 이 우르크의 길드 마스터, 그람을 암살해 줬으면 좋겠다."
설마 했던 이름이 튀어나왔다. 구체적인 내용은 모르고 있었던 것으로 보이는 리아가 헉 하고 숨을 들이쉬었다.
한편, 나와 아멜리아도 각자 다른 반응을 보였다.
"자신의 조카를 죽이고 싶단 말인가."
이것 참 난감한 의뢰다.
의뢰자는 왕. 죽일 자는 추방되었지만 일단은 왕족이며 그럭저럭 높은 지위에 있는 사람이다. 나는 이 나라의 국민이 아니니 명령을 내릴 수는 없겠지만 그래도 왕의 말에는 어느 정도의 강제력이 있는 법이다. 어떻게 한다.

“그람에 관해선 알고 있단 말인가. 그렇다면 길게 얘기할 필요는 없겠군. 안전을 보장해 줄 테니 그 대신 그 녀석을 죽여라.”

“그러니까 말했잖아. 나는 보호를 받을 정도로 약하지도 않고, 암살 의뢰도 거절하겠어.”

끈질기게 구는군. 약간 발끈했을 때, 아멜리아가 내 손을 잡았다.

“그럼 이 성 안에서 가장 강한 사람이 아키라와 싸워 보면 되겠군요. 그 싸움에서 아키라가 만일 지기라도 하면 그 조건을 받아들이겠습니다. 아키라가 이긴다면 저희는 자유롭게 행동하겠어요. 아키라, 괜찮겠지?”

아멜리아에게 고개를 끄덕이면서 옥좌를 쳐다봤다.

“……아멜리아 공, 정말로 괜찮겠소? 용사소환자라곤 하나, 인간족이 수인족에게 이길 수 있을 리가 없을 텐데.”

옥좌에 팔꿈치를 댄 자세로 이그삼 왕이 하는 말을 듣고, 그제야 지금까지의 언동을 이해할 수 있었다.

이 세계에선 마족이 가장 강하고 그다음이 엘프족, 수인족의 순으로 강하며, 인간족이 가장 약한 건 당연한 사실인 데다 뒤집을 수 없는 상식인 것이다. 빅터가 동료의 말을 믿는 것보다 날 의심한 것도, 이그삼 왕이 돈 같은 보수보다 우리의 안전을 끈덕지게 내세우면서 거래를 시도한 것도 내가 인간족이기 때문이었다.

“아니, 그렇지도 않아. 그리고 나도 여자 앞에서 헛소문이니 거짓말이니 하는 소리를 듣고 순순히 물러날 순 없으니까 말이지."

"……그렇다면, 아멜리아 왕녀 앞에서 창피를 당해도 후회하지 않겠단 말이로군."

아무리 그래도 건물 안에서 싸우는 건 좀 문제가 있는지라 중앙 정원으로 나갔다.

지면보다도 세 계단 정도 높은 무대에 올라가서 빅터를 봤을 때, 약간 놀랐다. 조금 전에는 옥좌에 가려져 있던 부분이 다 드러나 있었던 것이다.

"켄타우로스……?"

그 모습은 그야말로 반인반수였다.

알현실에선 말발굽이 보이긴 했지만 그 뒤로 이어지는 말의 몸통은 보이지 않았다. 수인족 영토에 온 뒤로 다양한 수인을 봐 왔지만, 이렇게까지 짐승의 피가 짙은 사람은 처음 봤다. 대부분은 인간족의 몸에 짐승다운 면이 추가된 것 같은 몸이었기 때문에, 하반신이 아예 말인 경우는 드물다고 할 수 있을 것이다.

어디서 들은 건지, 결투(?)를 할 때가 되자 사람들이 잔뜩 몰려들기 시작했다. 지금까지 어디에 있었는지 묻고 싶을 만큼 많았다. 조용해진 성안의 일각, 이곳만 시끌벅적해졌다. 대부분이 병사였지만 그중에는 관리로 보이는 사람도 보였다. 하던 일을 놔두고 와도 괜찮은 건지 조금 걱정이 되었다.

그건 그렇고, 엘프족의 영토에서도 그랬는데 계속 결투만 하는군. 아니, 오히려 혈기 넘치는 수인족이라면 그나마 이해가 되지만 온화한 성격을 지닌 엘프족과 결투를 한 게 이상한 일이려나.

2층 발코니에서 이그삼 왕과 리아 그리고 아멜리아가 모습을 보이자 그렇게 시끄럽게 굴던 병사들도 입을 다물었다.

역시 수인족 최대 국가의 병사는 다르다고 할까. 숙련도가 레이티스 성에 있던 병사들과는 달랐다. 아멜리아의 얼굴을 보고도 술렁거리지 않는다는 것은 희한했다.

"자, 이곳으로 모이라 한 이유는 너희에게 용사소환자인 아키라 오다 공과 성 안에서 최강인 빅터의 대결을 지켜보게 하기 위함이다."

놀랍게도 이 성에서 가장 강한 자는 빅터였다. 외모를 보면 오히려 책상에 앉아서 보고서를 쓰고 있을 것 같은 인상이었기에, 그 발언은 의외였다. 병사들 중에선 빅터보다 근육질이고 몸이 큰 남자가 있었는데, 저자들보다도 빅터가 더 강하단 말인가. 역시 사람은 외모로 판단해선 안 되겠군.

병사들 사이에선 용사소환자라는 말이 오가고 있었다. 뭐, 나와 용사 일행을 제외하면 반 아이들 대부분은 아직 레이티스 성에 틀어박혀 있는 것 같으니까, 놀라는 것도 무리는 아니겠군. 살았는지 죽었는지도 모르는 상태다. 이번 용사소환은 실패로 끝났다는 소문만이 돌았다.

"이건 사적인 싸움이 아니라, 수인족 영토 우르크의 왕인 이그삼 라군의 이름을 걸고 벌어지는 정식 결투이다. 양쪽 다 전력을 다해서 임해 주길 바란다."

빅터가 자신의 무기인 전투용 도끼를 어깨에 걸쳤으며, 나는 단도가 된 '야토노카미'를 양손에 한 자루씩 거꾸로 쥐었다.

"그럼 시작!"

2층에서 이그삼 왕이 그렇게 말한 순간, 말발굽을 울리면서 빅터가 순식간에 거리를 좁혔고, 어깨에 걸쳤던 도끼를 내리쳤다.

"오오, 위험하네."

뭐, 여유 있게 피했지만.

외야에서 함성이 터져 나왔다.

"오오! 저렇게 빠른 공격을 피한단 말인가!!"

"나도 저 공격은 완벽하게 피하지 못할 것 같은데……."

일격을 피한 뒤에, 거리를 벌리면서 다시 서로를 노려봤다. 원을 그리는 것처럼 거리를 유지한 채 아슬아슬하게 장외가 되기 직전인 무대 가장자리 부분을 발바닥 전체로 걸었다.

"……암살자가 정면으로 싸우는 어리석은 짓을 다 한다 싶었는데, 아무래도 그렇진 않은 것 같군."

중얼거리듯이 빅터가 말했다. 갑자기 얘기를 시작하는 바람에 깜짝 놀랐다.

나는 그 말에 대꾸하지 않은 채 상대가 어떻게 나올지를 보면서 기다렸다.

"하지만…… 이건 어떨까!!"

아까보다 더 스피드를 높여서 내리친 도끼를 몸을 반만 틀어서 피했지만, 그걸 예상했는지 추가 공격을 해왔다.

"읏차."
몸을 반으로 갈라 버리려는 듯이 움직이는 도끼를 점프로 피한 뒤에, 휘두른 도끼 위에 착지했다.
"뭐야?!"
"호오!!"
목을 겨냥해서 '야토노카미'를 휘둘렀지만, 빅터는 도끼를 위로 휘둘러 쳐내면서 피했다. 나는 공중에서 회전하여 조금 떨어진 장소에 착지했다. 그리고 숨 쉴 틈도 없이 지면을 박차면서 빅터를 향해 칼을 휘둘렀다.
"오오!! 곡예사 같은 몸짓이로군!"
"정말 움직임이 빠른데!!"
"난 보지도 못했어."
함성이 일어나는 가운데, 두 자루의 '야토노카미'와 도끼가 교차했다. 체격을 보면 명백히 내 쪽이 더 힘이 약할 것 같은데, 코등이 싸움에서 상대를 밀어붙이고 있는 건 나였다. 단도를 맞고 튕기면서 도끼가 하늘 높이 날았고, 지면에 박혔다.
"거, 거기까지!!"
이그삼 왕의 목소리를 듣고, 엉덩방아를 찧은 빅터에게 들이대고 있던 단도를 거뒀다.
2층의 발코니를 쳐다보다가 아멜리아와 눈이 마주쳤다. 잘 보니, 입을 움직이면서 무슨 말을 하고 있었다. 너, 무, 가, 지, 고, 논, 것, 아, 냐? 너무 가지고 놀았나. 확실히, 수인족 최대 국가라는 얘기를 듣고 순식간에 끝내는 것도 재미는 없겠다고 생각했지만, 그걸 꿰뚫어 보다니, 역시 대단하군.
"이봐, 일어설 수 있겠어?"
아무리 시간이 지나도 엉덩방아를 찧은 채 일어나지 않는 빅터에게 손을 내밀었다. 인간족에게 진 것이 도저히 믿어지질 않는 건지, 계속 뭐라고 중얼거리고 있었다.
"내 몸에 손대지 마라!"
내가 내민 손을 탁 쳐냈다.
"인간족 주제에 손대지 말란 말이다! 왜 네가……! 너 따위가……!!"
핏발이 선 눈으로 날 노려봤다. 결투 전과는 달리, 왠지 냉정함을 잃은 듯한 모습을 보면서 고개를 갸웃거렸다. 내가 무슨 기분을 거스를 짓을 했나?
주위에 있던 병사들이 무슨 이유인지 소리를 마구 지르고 있는 빅터를 성 안으로 끌고 갔다.
내 주위에 그들을 제외한 다른 병사들이 모였다. 그러자 병사 하나가 빅터를 대신하여 사과를 했다.
"미안해. 빅터 씨는 좋은 사람이지만, 과거에 인간족과 무슨 안 좋은 일이 있었는지 인간족이 손을 대려고 하면 늘 저런 반응을 보여. 손만 대지 않는다면 진정할 거라고 생각하니까, 나중에 다시 말을 걸어 줘."
"그래. 알았어."
의외로 많은 사람들이 그를 따르고 있는 것 같았다. 뭐, 과거에 안 좋은 일이 있었다면 어쩔 수 없나.

명백히 나 개인을 향한 원한 같은 느낌도 들었지만, 깊게 생각하지 않기로 했다.

"그건 그렇고 당신, 몸놀림이 엄청나던데!"

"그래, 맞아! 나하고도 한번 겨뤄 보자고!"

"나도—!"

수인족 전체의 특징으로 호전적이라는 점을 듣곤 하지만, 이렇게까지 몰려들 줄은 생각 못했다.

"아, 알았어. 몇 명씩 같이 싸워도 괜찮으니까 덤벼 봐."

내가 그렇게 말하자, 병사들이 환호성을 질렀다.

이건 사적인 싸움에 들어가지 않으려나. 딱 봐도 지위가 높아 보이는 남자가 방관하고 있으니까 괜찮은 건가?

병사들 중의 네 명이 세 계단 더 높은 무대 위로 올라왔고, 다른 사람들은 왁자지껄 떠들어대고 있었다.

"그럼, 심판은 제55중대 대장인 토마가 맡겠어! 오다 공을 이긴 자에겐 내 비장의 술을 주겠다!! 다들 정신 바짝 차리고 덤벼라!"

"오오!! 중대장님, 배포가 크시네!!"

"그럼 이 다음은 우리 차례야!!"

어느새 경품이 추가되었으며, 그에 따라 왠지 점점 참가자가 늘어나고 있는 것 같았다. 해가 질 때까지 돌아가지 않으면 오늘은 노숙을 하게 될 텐데.

좀 말려 주면 좋겠다고 생각하여 2층 발코니를 쳐다봤지만, 왕은 물론이고 리아랑 아멜리아의 모습도 보이지 않았다. 보기만 해도 좋으니까 절실하게 마음의 위안이 필요했다.

"그럼 시작!!"

시작 신호와 동시에 나는 『기척은폐』를 사용했다. 귀찮으니까 한꺼번에 끝내기로 할까.

"이봐, 어디로 사라진 거야?!"

"스킬인가!!"

"『간파』를 지닌 자는 없나?!"

마구잡이로 각자의 무기를 휘두르는 병사들 사이를 빠져나가서, 지금까지 본 사람들 중에서 가장 스테이터스가 높은 남자의 뒤로 숨어들었다.

"?!"

뒤에서 목을 턱하고 한 방 쳐 주자, 소리를 지를 틈도 없이 남자는 의식을 잃었다.

"오옷, 겐 중대장이 바로 탈락! 소리를 지르지도 못하고 쓰러졌다아!! 남은 자는 세 명!! 과연 누가 저자의 목을 칠 것인가! 이봐, 휩쓸리기 전에 누가 겐 중대장을 밖으로 좀 옮겨!"

어느새 생중계까지 투입되면서 중앙 정원의 분위기는 한창 뜨거워졌다.

나는 뒤이어서 두 번째로 스테이터스가 높은 남자의 명치를 '야토노카미'의 자루 끝으로 때렸다. 그는 신음소리를 내면서 무너지듯이 쓰러졌다.

"다음에는 아돌프 소대장이 탈락! 남은 자는 두 명!!"

이제 슬슬 『기척감지』를 풀자. 이렇게까지 분위기가 끓어오르고 있으니까, 처음부터 마지막까지 사라진 상태에서 싸우는 건 보고 있는 사람도 재미가 없을 테니까 말이지.

"오오! 드디어 오다 공이 스킬을 풀고 모습을 드러냈다! 지금이야, 공격해!!"

생중계는 중립이어야 하는 것 아냐? 뭐, 심판이 중립이라면 문제가 없으려나.

"당신에겐 아무런 원한도 없지만……."

"그 목을 받아가겠어!!"

미리 합을 맞춘 것처럼 연계 공격을 해오는 나머지 두 사람. 마지막 남은 두 사람이라면 그렇게 나오려나.

"하지만, 미안하군."

딱히 위험하지 않게 두 사람의 공격을 피한 뒤 목덜미에 한 번씩 공격을 날려 주자, 영화의 액션 장면처럼 잠깐 멈춘 뒤에 땅바닥으로 쓰러졌다. 그런 장면이 실제로도 가능한 것이었구나. 계속 짜고 찍은 것이라고 생각했었다.

"거기까지! 승자는 오다 공!!"

아멜리아의 잔소리 덕분에 스테이터스를 보는 버릇을 들였기 때문인지, 싸움을 풀어나가는 것이 즐거웠다. 하지만, 장시간 계속 보거나 다른 물건으로 시점이 이동하거나 하면 시야에 들어오는 정보량이 너무 많아서 두통이 생긴다. 사용 시간에는 주의가 필요하지만, 전투에서 쓰는 방법만 익히면 괜찮으려나.

의식을 잃은 두 사람이 질질 끌려 나갔고, 그와 교대하듯 올라온 다섯 명을 보고 난 한숨을 쉬었다. 잘 보니 순서를 기다리고 있는 병사들이 다수 있었다. 이그삼 왕에게 여러 가지로 물어보고 싶은 게 있었지만, 그 전에 크로우가 숙소로 돌아갈 때 사람을 보내겠다고 지정한 저녁때까지 다 처리할 수 있을까.

"아키라, 늦지 않게 도착할 수 있겠어?"
"……모르겠어."
그 후, 도전해 온 병사들은 전원 몸에 어떤 식으로는 타박상 자국이 남은 상태로 정신을 잃었다. 호흡이 전혀 거칠어지지 않은 상태로 모두를 쓰러트린 나를, 그대로 술자리로 초대하려 하는 고위 간부들을 뿌리치고 아멜리아와 합류한 것이다. 나는 아직 미성년자라고 몇 번을 말해도 이쪽 사람들에겐 미성년자라는 개념이 없는지 머리를 갸웃거릴 뿐이었고, 종족적인 이유로 술은 마시면 안 된다고 말하자 납득해 주었다. 그 일만 없었으면 더 빨리 왕성에서 나올 수 있었는데.
참고로 태양은 이미 반 정도 진 상태였다. 그리고 배는 속도가 느렸다. 왕족용 배를 빌려 유유히 수로의 한가운데를 나아가고 있긴 하지만, 제시간에 도착할 수 있을까.
"결국, 데이트는 그다지 즐기지 못했군."
오늘은 아멜리아가 바라는 걸 다 들어주겠다고 결심했는데.
몸을 기대면 일어나길 싫을 정도로 편안한 소파에 앉아서 그렇게 말하자, 아멜리아는 미소를 지으면서 고개를 가로저었다.
"아키라가 싸우는 모습을 오랜만에 봤어."
그랬나? 그렇게 생각하면서 고개를 갸웃거렸다. 확실히 우르크에 오기 전에는 콘테스트 같은 데 참가하느라 '야토노카미'

를 손질할 때 빼고는 칼집에서 뽑아본 적이 없었군.

"나는 아키라가 싸우는 모습이 좋아. 오늘도 정말 멋있었어."

나는 생각도 못한 기습을 당하는 바람에 입에 손을 댄 채 고개를 돌렸다. 지금 내 얼굴을 절대 아멜리아에게 보여 줄 순 없다. 거울은 없지만 한심한 표정을 짓고 있을 것이 분명하기 때문이다.

"그래? 그럼 다행이네."

내 옆에 아멜리아가 앉았다. 얼굴을 보고 있지 않아도 아멜리아가 어떤 표정을 짓고 있을지 알 수 있었다. 봤다간 바로 넋을 빼앗길 만한 미소를 짓고 있을 것이 틀림없다.

"난 아키라를 따라오길 잘했다고 생각해. 엘프족 영토에서 이렇게 두근거리는 나날을 보내진 못했을 거야. 맛있는 밥도 먹을 수 있고, 무엇보다 아키라가 곁에 있어. 그러니까 나에겐 지금의 이 일상이 포상이야. ……고마워. 나를 밖으로 데리고 와 줘서."

새삼 그런 말을 들으면 부끄럽다. 하지만 진지하게 대답해야 한다고 생각하면서 고개를 돌려 아멜리아를 봤다.

"내가 데리고 나온 게 아니야. 날 따라가고 싶다고 부탁한 것도, 그걸 선택한 것도 아멜리아야. 아멜리아는 스스로 하고 싶은 것을 결정했어. 그러니까 고맙다는 말을 할 사람은 나야. 가족과 지내는 것보다 나를 선택해 줘서 고마워."

아멜리아는 한순간 눈을 크게 떴고, 그리고 녹아내릴 것 같은 미소를 지었다.

"굉장해. 아키라는 늘 내가 바라는 말을 해 줘."

"그거 다행이네. ……자, 중앙 분수에 도착했어. 내릴 준비를 해야지.”
고개를 끄덕이는 아멜리아의 손을 잡고 배의 갑판으로 올라갔다.
일본과 마찬가지로 붉은색을 띠면서 가라앉는 태양을 봤다. 보아하니 해가 지기 전에는 늦지 않게 도착할 수 있겠군.

Side 아멜리아 로즈쿼츠

아키라가 결투에서 이긴 순간, 이그삼 왕은 상당히 동요하고 있었다.
“이런 말도 안 되는 일이…… 인간족이 수인족에게 이겼다고? 그런 일은 있을 수가 없어!!”
리아는 아키라가 얼마나 강한지를 브루트 미궁에서 봤기 때문인지 표정을 유지하고 있었지만, 그만큼 이그삼 왕의 동요가 눈에 띄었다.
“왜 그렇게 동요하고 있는 거죠? 아키라는 제 여동생에게도 이겼습니다. 어느 정도는 여유 있게 이겨야죠. 그리고 폐하는 저희의 동향을 알고 계시더군요. 그렇다면 키리카를 알고 있어도 이상하진 않은데요.”
입을 다문 이그삼 왕을 보고, 나는 내가 생각하고 있던 가설이 옳다고 확신했다.
“폐하께서 말씀하시고 있던 저희의 정보, 전부 수인족과 연관이 있는 것이더군요. ……설명을, 해 주시겠습니까?”

아키라가 얘기하고 있던 것을 몰래 들었지만, 엘프족 영토에서 우리를 습격했던 도적들은 장비에 우르크의 문장이 새겨져 있었다고 하던데. 주모자는 그람이라고 하지만 검에 문장이 새겨져 있었다면 이곳의 병사일 가능성도 충분히 있었다. 이그삼 왕이 동포들을 납치하라는 지시를 내렸으리라고는 생각하고 싶지 않지만, 아키라에게 위해를 가한다면 얘기는 달라진다. 왕이라고 해도, 비록 신이라고 해도 아키라를 방해하는 자는 제거해 둬야 한다.

이그삼 왕은 발코니에서 방으로 들어갔고, 그곳에 있는 소파에 앉아서 깊숙이 몸을 기댔다.

"알았소. 거기 앉도록 하시오. 리아, 미안하지만 사람 수에 맞춰서 마실 것을 좀 가져다주겠느냐."

"네, 아버님."

리아가 방에서 나간 뒤에, 나는 이그삼 왕의 맞은편에 있는 의자에 앉았다.

"우선, 그람을 어디까지 알고 있소?"

"폐하의 누님 되시는 분의 자식이며, 왕족의 혈통에는 아이가 귀하기 때문에 귀여움을 받았다. 하지만 그 총애가 너무 지나쳐서 왕족이라는 권한을 남용하고 말았다. 길드 마스터가 된 뒤에도 그런 행동은 멈추질 않았으며, 결국엔 약에까지 손을 대면서 폐하께서도 제지할 수 없게 되었다고 들었습니다."

배 위에서 리아에게 들은 얘기를 요약해서 말하자, 이그삼 왕은 얼굴을 찌푸리면서 고개를 끄덕였다.

"그렇소. 현재 왕의 직속 병력으로도 약으로 강화한 그람의 용병에겐 대적할 수가 없지. 게다가 엘프족 영토에서 아멜리아 공을 습격한 도적은 원래 우리 병사였지만, 그자들도 약으로 세뇌되어 버리고 말았소. 지금 약으로 조종당하고 있는 병사와 그렇지 않은 병사를 나누려고 생각 중이지만 구분이 되지 않아서 포기한 상태요. 그 아이는 옛날부터 머리가 잘 돌아갔지."

"그렇다면 왜 아키라에게 암살을 의뢰한 거죠? 실력을 신용하지 않는 아키라에게."

확실하게 죽이고 싶다면 왕가에서 보유한 암살자에게라도 맡기면 될 것이다. 어느 국가이든 그런 지저분한 일을 하지 않고 성립될 수는 없으니까, 암살자 부대를 한둘쯤은 보유하고 있을 텐데.

"우리 암살부대가 실패하면 그걸 계기로 반격을 해오겠지. 그런 일은 피해야만 하오. 그에 비해 저 암살자 남자는 어디서 굴러먹던 개뼈다귀인지도 모르고, 이 세계에 살던 사람이 아니잖소? 실패해서 죽어 버려도 대륙 간의 문제가 되진 않지. 가장 적절하게 써먹을 수 있지 않겠소?"

나에게 동의를 구하더라도 난감할 뿐이지만, 왕에겐 때때로 그런 선택이 필요할 때가 있다는 것은 알고 있다. 하지만 이해하고 있다는 것과 납득한다는 것은 다르다.

"아키라는 절대 폐하의 도구가 되지 않을 겁니다. 하지만 만약 원래의 세계로 아키라가 돌아간다면 어떡할 거죠? 듣자 하니 아키라가 살았던 나라는 이 세계보다 훨씬 더 문명이 발달했다고 하더군요. 저쪽에서 소환하는 방법이 있다면 이쪽으로 오갈 수도 있을 겁니다. 만약 아키라의 세계와 대립하게 된다면 우리는 멸망할지도 모릅니다."

"후, 후후, 아하하하하하!!"

내가 그렇게 말하자 이그삼 왕은 크게 입을 벌리면서 웃었다.

"그의 태도를 보고 있으면 그가 있던 세계가 어떤 곳인지 상상하기 어렵진 않지만, 그런 일은 절대 있을 수 없소. 그런 미래는 절대 오지 않아."

분명 이그삼 왕의 직업은 필사사(筆寫師)였던 것으로 기억한다. 미래를 볼 수는 없을 텐데, 그렇게 단언했다.

고개를 갸웃거리자, 이그삼 왕은 입을 일그러트리면서 웃었다.

"불가능한 것은 불가능한 것이오. 그자들은 이 세계에서 살고, 이 세계에서 죽을 거요. 이제 원래의 세계로 돌아갈 일은 없소……뭐, 하나의 꿈을 좇는 모습은 아름답지만 말이지. 그게 손에 넣을 수 없는 것이라면 더더욱."

이 왕과는 아버지를 따라왔을 때 딱 한 번 만나본 게 다인지라, 잘 알고 지내는 사이진 않았지만, 이제야 겨우 이해가 될 것 같았다. 그람이라는 악당이 친척인 것도 납득이 되었다. 한마디로 말하자면 성격이 나쁘다.

"그자가 엘프족 영토에서 당신을 데리고 나왔겠지만, 어떻게 처신할 것인지 빨리 정하는 게 좋을 거요. 지금은 놀이 삼아 같이 있을 수도 있겠지만, 당신은 엘프족 차기 여왕이니까 말이지."

놀이라는 말을 듣자, 한 대 맞은 것 같은 충격이 나를 덮쳤다.

그럴 생각은 전혀 없지만, 차기 여왕이라는 말은 지금까지 질리도록 들어왔다. 하지만 아키라와 같이 있는 것은 딱히 놀이 삼아 하는 짓이 아니다. 그렇게 말로 하고 싶었지만 말이 나오지 않았다. 나는 분명히 자신의 의지로 아키라를 따라온 것이다. 아키라가 나를 데리고 나온 게 아니다. 하지만, 엘프의 왕녀와 용사소환자인 인간족이 같이 있으면 그렇게 인식되고 마는 걸까. 아키라에게 폐를 끼치고 있는 걸까.

"……실례합니다. 늦어서 죄송합니다. 찻잎이 떨어지는 바람에 레몬수를 가지고 왔습니다."

리아가 들어왔다. 그런 것치고는 상당히 늦었다.

"오오, 그랬느냐. 그럼 다시 또 사러 가야겠구나."

"네. 아멜리아 님, 슬슬 시간이 되었으니 배웅해드리도록 하죠."

안색이 좋지 않은 리아가 그렇게 말하는지라, 나도 고개를 끄덕이고 자리에서 일어섰다.

"그럼, 실례하겠습니다."

"그래."

결국, 한마디도 반박하지 못했다.

"저기…… 아멜리아 님?"

조심스러운 몸짓으로 리아가 날 봤다. 나는 멈춰 선 리아에게 맞춰서 걸음을 멈췄다.

"왜 그래?"

“저, 저기, 죄송합니다. 조금 전의 얘기를, 그만 몰래 듣고 말았어요.”

머리를 숙이는 리아에게 고개를 저었다. 그리고 다시 걷기 시작했다. 내 뒤를 리아가 황급히 따라왔다.

그런 건, 리아가 그 타이밍에 들어왔던 시점에서 이미 눈치채고 있었다. 나는 아키라처럼 『기척감지』 스킬은 가지고 있지 않으니까 언제부터 듣고 있었는지는 모르겠지만, 얘기가 끊어진 바로 그 타이밍에 들어올 수 있는 건 얘기를 듣고 있던 사람뿐이겠지.

“딱히 기분 나쁘진 않아. ……리아는 어떻게 생각했어? 내가 아키라에게 억지로 끌려온 것처럼 보여?”

리아는 약간 슬퍼 보이는 표정을 지은 뒤에, 조심스럽게 고개를 끄덕였다.

“편견일지도 모르겠습니다만, 용사소환자가 배타적인 엘프족과 함께 있으면 파티 멤버이거나 억지로 끌려온 것으로 생각할 거예요. 아버님의 경우는 아멜리아 님의 실력을 알고 계시기 때문에 전자일 것이라고 파악하셨겠죠.”

즉, 나는 파티 멤버로서 동료가 된 것으로 여겨지고 있는 모양이다. 멋대로 동정을 받고 있는 셈이다.

“무, 물론, 모든 사람이 그렇게 생각하는 건 아니에요! 저는 물론이고, 이 성의 여자들은 다들 눈치채고 있으니까요!”

무슨 이유인지 안절부절 못하는 리아를 보면서 고개를 갸웃거리고 있으려니, 리아는 내 왼손으로 슬쩍 시선을 낮췄다.

"그 왼손 약지에 있는 '반지' 는 사랑하는 사람끼리 하면, 영원히 행복할 수 있다는 소문이 도는 의식 맞죠?! 아키라 님의 왼손 약지에도 같은 상처자국이 있었고, 성 안에서도 몇 명인가 같은 상처 자국이 있는 사람이 있었기 때문에 바로 알아볼 수 있었어요!"

눈을 반짝반짝 빛내면서 리아가 말했다.

그렇게 유명한 의식인줄은 몰랐다. 그때는 나도 아키라도 뭔가 이상한 분위기에 휩쓸렸기 때문에, 자고 일어난 뒤에 덮쳐온 통증이나 목욕을 할 때 짜릿하게 아플 거라는 생각은 아예 머릿속에 없었다. 그런 생각을 했다면 조금은 주저했겠지만.

"유행하고 있는 거야?"

"네! 분명 인간족의 영토에서 유출된 책에 적혀 있었던 걸로 기억해요. 인간족 사이에서도 유행했다는 것 같고, 수인족의 영토 안에서도 많은 사람들에게 읽히고 있답니다!"

리아는 읽어 봤을지를 궁금하게 생각하고 있으려니, 아키라가 있을 것으로 보이는 중앙 정원에 도착했다.

"상관없잖아! 술 한두 잔쯤은!"

"마시지 못하면 훌륭한 어른이 되질 못한다고!"

"그러니까, 난 마시지 않겠다고 하잖아!!"

시끌벅적 소란스러운 중앙 정원에는 아키라와 이 나라의 장군들이 잔뜩 모여 있었다.

"그 후에 아키라 님과 싸워 보고 싶다는 병사들이 몰려왔고,

아마 그 모두를 상대한 뒤에 찾아온 장군들이 술을 권유하고 있는 것 같군요. 다들 아키라 님이 마음에 든 것 같아요."

리아의 설명을 듣고 대강의 상황은 파악했다. 분명, 아키라가 있던 나라에선 성인이 되어야 술을 마실 수 있다고 들었다.

"아니, 해가 지기 전까지 돌아가지 못하면 노숙을 해야 한다니까. 그러니까 그만 좀 비켜 줘!"

병사들을 헤치면서 나아가려고 했지만, 안타깝게도 수가 너무 많아서 아키라가 파묻히고 있었다.

"그럼, 제가 병사들을 상대할 테니까 아멜리아 님은 아키라 님과 함께 배로 가세요. 내일 다시 여관에 들르도록 하겠습니다!"

그렇게 말하고, 내 대답을 듣지 않은 채 병사들 쪽으로 가 버렸다.

"자라스 장군!! 오늘 집무는 끝난 건가요?"

"윽, 리아 님……."

장군들은 리아의 얼굴을 보자마자 일제히 얼굴을 찌푸렸다.

"그리고 시라 장군은 사모님이 금주령을 내린 것으로 알고 있는데요?!"

"리우라 녀석…… 리아 님께 고자질을 한 건가."

리아가 장군들을 말리고 있는 동안, 아키라가 병사들 사이를 빠져나왔다.

"오! 리아 님의 잔소리가 시작되었어!"

"장군들을 꾸짖는 리아 님은 귀엽다니까……."

리아 본인은 양녀네 어쩌네 하고 말했지만, 성의 사람들은 리아를 받아들이고 있는 것 같았다. 여동생처럼 보이는 존재인 리아가 어머니 같은 대접을 받는 건 좀 문제가 있는 것 같지만.

"아키라, 빨리 가지 않으면 노숙을 하게 될 거야."

내가 말하자, 아키라는 깜짝 놀라더니 내 오른손을 잡고 달리기 시작했다.

오른손을 잡고 있는 아키라의 왼손 약지로 시선을 떨궜다. 깊게 새겨져 있기 때문에 그 '반지'는 지금도 짙은 붉은색을 띠고 있었다. 내 왼손에도 같은 '반지'가 있었다.

"미안, 아멜리아, 서두르자!"

나는 아키라의 왼손을 꼭 쥐었다.

리아의 이름을 대자, 이미 출항 준비를 끝내 놓고 기다려 준 배에 탈 수 있었다.

아키라는 소파에 몸을 깊숙이 기대면서 한숨을 쉬고 있었다.

"결국, 데이트는 그다지 즐기지 못했군."

나지막이 아키라가 중얼거렸다. 나는 그 말을 듣고 고개를 저었다.

"아키라가 싸우는 모습을 오랜만에 봤어. 나는 아키라가 싸우는 모습이 좋아. 오늘도 정말 멋있었어."

그렇게 말하면서 내가 웃자, 아키나는 입에 손을 댄 채 고개를 돌리고 말았다. 의외로 아키라는 부끄럼을 잘 탄다.

"그래? 그럼 다행이네."

나는 조금 심술궂게 굴고 싶어서 아키라 옆에 앉았다. 슬쩍 몸을 앞으로 내밀면서 아키라를 들여다봤다. 얼굴은 그다지 보이지 않았지만, 머리카락 사이로 보인 귀는 새빨갰다.

"난 아키라를 따라오길 잘했다고 생각해. 엘프족의 영토에선 이렇게 두근거리는 나날을 보내진 못했을 거야. 맛있는 밥도 먹을 수 있고, 무엇보다 아키라가 곁에 있어. 그러니까 나에겐 지금의 이 일상이 포상이야. ……고마워. 나를 밖으로 데리고 와 줘서."

놀이라는 말을 듣고 충격을 받았다. 하지만 엘프족 영토를 나온 것이 내 의지였다고 해도, 데리고 나와 준 사람은 아키라다. 그러니까 한 번 더 고맙다는 말을 하고 싶었다.

그러자 아키라는 진지한 표정으로 나와 눈을 마주쳤다. 아직 얼굴은 붉었지만, 진지한 얘기라고 생각해서 내 쪽으로 돌아봐 준 것 같았다.

"내가 데리고 나온 게 아니야. 날 따라가고 싶다고 부탁한 것도, 그걸 선택한 것도 아멜리아야. 아멜리아는 스스로 하고 싶은 것을 결정했어. 그러니까 고맙다는 말을 할 사람은 나야. 가족과 지내는 것보다 나를 선택해 줘서 고마워."

스스로 생각하고 있는 것보다 훨씬 더 나는 이그삼 왕이 한 말을 마음에 두고 있었던 모양이다. 그래서 아키라가 해 준 말은 정말로 기뻤다. 스스로도 알 수 있을 정도로 입꼬리가 풀렸다.

"굉장해. 아키라는 늘 내가 바라는 말을 해 줘."

"그거 다행이네. ……자, 중앙 분수에 도착했어. 내릴 준비를 해야지."

약간 쑥스러운 표정을 지은 아키라는 그렇게 말하고는 내 손을 잡고 배의 갑판으로 올라갔다.

마침 중앙 분수 너머로 가라앉는 태양이 보였다. 해가 지기 전에는 늦지 않게 도착할 수 있을 것 같아서 다행이다.

제4장 새로운 사실

Side 오다 아키라

"아멜리아 님과 아키라 님이십니까?"

중앙 분수에, 아침에 리아가 있던 곳과 비슷한 위치에 집사 같은 복장을 한 남자가 서 있었다. 왠지 모르게 기가 약해 보이는 남자가 우리 이름을 부르는지라 나도 모르게 아멜리아와 얼굴을 마주 봤다.

"그래, 우리가 맞아."

그 남자는 안도한 듯한 표정을 짓더니, 그 자리에서 머리를 숙였다.

"크로우 님의 명령에 따라서 두 분을 여관까지 안내해드리겠습니다. 전 에밀이라고 합니다."

잘 부탁드린다면서 한 번 더 머리를 숙이는 에밀을 보고 나는 긴장을 풀었다. 갑자기 모르는 자가 이름을 부르는 바람에, 나도 모르는 사이에 경계하고 있었던 모양이다.

"여기서 걸어서 갈 겁니다. 발밑이 미끄러우니까 조심하십시오."

물의 도시라고는 해도 물론 사람이 다니는 길은 있으며, 다리도 곳곳에 걸려 있었기 때문에 걸어서 이동할 수도 있었다. 하지만 길이 너무 복잡한 데다가 모든 건물이 모양도 색도 비슷해서 길을 잘 아는 자의 안내 없이 걸어가는 건 위험하다.

옛날 모험가 중의 한 명이 미로 같은 이 도시의 지도를 만들려고 분주히 돌아다녔다고 하는데, 너무나도 복잡한 나머지 1년이 좀 지났을 때 그만 좌절했다고 한다. 그래도 그 사람 덕분에 큰 길 같은 게 대강 표시된 지도를 만들 수 있어서 관광객이 늘어났다고 하니, 일한 보람이 있진 않았을까. 그런 얘기를 그 모험가의 손자라는 에밀한테 들으면서 길을 걸었다.

"'애쓰고 노력하면 못 이룰 일이 없지만 그 도시는 예외였다'는 것이 할아버지의 입버릇이었죠. 두 분도 걸어서 이동하실 때는 주의하십시오."

중앙 분수에서 20분 정도 걷다가, 딱 봐도 고급스러운 호텔 앞에서 에밀이 걸음을 멈췄다. 최상층은 아득히 높았으며, 보고 있으면 목이 아팠다.

"시저 호텔에 오신 것을 환영합니다. 엘프족의 왕녀님과 용사소환자님을 모실 수 있게 되어 영광입니다."

무슨 일본식 여관처럼 종업원이 나란히 줄을 서서 머리를 숙이고 있는 광경을 보고, 저도 모르게 우향우로 몸을 돌려 돌아가고 싶어졌다. 얼마 전에 묵었던 '호텔 레이븐'도 그렇고, 서민 출신인 나로선 장소를 잘못 찾아온 것 같아서 영 참기가 힘들었다.

"안 들어갈 거야, 아키라?"

"아, 아니, 지금 들어갈게."

하지만 그 크로우가 고른 호텔이라니까 안전 쪽은 안심할 수 있지 않을까. 그렇다면 크로우는 상당히 발이 넓은 편이로군.

안내받은 곳은 최상층의 방이었다. 요금이 얼마인지 묻기가 두려웠다.

"아아, 이제 왔나."

누가 봐도 세 명이서 쓰기에는 너무 넓은 방에서, 크로우가 우아하게 홍차를 마시고 있었다.

"마리에서 묵을 때도 그렇고, 네가 잡은 호텔은 고급 호텔뿐이로군. 우리는 그렇게 돈이 많지가 않아."

짐을 내려놓고 말하자, 아멜리아가 응응 하고 고개를 끄덕였다. 뭐, 우리가 돈이 부족한 주된 이유는 아멜리아의 식비 때문이지만.

"걱정할 필요는 없다. 여기도 나에게 빚이 있는 자가 소유한 호텔이니까."

빚을 받기 위해서 돌아다니고 있는 것 같군. 아니, 그 전에 크로우에게 빚을 진 호텔 관계자가 너무 많은 것 아냐?

"호텔에서 주정뱅이를 쫓아내 주기도 했지. 분명, 이 호텔이 경영이 잘돼서 질투를 느낀 라이벌 회사가 난동을 부리는 말을 보내서 훼방을 놓기도 했었고."

은근히 괴롭히는 게 아니라 대놓고 물리력을 행사했단 말인가.

이쪽 세계에선 그런 경우는 어떻게 되는 걸까. 일본이었다면 기물파손이나 상해죄 등으로 처벌받겠지만, 이쪽 세계에는 애초에 헌법이나 형법 같은 게 없으며, 경찰 같은 조직도 없다. 살인을 저질렀다고 해서 처벌하는 장소도, 규범이 되어야 할 법도 없는 가운데 여기 사람들은 지금까지 살아왔다. 죄라는 개념이 애매한 상태에서 살아가는 것은 어떤 느낌일까.

이 세계에 온 뒤로 시간이 제법 흘렀지만, 한 곳에 정착하면서 살고 있지 않아서인지 규칙이라고 할까, 암묵적인 동의 같은 것을 아직 잘 모른다는 생각이 들었다.

"그걸 어떻게 막았는데?"

"내가 말을 붙잡아서 눌렀고, 근처에 동물에게 쓰는 마취약을 가지고 있는 사람이 있어서 그자를 시켜 마취약을 놓게 했다."

날뛰는 말을 붙잡아서 억누르려면 상당한 힘이 필요할 것 같다는 생각을 한 사람은 나뿐인가? 지금도 크로우는 상당히 강하다는 이미지가 있긴 하지만, 전성기에는 대체 얼마나 강했던 걸까.

아니, 그보다도 근처에 마취약을 가지고 있는 사람이 있었다는 건 대체 무슨 상황이야.

"그 라이벌 회사는 어떻게 됐어?"

"평판은 떨어졌지만, 지금도 이 호텔의 맞은편 건물에서 영업 중이다."

그런 실없는 대화를 나누고 있으려니, 아멜리아가 꾸벅꾸벅 졸기 시작했다. 확실히 평소라면 이미 자고 있을 시간이다.

"아멜리아, 졸리면 침실에 가서 자."

"으, 응……."

긍정인지 부정인지 모를 소리를 내면서 눈을 비비는 아멜리아의 손을 잡아서 막았다.

"안 돼, 눈을 비비면 빨개지잖아."

"응……. 아키라, 안아 줘."

졸릴 때의 아멜리아는 평소보다 훨씬 더 어린아이처럼 변하면서 응석이 많아진다. 이럴 때는 응석받이인 여동생이 있어서 다행이라는 생각이 들었다. 잡생각 없이 대처할 수 있는 건 너무나 고마운 일이다.

나는 아멜리아를 안은 채 다시 크로우와 얘기를 나누기 시작했다. 따뜻한 아멜리아를 안고 있는 덕분에 약간 춥게 느껴지던 실내도 딱히 신경이 쓰이지 않게 되었다.

"……너는 엘프족인 것 같구나."

탐욕스럽게 지식을 흡수하려 드는 모습을 봐서인지, 크로우는 나에게 그렇게 말했다. 그 말이 맞을지도 모르겠다고 생각한 나는 웃으면서 아멜리아가 좀 더 편하도록 자세를 고쳐 다시 안았다.

"너를 보고 있으면 어떤 남자가 떠오른다. 그 남자도 엘프족은 아니지만, 너처럼 많은 것을 물었지."

크로우는 그렇게 말하면서 약간 쓸쓸한 표정으로 웃었다.

"인간족이면서도 희한한 녀석이었는데, 뭐든지 알고 싶어 했다. 그 녀석도, 너도 마치 급하게 살아가고 있는 것 같아."

희미하게 웃으면서 그렇게 말하는 크로우를 보고 나는 눈을 가늘게 좁혔다. 나는 딱히 그렇게 급하게 살아갈 생각은 하지 않는데.

"알고 있다. 그럴 생각은 없겠지? 하지만 나에겐 그 녀석이 그렇게 보였다. 그냥 살아가기만 하려면 굳이 필요가 없는 지식까지도 흡수하면서, 결국엔 '현자' 라고도 불리게 되었지. 나와 같은 것을 보고 있을 텐데 훨씬 더 먼 곳을 보고 있는 것 같은 남자였다. 여동생의 죽음은 물론이고, 친구의 죽음도 보지 못하게 될 줄은 몰랐어."

말하는 걸 들어보면, 크로우는 그 남자가 죽을 때 곁에 있어 주지 못한 모양이다.

크로우가 친구 얘기를 하는 건 왠지 모르게 위화감이 들었다. 편견일지도 모르지만, 남들과 어울려서 사는 걸 싫어하고 친구라고 부를 자는 한 명도 없을 거라 생각하고 있었다. 친구가 있었구나.

나는 내 몫의 차를 준비하면서 문득 마음에 걸리던 걸 물어봤다. 나와 비슷하다는 말을 듣고, 어떤 인물인지 궁금해진 것이다.

"그 남자의 이름은 뭐지?"

크로우는 잠시 생각한 뒤에 대답했다. 친구의 이름을 바로 떠올리지 못하다니, 그건 좀 문제가 있는 것 아닌가.

"분명…… 사란 미스레이라는 이름이었던 것 같군. 한동안 만나질 않아서 깜박 잊어버리고 있었다."

손에서 잔이 툭 하고 떨어졌고 테이블 아래로 굴러갔다. 떨어지는 소리는 그렇게 크진 않았지만, 내 품안에서 자고 있던 아멜리아가 눈을 떴다. 하지만, 지금 내 머리는 혼란에 빠져 있었기 때문에 다른 것들로 눈을 돌릴 여유가 없었다.

"방금, 뭐라고 했어?"

"그러니까, 이름은 사란 미스레이라고 했다. 금발에 짜증이 날 정도로 단정한 이목구비를 갖추고 있었고, 늘 영감처럼 건망증이 많은 주제에 어딘지 모르게 날카로운 구석이 있는 빛 마법사였지. ……뭐야, 아는 사이였나?"

내가 잘 아는 이름이 들리는 바람에 잘못 들은 게 아닌가 싶어서 되물어보니, 같은 이름을 말했다. 게다가 크로우가 열거한 모든 특징이 내가 알고 있는 사란 단장과 딱 맞아 떨어졌다.

"아니, 잠깐만? 네가 어떻게 사란을 알고 있지? 어디서 알게 된 거냐?"

'그런가, 아는 사이인가. 어쩐지 비슷하다고 했지' 라고 말하면서 납득하려던 크로우는 나를 의아한 눈으로 바라봤다. 뭐, 이 세계에 소환된 지 얼마 되지 않은 자가 자신의 지인을 알고 있다면 수상하게 생각하겠지.

"……사란 미스레이는 마왕조차 인정한 '현자' 로서도, 한 곳에 머무르지 않는 유랑자로서도 유명했어. 그래서 아키라에게 사란 미스레이가 스승 같은 사람이라는 얘기를 듣고 이상하다고는 생각했지. 제자를 둘 사람이라는 생각은 들지 않았으니까. 어쩌면 동명이인일 가능성도 있고, 그 얘기를 할 때 아키라의 분위기가 이상했으니까 아무 말 하지 않고 지켜보기로 했던 건데, 설마 크로우와 아는 사이였을 줄은…….”

애기를 듣고 있었는지, 아멜리아가 그렇게 말하면서 크로우를 봤다. 크로우는 입을 다문 채 어깨를 으쓱했다.

“……크로우가 말하고 있는 사란 미스레이의 특징과 내가 알고 있는 사란 단장은 정확히 일치해. 빛 마법사는 그렇게 흔한 직업이 아니잖아? 그럼 동일인물이겠지.”

하지만 한곳에 정착하지 못한다는 게 그렇게 유명해질 일인가?

“잠시 얘기를 정리해 볼까.”

크로우가 진정하라는 듯이 내게 지금 막 끓인 홍차를 건넸다. 나는 그 홍차에 아주 살짝 입을 댔다. 나는 홍차는 그다지 좋아하지 않았지만 안정 효과라도 있는지, 머리는 혼란스러웠지만 얘기를 들을 마음이 생겼다.

“우선, 사란은 한곳에 정착하진 않지만 수십 년 전부터 행방을 알 수 없게 되었다. 아까 사란 ‘단장’이라고 했지?”

나는 고개를 끄덕였다.

“그래. 레이티스의 기사단장이었어.”

“그렇다면 질의 상사였나. 뭐, 그 애송이는 나와 사란이 아는 사이인 줄은 몰랐을 테고, 오랫동안 연락을 하지 않았으니 어쩔 수 없는 일일지도 모르겠군. 그건 그렇고 그 녀석이 기사 노릇을 하고 있었단 말인가. ……어울리지 않는군.”

‘그건 그렇고’라고 말한 뒤에, 크로우는 테이블에 팔꿈치를 괴면서 날 봤다.

“너는 그 녀석에 관해서 뭘 알고 있지?”

"뭘 알고 있냐니, 무슨 뜻이야?"

나는 다시 홍차를 약간 마셨다. 이 맛은 도저히 좋아지질 않는다.

"넌 깨닫지 못하고 있는 것 같은데, 사란의 이름이 나왔을 때 너에게서 살기를 느꼈다. 그 녀석이 죽을 때 무슨 일이 있었던 거냐?"

여전히 이 남자는 날카롭다. 아니, 내가 너무 알기 쉬운 반응을 보인 걸까.

"무슨 일이 있었다고 할까…… 나 때문에 죽은 거라고 할까."

크로우와 함께 행동하게 된 뒤로 시간이 제법 흐른 것 같지만, 소환된 후의 일을 얘기하는 것은 처음이었다. 컨티넨 미궁에서 한 번 들은 적이 있는 아멜리아도 내 발밑에 누운 채로 얘기를 듣고 있었다.

나는 레이티스의 왕과 왕녀에 관한 이야기, 컨티넨 미궁 앞에서 리아와 만난 것과 사란 단장의 마지막을 얘기했다. 마지막이라고는 해도 숨이 끊어지는 순간을 본 게 아니니까 마지막이라 불러도 되는 건지는 모르겠지만.

"그렇군. 레이티스에서 그런 일이 있었단 말인가. ……왕가가 보유한 암살부대 '밤까마귀'란 말이지."

내심 뭔가 짚이는 게 있는지, 크로우는 그렇게 중얼거리면서 조용히 생각에 잠겼다.

"지금의 네가 있는 것은 그 녀석이 많은 것을 가르쳐 준 덕분인 것 같구나. 그뿐만 아니라 네가 도망칠 수 있게 도와줬단 말이지. 자신의 목숨이 위험에 처했는데도 다른 사람을 우선하는 위선. ……그 녀석답다."

크로우가 그렇게 말하면서 콧방귀를 뀌면서 웃었다. 최근에는 특히 친절 모드의 크로우일 때가 많아서 그런지, 오랜만의 독설을 듣고 살짝 감동했다.

"그건 그렇고 아키라, 그 암살부대 말인데, 대화를 나눠 본 적은 있나?"

나는 잠시 생각해 봤다가 고개를 저었다.

"아니. 그 전에 누가 그 암살부대의 인간인지 알 수가 없었어. 내가 그 성을 나왔을 때 포위했던 병사는 본 기억이 없는 자들이었지만, 그냥 우연히 보지 못했던 사람일지도 모르고."

그 '밤까마귀' 라는 부대가 한눈에 알아볼 수 있는 복장이라면 좋았겠지만, 공교롭게도 그런 사람들은 보이지 않았다. 눈에 띄지 않고 숨어드는 것이 암살자의 본분이므로, 그렇게 쉽게 발견되어선 왕가가 보유한 암살부대라는 이름이 아까울 것이다.

"실은 그람을 조사하던 중에 재미있는 사실을 알았다."

생각에 잠겨 있던 크로우가 그렇게 말하면서 고개를 들었다. 나는 고개를 갸웃거리면서 크로우를 봤다.

보기 드물게, 그의 입가는 호를 그리고 있었다.

"그람이 쓰고 있는 인간을 강화하는 약, 그래, 그 뜻 그대로 '강화약' 이라고 부르기로 할까. 그 '강화약' 에 관해 알게 된 게 두 가지 있다. 성능과 유출 루트야."

그게 암살부대와 어떻게 관련이 있는 걸까.

"우선, '강화약' 은 전투계열 직업과 비전투계열 직업을 가리지 않고 대상의 전투력을 올려주는 대신에 희로애락의 감정을 잃게 만들어서, 명령을 충실히 수행하는 전투 인형으로 만들어 내는 약이다. 한 번의 복용으로 그렇게 되는 것인지, 지속적인 복용이 필요한 것인지는 아직 모른다."

나와 아멜리아가 고개를 끄덕이는 것을 보고 크로우는 얘기를 이어갔다.

"현재 그람이 '강화약' 으로 강화한 용병은 수인족뿐이지만, '강화약' 이 인간족에도 작용한다는 것을 알아냈고, 조사한바로는 10년 정도 전에 인간족의 레이티스에 딱 한 번 수출되었다고 하더군. 수취인은 대수롭지 않게 보면 평범한 약사인 것 같지만, 그자는 지금 레이티스 왕의 측근이 되어 성에 머무르고 있다."

즉, 약의 수취인은 실질적으로 왕이었단 말인가.

"사란은 마왕이 인정할 정도로 강했다. 그 녀석이 평범한 인간족에게 질 리가 없어. 하물며 빛 마법사의 특기는 결계와 정화다. 야음을 틈탄 기습이나 독살 같은 특별하지 않은 암살 방법은 만에 하나라도 성공할 리가 없지. ……그나마 가능한 방법을 찾자면, 약으로 강화된 인간뿐이다."

나는 입술을 깨물었다.

"……즉, 암살부대 '밤까마귀' 는 그람의 용병과 마찬가지로 '강화약' 으로 만들어 낸 전투 인형이란 말이야? ……하지만 만약 그렇다면 사란 미스레이를 죽인 건 자아가 없는 인형을 만들어낸 레이티스 왕과 그람이라는 얘기가 되는 건데?"

아멜리아가 별생각 없이 중얼거린 말을 듣고 놀라서 눈을 크게 떴다. 재빨리 크로우를 보자, 여전히 입으로는 호를 그린 채 내 얼굴을 관찰하고 있었다.

"너, 최근에 자주 정보 수집을 하고 있었던 건 이것 때문이었나?"

크로우를 노려보자, 크로우는 어깨를 으쓱했다.

"너에 관한 정보를 모으고 있던 것은 아니었지만, 방금 사란이랑 아는 사이라는 걸 알고 놀란 건 사실이다. 이렇게까지 이야기가 깔끔하게 이어진다니 정말 재미있군."

뭐가 재미있단 말이야. 나는 얼굴을 찌푸렸다.

아멜리아는 이야기가 잘 파악이 되지 않는지, 시선을 이리저리 옮기면서 나와 크로우를 번갈아 보고 있었다.

"내가 너의 눈에 깃든, 복수심에 사로잡힌 인간의 눈빛을 알아보지 못할 거라고 생각했나? 안됐지만 나에겐 시간이 없다. 이것저것 가리고 있을 때가 아니지."

사란 단장의 얘기를 하고 있었을 때와는 다르게, 그 눈에는 냉혹한 빛이 깃들었다.

"모처럼 여기까지 왔다. 너는 날 위해서 타락해 줘야겠어."

그 말을 듣고 뭔가를 깨달았는지, 아멜리아는 깜짝 놀라면서 내 얼굴을 봤다.

"아키라, 설마 크로우가 마족의 영토를 안내하는 역할을 받아들이는 대신에 내건 조건이라는 게……."

나는 대답하지 않은 채 크로우를 노려봤다. 그런 날 대신하여 크로우가 아멜리아의 질문에 웃으면서 답했다.

"그래. 나는 그람의 암살을 제시했다. 이젠 싸울 수 없는 날 대신하여 여동생의 원수를 갚는 것이지. 하지만 그람이 너의 스승인 사란의 원수라면 더 얘기할 필요는 없겠지? 그리고 거기 왕녀가 끌려갔던 브루트 미궁으로 마족을 끌어들인 것도 그람이지 않으냐?"

크로우는 입을 다문 나와 시선을 마주쳤다.

모두에게 사랑받는 이야기의 주인공이라면, 분명 여기서 크로우의 말을 부정했겠지. 복수는 허무할 뿐이다. 죽은 사람은 그런 걸 바라지 않으니까 다시 생각하라고 말했을 것이다. 하지만 나는 그럴 수 없었다. 나는 소설의 주인공이 아니다.

그리고 마리에서 우르크까지 크로우와 함께 행동하면서, 크로우가 단지 다른 사람과 어울리는 것이 서툰 착한 사람이라는 걸 알아 버리고 말았다.

사란 단장의 친구라는 것을 알아 버리고 말았다.

여동생의 원수를 갚고 싶은데도 몸이 마음대로 움직이지 않는 원통함을 알아 버리고 말았다.

알아 버리고 만 나는 이젠 나와 관계없다며 눈길을 돌리는 짓을 할 수 없게 되고 말았다. 정말로, 감정이라는 것은 귀찮은 존재다.

하지만 그렇다고 해도, 레이티스 왕의 암살부대가 '강화약'으로 세뇌되어 있단 말인가. 그 약을 만든 자는 그람이거나 그의 측근인 자란 말인가. 그리고 아멜리아를 다치게 만든 마족은 그람이 끌어들였단 말인가.

그건 전부 크로우의 입을 통해서 들은 정보다. 진위를 확인할 필요가 있겠군.

Side 요루

『정말로, 주공은 시종마를 너무 심하게 부려먹는다니까…….』

"마족도 말이지~."

밤의 도시에는 사람의 모습이 거의 없었으며, 타박타박 걸어가는 검은 고양이 한 마리와 그 뒤를 따라가는 인간 이외엔 아무도 없었다. 우르크의 밤은 다른 나라의 도시보다 훨씬 더 조용했다. 다른 도시는 이 시간에도 불이 켜져 있으며, 사람도 몇 명은 걸어 다닌다. 그에 비해서 우르크는 문을 연 가게가 한 곳도 없었으며, 불빛은커녕 가로등조차 없었다. 하지만 그만큼 별이 깨끗하게 잘 보였다.

『그건 그렇고, 설마 라티스네일 님이 따라오실 줄은 몰랐습니다.』

내가 알고 있는 라티스네일 님은 누구의 말도 따르지 않고 누구의 부탁도 듣지 않는 자유분방한 공주님이었다. 매일 누군가에게 나쁜 장난을 치면서 늘 주위 사람들을 곤란하게 만드는 분이었다. 너무 자유로워서 마왕님은 늘 머리를 싸매고 계셨으며, 그 마히로조차도 라티스네일 님의 장난은 감당하지 못했었다.

"나는 날마다 즐거움을 추구하고 있으니까 말이지~. 재미있어 보이는 쪽으로 따라가는 것뿐이고, 널 따라가는 것도 이쪽이 더 재미있을 것 같아서야. 네 주군은 특히 더 재미있고 말이지. 분명 내가 널 따라갈 것을 예상하지 않았을까?"

역시 이분은 잘 모르겠다. 옛날부터 이분은 나와 맞지 않을 것이라고 생각하고 있었다. 나에겐 이분이 사는 방식은 물론이고 이분의 사고방식도 무엇 하나 이해가 되지 않으니까.

라티스네일 님은 연보랏빛 눈을 가늘게 뜨면서 즐거운 표정으로 주변을 돌아봤다.

"자, 그럼 오빠에게 부탁받은 것 말인데, 다음은 정보를 뒷받침할 만한 증거를 찾는 거였지?"

나는 방심했다간 한숨이 나올 것 같은 기분을 애써 바꾸면서 고개를 끄덕였다. 라티스네일 님의 말을 듣고 있으면 자꾸만 기운이 빠진다.

『네. 우르크 모험가 길드의 길드 마스터인 그람의 악행을 밝히는 겁니다. 구체적으로는 그람 또는 그의 측근이 만드는 것으로 보이는 '강화약' 이란 걸 찾아내서, 어디로 유출했는지를 알아내는 것……이라고 하더군요.』

그러는 김에 레이티스 성으로 전해졌는지를 알아내면 더 좋고.

……정말로 시종마를 너무 심하게 부려먹는 것 아닌가, 주공. 이런 건 라티스네일 님이 없었다면 도저히 해결할 방법이 없었다. 라티스네일 님이 말했던 대로, 그녀가 날 따라올 것을 미리 예상했을 것이다.

주공과 별도로 행동하고 나서, 엑스트라 스킬『마력차단』덕분에 인간족과 무엇 하나 다르게 보이지 않는 라티스네일 님이 타깃에 접근한다. 그러면 내가 그 틈에 실내로 침입해서 정보를 듣는다는 방법으로 많은 것을 조사해 왔다. 만약 내 존재가 들켜도 라티스네일 님의 스킬인『매료』로 빠져나올 수 있었다. 본인은 마치 강도짓을 하는 것 같으니까 그다지『매료』를 쓰고 싶지 않다고 했지만, 내 주공을 위해서 부디 좀 더 노력해 주면 좋겠다. 마리에서도 마찬가지로 정보의 진위를 알아봐 달라는 부탁을 받았을 때 이런 식으로 빠져나왔다.

아마 우르크에서도 통할 것이라 생각하지만, 이 나라는 취침시간이 너무 빠르다. 이젠 깨어 있는 인간이 거의 없을 것이다. 이것도 다 라티스네일 님이 곳곳에서 쓸데없는 일로 시간을 잡아먹은 탓이다. 원래는 해가 지기 전에는 우르크에 도착할 예정이었는데 너무 늦어지고 말았다. 이래선 주공이 했던 부탁을 달성하지 못하는 거 아닐까.

"자, 그럼 가볼까, 요루 군."

라티스네일 님의 말을 듣고 고개를 드니, 당사자인 본인은 무슨 생각을 하는지 알 수 없는 표정으로 우크르의 모험가 길드 건물을 보고 있었다. 뭘 하려는 생각이지.

"준비는 됐어?"

『……저기, 대체 뭘 하시라고……?』

라티스네일 님은 모험가 길드의 건물 뒤로 돌아가는가 싶더니, 갑자기 내 목덜미를 잡아서 들어 올렸다.

"그럼, 잘 다녀와!!"

그렇게 말하면서 라티스네일 님은 나를 힘껏 던졌다.

『뭐, 뭘 하시는 겁니까아아아아아?!』

나는 소리치면서 지붕 위에 착지했다.

다른 인간에게 들켜선 안 되는데 저도 모르게 소리를 지르고 말았지만, 나에겐 잘못이 없다. 아무런 의논도 하지 않고 나를 집어던진 사람이 잘못한 것이다. 불평이라도 한마디 해 주려고 아래를 내려다보니, 라티스네일 님은 다른 방향을 보면서 웃고 있었다.

『뭘…….』

뭘 보면서 웃고 있는 건지 알고 싶어서, 그녀가 보고 있는 방향으로 시선을 돌리다가 깜짝 놀라 숨을 죽였다.

"거기 너!! 이런 시간에 이런 데서 뭘 하고 있는 거냐!!!"

빛이 잔뜩 몰려온다 싶더니, 라티스네일 님은 바로 병사들에게 포위되고 말았다. 험악한 표정의 병사들과는 대조적으로, 라티스네일 님은 실실 웃고 있었다.

"아니, 난 여행자인데 오늘 처음 이 도시에 왔거든. 묵을 곳을 잡기도 전에 사람들이 모두 사라지는 바람에, 길을 잃고 헤매던 중이었어! 오늘은 노숙을 하려고 하니까 병사 아저씨, 도시 바깥으로 데려가 주지 않겠어? 아니, 그전에 여긴 어디야?"

막힘없이 그 입에서 술술 흘러나오는 거짓말을 듣고 나는 놀랐다. 정의의 편을 자칭하고 있는 만큼, 지금까지 거짓말을 하는 것을 본 적이 없었다. 거짓말을 하는 사람을 싫어했으며, 거

짓말 자체를 싫어하는 것 같다고 생각했다. 그런 라티스네일 님이, 병사들과 싸우지 않고 빠져나가기 위해서 그러는 것이라도 해도 설마 거짓말을 하다니.

이건 절대 실패해선 안 되는 일이다.

"이봐, 여긴 모험가 길드의 뒷문이라고. 도시 외곽은커녕 중심이잖아. 그리고 안내인도 없이 이 도시를 걸어 다니는 건 위험하다는 말을 듣지 못했어?"

"진짜로?! 그게 정말이야? 난 방향치였나~?"

종종 있는 일인지, 병사들은 익숙한 대응을 하면서 라티스네일 님을 데리고 갔다.

병사들이 눈이 나에게서 멀어졌을 때, 라티스네일 님은 내 쪽을 향해 윙크를 했다. 실수하지 않고 잘하라는 뜻이겠지. 나는 그 눈짓에 대답하듯이 고개를 끄덕였고, 잠겨 있지 않은 천창을 통해서 안으로 침입했다.

모험가 길드 안에 무사히 침입한 나는 일단 실내를 돌아봤다.

대부분 정말로 들키면 위험한 것이나 숨겨두고 싶은 것은 인간의 눈높이에선 보이지 않는 곳에 놓아둔다. 지금 있는 곳은 지붕 밑의 다락방이므로, 어쩌면 여기에 있을 가능성도 있다. 주변에는 자루가 부러져서 쓰지 못하게 된 빗자루 같은 고물들만 있었지만, 그런 것들이야말로 찾을 만한 가치가 있는 것이다. 그람은 정보를 숨기지 않고 방치하고 있다고 하니, 의외로 바로 찾아낼 수 있을지도 모르겠군.

뭔가 숨기고 있는 것을 찾아내고 싶을 때 고양이 모습은 편리하다. 좁은 곳에서도 머리만 통과하면 들어갈 수 있는 데다, 후각이 발달해서 냄새를 맡고 구별하는 것쯤은 충분히 할 수 있다.

물론 『변신』으로 슬라임이 되면 어떤 작은 틈새라도 통과할 수 있지만, 그건 최종 수단이다. 한 번의 『변신』에도 막대한 마력이 필요해지는 건 물론이며, 내가 보고 기억하고 있는 슬라임은 기발한 색이 많아 만약 누군가가 오기라도 하면 바로 들켜 버릴 것이다. 리아 공이 말했던 검은색 슬라임을 나는 본 적이 없으니까 『변신』은 할 수 없다. 참고로 후각이 날카로운 걸로 따지자면 개가 더 낫지만, 그 녀석들은 생리적으로 받아들일 수가 없으니까 『변신』하고 싶지 않다.

그런고로 평소에 익숙한 모습으로 먼지투성이인 지붕 밑 다락방의 냄새를 킁킁거리면서 맡았다.

『……여긴 최근에 쓰이지 않은 것 같군. 난감하게도 인간의 냄새가 전혀 나지 않아.』

청소조차 되어 있지 않아 먼지가 두껍게 쌓여 있었다. 이곳에는 없다고 봐도 되겠지. 아래층으로 내려가 보자고 생각하여 아래로 통하는 사다리 같은 게 없는지 찾고 있으려니, 갑자기 바닥의 한 곳이 달칵 소리와 함께 열렸다.

나는 놀라서 재빨리 물건 뒤에 숨었다.

아마도 저 열린 곳이 내가 찾고 있던 아래층으로 내려가는 사다리가 있는 곳인 것 같다. 밑에서 투덜대듯이 뭔가를 중얼거리면서 인간이 올라왔다.

"나 참, 왜 내가 이런 먼지투성이인 곳에 와야 하는 거야. 자신의 부정을 나 같은 말단을 시켜서 숨기다니, 숨길 마음이 없는 것도 어느 정도가 있어야지. 왕도 저런 인간을 길드 마스터로 삼다니. 대체 무슨 생각을 하는 건지. ……뭐, 그 무능왕이면 어쩔 수 없으려나."

나는 숨을 죽이면서 그 불만 섞인 목소리를 놓치지 않고 들어야겠다고 생각하면서 집중하고 있었는데, 다행히도 그 인간은 내가 숨어 있는 책상 근처까지 와 주었다.

"정말로, 왕도 그람도 빨리 죽어 주는 게 세상에 도움이 될 텐데."

주공와 아멜리아 양이 오늘 이그삼 왕과 만났다고 들었는데, 자국의 백성들에게 이런 말을 듣는 왕이라면 대체 어떤 인물인 걸까. 망설임 없이 바로 말하는 걸 들어보면, 무능왕은 비교적 일상적으로 쓰이고 있는 멸칭이라는 생각이 드는데.

"……이런 서류를 왜 남겨 두는 거야? 자신의 약점이 될 수도 있는 건데."

투덜거리며 불만을 늘어놓으면서도, 지시받은 것을 잘 해내고 있는 걸 보면 남자는 고분고분한 성격인 것 같다. 하지만 지금은 그런 점이 고마웠다. 이 남자가 말하고 있는 게 사실이라면, 주공이 바라는 정보가 적혀 있을지도 모르니까.

다행히 책상에 숨은 나를 알아차리지 못하고 남자는 사다리를 내려가서 방을 나갔다.

『최근 들어서 가장 편한 임무였어!』

크로우에게서 들은 정보는 확실했다.

그람은 약제사라는 직업을 가진 인간족 여자를 노예로 사들였고, 그 여자를 시켜서 '강화약'을 만들고 있었다. 약제사인 여자의 이름은 아마릴리스 크라스터. 마리에서 개최되었던 그 콘테스트에서 몇 년 전에 우승한 사람이라고 한다. 들었을 때는 반신반의했지만, 설마 정말로 수인족의 영토에서 인신매매가 이뤄지고 있었다니. 아멜리아 양이 습격을 당한 이유는 장기매매였지만, 노예도 거래하고 있었단 말인가. 그런 일에 왕족이 관여하고 있다는 것이 민중에 알려지면 왕가의 신용도 폭락할 것이다.

『좋아, 이걸 주공에게 넘겨주면 내 임무도 끝이로군. 이제 겨우 주공 곁에 돌아갈 수 있겠어.』

마리에 있을 때부터 『염화』로밖에 대화하지 못했으니, 오랜만에 만나는 셈이 된다.

그람의 악행이 세세하게 적혀 있는 서류를 접어서 입에 물었다.

들어왔을 때와 마찬가지로 천창의 틈새를 통해서 밖으로 나갔다. 그 정도로 오래 있었던 것 같진 않았지만, 하늘이 어렴풋이 밝아지기 시작하고 있었다. 아침이 되면, 주공도 일어나 있을 테니까 『염화』로 자고 있는 여관이 어딘지 물어야겠군. 그리고 그 전에 라티스네일 님과 합류하도록 하자.

"오! 수고했어~."

도시 바깥에 있는, 도시를 한눈에 볼 수 있는 높은 곳으로 가니 예상대로 라티스네일 님이 그곳에 있었다. 예전부터 라티스네일 님이 숨는 곳은 대부분 높은 곳이어서, 마왕님이 "바보와 연기는 높은 곳을 좋아한다니까."라고 중얼거리시던 걸 떠올렸다. 의미는 잘 모르겠지만, 그 말은 들은 라티스네일 님이 볼을 부풀리고 있었으니, 아마도 그녀를 바보 취급한 발언일 것이다.

"성공했어?"

『네. 그람이 인간족 노예를 사들여서 '강화약'을 만들었다는 것과, 그 '강화약'을 인간족에게 보낸 것도 확실하게 적혀 있습니다!!』

입에 문 종이를 보여 주자, 라티스네일 님은 눈을 살짝 크게 떴다.

"그게 어디에 놓여 있었어?"

『어, 라티스네일 님이 절 던지신 천창이 있는 지붕 밑 다락방의 책상 위였습니다만.』

연보라색의 눈이 가늘게 좁혀진다 싶었더니, 그다음 순간에는 평소와 다름없는 미소를 짓고 있었다.

"그렇구나."

『네. 라티스네일 님도 도와주셔서 감사합니다. 거짓말까지 하셨으니…….』

내가 그렇게 말하면서 머리를 숙이자, 라티스네일 님은 어리둥절한 표정을 지었다.

"난 거짓말을 하지 않았는데? 내가 거짓말을 싫어한다는 걸 알고 있잖아?"

『하, 하지만, 병사들에게 들켰을 때…….』

내 말을 듣고 라티스네일 님은 웃으면서 고개를 갸웃거렸다.

“내가 여행자인 것도, 이 도시에 처음 온 것도 사실이고, 여관을 잡기 전에 인기척이 다 사라진 것도 사실이잖아? 노숙을 하려고 생각했던 것도, 내가 현재 있는 곳을 모르고 있던 것도 사실인걸. 네 뒤를 따라가기만 했을 뿐이니까 그때 내가 있던 곳이 어딘지 알 리가 없잖아. 어때, 거짓말을 한 게 아니지?”

『그, 그럼, 모험가 길드 건물의 지붕 위로 던지신 건……?!』

일부로 뒤로 돌아가서 던졌으니까 알고 한 행동이라고 생각했는데.

“이야, 우연이란 건 정말 대단하네~. 우연히 널 던진 곳이 우리가 가려고 했던 모험가 길드의 건물이고, 우연히 잠겨 있지 않아서 들어갈 수 있던 지붕 밑 다락방에 우연히 찾고 있던 서류가 있었으니까 말이지.”

실실 웃는 그 얼굴이 불길하게 느껴져서, 나는 한 걸음 뒤로 물러났다. 그걸 본 라티스네일 님의 미소는 더 깊어졌다.

“그렇게 질리면서 겁을 먹을 일은 아니야. 인생에 한 번 있을까 말까 한 우연을 경험한 거니까 기뻐해야지. ……이제 넌 주군에게 좋은 보고를 할 수 있게 되었고, 나는 너무나 재미있는 경험을 할 수 있었어. 잘 해결됐네.”

정말로, 이 사람은 이해를 할 수가 없다. 집에 돌아가고 싶다는 확고한 신념이 있는 주공과는 달리, 이 사람에게선 뭘 하고 싶은 건지, 뭘 하기 위해서 살고 있는지에 대한 감정이 느껴지질 않았다.

무섭다. 순수하게 그런 생각이 들었다.

Side 오다 아키라

아침 일찍부터 요루로부터 『염화』가 왔다. 우리가 묵은 여관이 있는 장소를 가르쳐 주자 몇 분 후에 요루와 라티스네일이 방으로 찾아왔다.

『주공, 이게 부탁한 거다.』

해가 아직 완전히 뜨지 않은 아침이라 아멜리아도 크로우도 아직 다른 방에서 자고 있었다.

요루가 물고 있던 서류를 받아들고 머리랑 턱 밑을 쓰다듬어 주자, 기분 좋은 표정으로 골골골 목을 울렸다.

"그래. 정말 큰 도움이 됐어. 라티스네일도 고마워."

내가 그렇게 말하자, 라티스네일은 자신의 머리를 내 앞으로 내밀었다. 그 의미가 이해가 되지 않아서, 나는 그냥 고개를 갸웃거렸다.

"……뭐야."

그러자, 라티스네일은 아주 살짝 고개를 들면서 볼을 부풀렸다.

"아이 참! 나도 머리를 쓰다듬어 달라는 의미잖아! 여자 친구를 상대로는 잘 알아들으면서 왜 내가 그러면 알아듣질 못하는 거야?"

"아아, 아멜리아가 아닌 여자의 마음은 알아도 의미가 없는데다, 아멜리아의 마음만 알고 있으면 충분하잖아? 그리고, 머리는 쓰다듬지 않을 거야."

오히려 내가 고개를 갸웃거렸다. 이 마족은 무슨 당연한 소리를 묻는 거야.

그러자 라티스네일은 한숨을 쉬면서 위를 쳐다봤다.

"난, 일단은 콘테스트에서 네 여자 친구와 공동 1위를 했는데 말이지. 자신감이 사라지네."

난 지금도 그 콘테스트의 결과가 조명과 각도 문제로 생긴 요행이라고 생각하는데.

한숨을 쉬면서 고개를 젓는 라티스네일을 더 이상 상대하지 못하겠다고 생각하면서 요루를 보니, 요루는 뭔가 복잡한 표정을 지으면서 라티스네일을 보고 있었다.

"왜 그래?"

내가 요루를 안으면서 물어보자, 요루의 시선은 이번에는 내가 들고 있는 서류로 향했다. 그러고 보니 아직 내용을 보질 않았군. 라티스네일이 이상한 말을 했기 때문이다.

나는 접혀 있는 서류를 펼쳤다. 그리고 그 위화감을 깨달았다.

"요루, 이게 어디에 있었어?"

그 말을 듣고 요루가 의아한 표정을 지었지만, 고개를 갸웃거리면서도 대답해 주었다.

『모험가 길드의 지붕 및 다락방에 있었다. 라티스네일 님도 같은 말씀을 하시더군. 이 서류가 그렇게 이상한가? 가짜인가?』

불안한 표정으로 물으면서 요루가 의아한 표정을 지었지만, 고개를 갸웃거리면서도 대답해 주었다.

"아냐, 그렇진 않아. 일이 너무 잘 풀려서 그러는 거야. 하지만 아마도 정보는 진짜이겠지."

진짜이기 때문에 이상하다.

"만약 이게 있었던 장소가 모험가 길드 건물의 지붕 및 다락방이라면, 누군가가 있는 거야. 그람을 암살하고 싶은 사람이. 그것도 그람의 가까이에."

나는 라티스네일의 말을 듣고 고개를 끄덕였다. 빨리 실행하지 않으면 사냥감을 빼앗길 수도 있겠군.

『자, 잠깐만! 왜 그 서류가 지붕 및 다락방에 있었다는 이유만으로 그런 생각을 할 수 있지? 그저 그람이 태만한 게 아니란 말인가.』

나는 "그래."라고 말하면서 고개를 끄덕인 뒤에 요루에게 서류를 보여 줬다.

"봐, 이상하지?"

여전히 고개를 갸웃거리는 요루에게, 좀 심술궂게 굴었나 하는 생각과 함께 웃으면서 어디가 이상한지 가르쳐 주었다.

"숨겨 두고 싶은 정보를 알기 쉽게 정리해서, 제대로 경비도 서지 않는 지붕 및 다락방에 보관할 필요가 있겠어? ……인신매매, 장기매매, 살인, 고용하고 있는 용병의 이름. 마치 누군가에게 그람의 악행을 설명하기 위한 서류 같아. 이것 한 장만으로도 전쟁이 일어나지 않을까? 수인족 사이에 인신매매는 금지되어 있을 텐데? 그람과 가까운 자, 그람이 내린 명령이라면서 이걸 지붕 밑 다락방에 놔두도록 지시했다면, 그자가 이걸 누군가에게 전해 주려 했거나 일부로 도둑을 맞도록 일을 꾸민 것이겠지. 요루가 먼저 발견하고 말았지만."

내가 말하고 있는 것이 이해가 되었는지, 요루의 안색이 점점 나빠지기 시작했다.

『전쟁 수준이 아니지. 우르크 왕가가 완전히 전멸할 거다. 그렇게 되면 리아 공도 무사히 넘어가지 못해.』

수인족의 입장에선 듣기만 해도 혐오할 정도인 인신매매를 하필이면 왕가의 인간이 하고 있는 것이다. 당연히 그렇게 되겠지.

서류에 따르면 인신매매로 팔린 사람은 수인족만으로 그치는 것이 아니라, 인간족, 엘프족도 있는 것 같다. 아마 이 안에는 엘프족 영토에서 나에게 머리를 숙였던 자들의 아내나 아이들도 있지 않을까. 내가 가는 길에서 발견하면 거둬 주겠다고 말했으니, 모른 척할 수는 없겠군.

"솔직히 말해서, 나는 이 세계의 어떤 나라가 망하더라도 상관없어. 하지만……."

관여하게 된 이상은 어떻게든 해 주고 싶다. 어떻게든 해결할 수 없을지를 나도 모르게 생각하고 말았다. 내가 할 수 있는 것은 기껏해야 그 한계가 뻔하지만, 리아는 브루트 미궁에서 나를 도와주기 위해서 결계를 펼쳐 주었고, 어제도 사람들 사이에 끼어서 어쩌지도 못할 때 날 도와주었다. 아멜리아도 리아를 마음에 들어 하는 것 같고.

나는 한숨을 쉬었다. 그 보고를 누구에게 하려고 했던 것인지도 알 수 있으면 더 좋겠지만, 역시 거기까지는 적혀 있지 않군.

"레이티스다."

갑자기 들려온 목소리를 듣고 고개를 들자, 방의 입구에 크로우가 서 있었다. 이 인간은 이렇게밖에 등장하지 못하는 건가. 늘 있는 일이지만 심장에 안 좋다.

하지만 이번에는 놀라움보다 불쾌함이 먼저 느껴졌다.

"레이티스라고?"

사란 단장을 죽이고, 우리를 이용하려고 한 레이티스. 그때 도망치지 않았다면 지금쯤 나도 사란 단장과 같은 말로를 맞았을 것이다. 혹은 어떤 형태로든 이용을 당했을 것이 틀림없다. 솔직히 말해서, 남겨두고 온 반 아이들만 없다면 이젠 이름조차도 듣고 싶지 않았다.

"얘기는 대강 듣고 있었다. 너희 추측도 얼추 맞을 거다. 너도 생각했겠지? 전쟁을 일으킬 명분으로 그 서류를 원할 만한 나라를. ……그곳이 바로 레이티스란 얘기다."

크로우는 내 방에 들어오더니, 방에 하나밖에 없는 소파에 털썩 앉았다. 나도 라티스네일도 서 있는데, 역시 나이가 들어서 그런 걸까.

"일단, 왜 마족이 여기 있는지는 묻지 않도록 하마."

그렇게 말하면서 크로우는 라티스네일을 부릅뜬 눈으로 봤다. 라티스네일은 불편한 표정으로 몸을 틀었지만, 그 말에 반응하진 않았다. 크로우는 『세계안』을 가지고 있지 않으므로

『마력차단』으로 인간족과 비슷한 수준의 마력량밖에 느껴지지 않을 라티스네일이 마족이라는 걸 알아볼 리가 없을 텐데, 서로 아는 사이인 걸까.

그런 내 생각을 아는지 모르는지, 평소와 다르지 않은 분위기로 크로우는 얘기를 계속했다.

"우선은, 레이티스의 현재 상태를 듣고 싶지 않은가? 네가 아는 사람들도 그곳에 있었지?"

"아는 사람이라고 할까, 동향이라고 할까……."

그 녀석들과 나는 아는 사이 이상 친구 미만이라고 할 수 있으려나. 같은 학교 같은 반 아이들을 뜻하는 단어가 없는 이상, 말로 설명하기는 어렵다. 아니, 이 세계에 학교라는 것은 있긴 하겠지만.

"솔직히 말해서 그 녀석들이 어떻게 되든 상관없지만, 죽었다면 꿈자리가 사나울 거야."

"그렇군. ……아쉽지만, 성 안에 있는 소환자들에 관한 정보는 없다. 하지만 죽지는 않은 것 같군. 성으로 들어가는 식량의 양이 변하질 않았으니까."

그 말을 듣고, 나도 모르는 사이에 안도의 한숨을 쉬고 있었다. 아무래도 나는 스스로 생각하는 것 이상으로 같은 반 아이들을 걱정했던 모양이다.

그날, 누명을 덮어쓰면서 혼자 성을 빠져나온 것을 후회하지는 않는다. 반 아이들에게 걸려 있던 저주를 전부 어떻게든 해결한 뒤에 나갔어야 했다고는 생각하고 있었다. 그때는 자신의 안전을 생각하느라 필사적이었고, 사란 단장의 죽음으로 충격을 받고 있었기 때문에 정상적인 판단을 할 수 없었을 것이다. 성에는 질 씨가 있으니까 최악의 상황까지 전개되지는 않을 거라 생각하고 있었지만, 지금은 질 씨도 용사도 성에서 나왔다. 다들 어떻게 지내고 있을까. 용사 일행이 어떤 식으로 성에서 나온 건지는 모르겠지만, 적어도 나는 원망하고 있겠지.

"죽지 않았다면 딱히 문제없어. 그 외에는? 레이티스가 전쟁을 일으키고 싶어 한다고 추측할 만한 정보가 있겠지?"

내가 묻자, 크로우는 험악한 표정으로 고개를 무겁게 끄덕였다.

"그래. 넌 성에 있었을 때 왕이 죽은 자의 소생에 관심이 있었다는 소문을 듣지 못했나?"

나는 잠시 생각한 뒤에 "들었어." 라고 말하면서 고개를 끄덕였다. 그러고 보니 성의 장서실에서 사란 단장으로부터 그런 얘기를 들었던 것 같다. 듣자 하니 사랑했던 아내가 죽었기 때문에, 살아 있는 딸도 소홀히 한 채 그 아내를 되살리고 싶어 한다고 했었지. 나도 어머니나 유이 중의 한 명이 죽어 버린다면 그렇게 변하는 걸까.

하지만 그런 일은 마법을 쓸 수 있는 이쪽 세계에서도 불가능하므로 대충 흘려들은 것 같은데……. 아멜리아의 『소생마법』으로도 몇십 년도 더 된 옛날에 죽은 사람을 되살릴 수는 없다고 하니까, 결국은 동화 속 이야기일 뿐이다.

"하지만 그런 건 불가능하잖아. 그게 전쟁을 일으키고 싶어

하는 것과 무슨 관계가 있는 거야."

만약 죽은 인간이 되살아나게 되면, 이 세계의 인간은 죽음을 두려워하거나 하진 않을 것이다.

하지만 크로우의 표정은 여전히 험악했다.

"만약 그게 이론상으로는 가능하다고 하면 어떡하겠나?"

크로우가 그렇게 말하자, 방안의 온도가 급격하게 낮아진 것 같은 기분이 들었다.

『이봐, 아무리 그래도 농담이 좀 심하잖아? 죽은 인간이 되살아난다니, 일반적으로 생각해서 불가능하다.』

요루가 어이가 없다는 표정으로 중얼거렸다.

하지만 나는 크로우가 천재지변이 일어나더라도 실없는 농담을 할 사람이 아니라는 것을 알고 있다. 그래도 만약 그게 정말이라면, 크로우는 여동생을 되살리려고 할까.

"아쉽게도 사실이다. ……단, 대가로 몇만, 몇백만의 목숨을 필요로 한다고 하더군. 그 정도의 목숨을 희생해서라도 되살리고 싶은 사람이 있느냐고 나는 묻고 싶지만 말이야."

그 말을 듣고 말문이 막혔지만, 약간은 안심도 되었다. 듣자하니 크로우는 그렇게까지 하면서 여동생을 되살리고 싶다는 생각까지는 하지 않는 것 같았다.

"방법은? 인간 한 명과 몇만, 몇백만의 목숨은 균형이 맞지가 않잖아?"

왜 죽은 사람은 한 명인데 그렇게까지 큰 대가가 필요한 거지?

"그건 모르겠지만, 스킬 『교환』을 써서 한 명의 인간을 되살리는 데 필요한 대가는 대량의 목숨이라고 들었다. 그러니까 레이티스 왕은 전쟁을 일으키고 싶어 하는 것이다. 처음에는 같은 인간족 영토에 있는 야마토와 전쟁을 일으키려고 했지만, 질 애송이와 기사단이 제지하면서 없던 일이 된 것 같더군."

과연. 질 씨가 기사단을 그만둔 데는 그런 이유가 있기 때문이었나. 어느 나라가 더 강한지는 모르겠지만, 어느 쪽이든 대량의 사망자가 나오겠지. 레이티스의 인간들은 왜 반대하지 않는 걸까. 그게 아니라면, 반대하고 있는 인간도 있지만 왕이 들을 생각을 하지 않는 걸까.

그 전에 스킬 『교환』이란 것도 문제다. 골치 아픈 스킬이로군. 그에 상응하는 대가가 있다면 무엇이든 해낼 수 있다는 얘기잖아? 전투와 일상을 가리지 않으면서 범용성이 높은 스킬이다.

"그건 그렇고, 넌 그런 정보를 어디서 얻은 거지?"

예전부터 궁금했다. 어디에 있어도, 어디에 가도 크로우는 어딘가에서 정보를 손에 넣었다.

크로우는 그렇게 묻는 내 머리를 강하게 쓰다듬은 뒤에 방에서 나갔다.

"비밀이다."

행동 하나하나가 무슨 멋쟁이 미남 같군. 수명도 얼마 남지 않은 영감 주제에.

"그럼, 어제 제대로 하지 못했던 우르크 안내를 해 드릴게요!"

완전히 해가 뜨고, 아멜리아가 일어나서 꾸물꾸물 아침밥을 먹고 있을 때 리아가 찾아왔다. 아멜리아는 방에 당연하다는 듯이 있는 라티스네일과 요루를 보고 눈을 크게 떴지만, 두 사람에게 부탁해 둔 게 있었다는 걸 설명하자, 바로 납득하더니 오랜만의 재회를 기뻐하면서 웃었다. 이러니저러니 해도 결국 아멜리아도 요루가 없어서 쓸쓸했던 모양이다.

그것보다, 리아에겐 여관을 가르쳐 주지 않은 걸로 기억하는데. 헤매지 않고 여기로 온 걸 보면 크로우가 가르쳐 준 걸까. 친근하게 대화를 나누고 있는 리아와 크로우를 보면서 고개를 갸웃거렸다. 이 두 사람의 관계도 수수께끼로군.

나는 오랜만에 어깨 위에 앉은 요루의 체중을 느끼면서 밖으로 나갔다.

일단 라티스네일도 같이 나갔지만 후드를 써 달라고 부탁했다. 수인족 중에는 후각이 날카로운 자도 있다고 한다. 아무리 『마력차단』으로 마력을 위장하고 있어도 냄새만큼은 어떻게 할 수가 없다. 마족의 냄새를 알아볼 수 있는지는 의문이었지만, 만일을 대비해서다. 들켜 버렸을 때 귀찮은 일이 일어날 것을 생각하면 가리지 않는 것보다는 낫겠지. 후드를 쓰기 꺼려하는 라티스네일을 설득했다. 마히로가 만든 그 '마물의 접근을 막는 외투' 처럼 기척을 차단하는 효과가 있다고 한다.

"오늘은 크로우 님도 같이하시는 거죠?!"

"그래."

기쁜 표정으로 일행의 앞에서 걷고 있던 리아가 말했다. 크로우의 옆을 걷고 있는 리아는 왠지 어제보다 기분이 좋은 것 같았다. 그 증거로 꼬리가 떨어질 것처럼 격렬하게 흔들리고 있었다. 분명, 개가 기분이 좋을 때 저렇게 되지 않았던가. ……어라, 상대에게 호의를 품고 있을 때였던가. 일단 오늘의 리아는 룰루랄라 콧노래를 부르면서 즐거운 표정을 짓고 있었다.

"리아, 엄청 기뻐 보여."

"어지간히도 크로우를 만나고 싶었나 보네."

아멜리아와 라티스네일이 리아를 보면서 그렇게 말했다. 나와 요루는 무슨 뜻인지 몰라서 서로의 얼굴을 바라봤다. 그 반응을 보면서 여성들은 어이가 없다는 듯한 눈길로 우리를 보기 시작했다.

"정말 모르는 거야? 리아는 크로우를 좋아하는 것 같아. 물론 연애감정이라는 의미로 말이지. 상당히 알아보기 쉽다고 생각했는데."

뭐? 나는 놀라서 걸음을 멈췄다. 요루도 눈을 크게 뜨고 있었다.

"남자는 그런 거에 참 둔하단 말이지. 나는 오늘 처음 만나는 사인데도 바로 알아보겠는데?"

나도 리아와 크로우가 같이 있는 걸 본 것은 오늘이 처음인데. 그래도 조금은 납득했다.

아멜리아가 크로우에게 『반전』을 배우고 있다는 얘기를 듣고 리아가 이상한 반응을 보인 것은 이런 이유가 있었기 때문인가.

"알아차리진 못했지만, 리아와 크로우는 나이가 엄청 차이 나지 않아?"

가볍게 100살은 넘을 거라는 생각이 드는 건 내 기분 탓인가?

“수인족의 연애에 나이는 관계가 없어~. 수인족은 나이가 얼굴이나 몸에 드러나지 않잖아? 그러니까 젊은 사람과 노화가 가까운 할아버지가 서로 사귄다고 해도 일단은 인정을 받고 있어.”

라티스네일의 말을 듣고, 그렇구나 하고 반응하면서 볼을 붉게 물들인 리아의 옆얼굴을 바라봤다. 저게 사랑에 빠진 사람의 얼굴인 걸까. 유이가 쿄스케를 보는 얼굴이 저런 느낌이었던 것 같은데.

“단둘만 있게 해 줄까.”

“그러자~.”

아멜리아와 라티스네일이 그렇게 말하면서 샛길로 빠졌다. 아마 크로우는 기척을 통해 우리가 다른 길로 들어간 것을 알고 있을 거라 생각하니까, 나도 그쪽으로 들어갔다.

『음…… 이 길은…….』

들어간 샛길에서 요루가 두리번거리면서 주변을 둘러봤다. 마찬가지로 라티스네일도 눈에 띄는 간판을 보고 연보라색의 눈을 가늘게 좁혔다.

“아아, 여길 통해서 갔구나. 그렇다면 여긴 모험가 길드로 연결되는 길이야.”

대로변에서 갈라진 길임에도 불구하고 오가는 사람들이 많았으며, 모험가로 보이는 사람이 우르보다도 더 많이 걸어 다니고 있었다.

“……아키라, 모험가 길드에 들를 거야?”

그러고 보니, 우르를 나온 뒤로 모험가 길드에 가보질 않았다.

볼일도 없었고, 크로우 덕분에 숙박비가 굳어서 금전적으로도 아직 여유가 있기 때문에 가지 않았었다. 하지만 수인족 최대 국가의 모험가 길드라는 점에선 흥미가 생겼다. 그리고 그람이 길드 마스터를 맡고 있는 곳이다.

"……그러네. 흥미는 있어."

"그럼 가 볼까~."

라티스네일이 맨 앞에 서서 모험가 길드를 향해 걸어가기 시작했다. 어디 있는지 아느냐고 물으니, 한 번 가본 길은 기억한다고 했다. 나도 일단은 기억하려고 노력하기는 하지만, 우르크처럼 모든 길이 다 똑같이 생겼으면 알아볼 수가 없게 된다.

"분명 이쪽이었지? 시종마 군."

『네. 그렇습니다.』

약간 지저분한 느낌의, 어디에나 있을 것 같은 가게의 간판에는 우르에서 본 것과 마찬가지로 교차한 두 자루의 검의 문장이 그려져 있었다. 이건 아마도 모험가 길드의 문장인 것 같다.

"나는 밖에 있을게. 볼일이 끝나면 날 불러. 이 건물 뒤에 있을 테니까."

"그래, 알았어. ……어디, 그럼 실례해 볼까."

모험가 길드의 뒤로 돌아가는 라티스네일을 배웅한 뒤에, 나는 모험가 길드의 문을 열어 안으로 들어갔다.

제5장 해후

Side 오다 아키라

우르의 모험가 길드는 술집을 개조해서 쓰고 있는 것치고는 청결하다는 인상이 있었다. 하지만 우르크의 모험가 길드는 그와는 반대였으며, 약간 어둡고 지저분했다. 벽의 곳곳에는 검붉은 얼룩이 져 있었는데, 술에 취한 모험가들이 난동을 부렸을 것이라고 짐작할 수 있었다. 안 좋은 의미로, 상상했던 대로의 모험가 길드의 모습이로군. 길드 마스터의 성격이 그대로 길드에 드러나는 것 같다는 생각이 드는 건 나뿐인가?

모험가 길드 안에는 커다란 카운터가 있었고, 안에는 직원들이 바쁘게 일을 하고 있었다. 우르보다 직원의 수가 적었고 의뢰 내용도 게시되어 있지 않았다. 아마 마물의 부위를 매수하는 작업도, 의뢰를 받아들이는 작업도, 랭크를 분류하는 작업도 직원이 카운터 안에서 하고 있는 것 같았다. 딱 봐도 효율이 좋지 않고 합리적이지도 않았다.

반면에 모험가들은 모험가 길드 안에 있는 휴식 공간 같은 곳에서 술을 마시고 있었다. 어느 곳의 모험가이든 이런 모습은 다르지 않군. 아침부터 술을 마시고 있지 말라고.

내가 문을 열고 안으로 들어오자 일단 나에게 시선이 집중되었다. 그다음에는 아멜리아, 요루 쪽으로 시선이 옮겨갔다. 걸어 다니고 있을 때면 늘 이런 식으로 반응하니까 이제 어느 정도는 익숙해졌다.

"우르크 모험가 길드에 잘 오셨습니다. 오늘은 무슨 일로 오셨죠?"

아멜리아를 보고 얼굴이 새파래진 직원이 카운터에서 나와서 달려왔다. 아멜리아의 얼굴은 미남미녀 콘테스트를 통해서 널리 알려지게 되었다. 덕분에 밖으로 나오면 시선이 집중되는지라, 본인은 전혀 신경을 쓰지 않지만 내 입장에선 영 불편하다.

"저 사람, 아멜리아 왕녀 맞지……?"

"……콘테스트에서 우승한 사람은 반드시 사라진다고 들었는데."

"가짜 아냐?"

술에 취한 자들의 목소리가 모험가 길드 안에 뚜렷하게 울려 퍼졌다. 일부러 들으라고 말하고 있는 것이겠지. 술에 취한 인간들은 왜 늘 이렇게 귀찮은 인종밖에 없는 걸까. 요루를 험담하지 않는 이유는 위치적으로 보이지 않기 때문인 것 같다.

"그리고 호위로 보이는 저 시커먼 남자. 딱 봐도 약해 보이는데, 저 정도면 공격을 막아도 날아가 버리는 것 아냐?"

조금 떨어진 자리에 있던 붉은 머리의 남자가 그렇게 말했을 때, 아멜리아의 눈썹이 꿈틀하고 움직였다. 나는 딱히 아무렇지도 않았지만 아멜리아의 기분을 상하게 만든 것 같았다.
길드 직원의 질문에 대답을 하고 있었지만 시선은 그 모험가를 향하고 있었다.
"딱히 볼일이 있어서 온 건 아냐. 수인족 최대 국가의 모험가 길드가 어떤 곳인지 보러 온 것뿐. 하지만 보아하니 이곳의 모험가는 나약한 사람밖에 없는 것 같네. 모험가 길드 자체도 아침부터 시끄러워서 민폐밖에 안 되는 것 같아."
이런 때의 아멜리아의 눈은 절대영도라는 표현이 정확하다. 분노하는 것만으로 방안의 온도를 바꿔 버리다니, 아멜리아가 아니면 불가능한 재주일 것이다.
가까이에 있던 직원이 히익 하는 소리를 내면서 한 발 뒤로 물러섰다.
"뭐라고?! 미리 말해 두겠는데, 나는 실버 랭크 모험가인 라울 님이거든! 질풍의 라울이라고!! 누가 나약하다는 거야, 너!!"
의자를 걷어차면서 일어서는 사자 수인 모험가에게 한마디 해 주고 싶다. 그래서 어쩌라고.
차가운 눈으로 보고 있으려니, 아멜리아도 같은 생각을 하고 있었는지 눈을 가늘게 좁혔다.
"그래서? 실버 랭크 모험가이고 이명을 가지고 있으면 무슨 짓을 해도 괜찮다는 거야? 무슨 말을 해도 괜찮다는 뜻이야? 분수를 모르고 까부는 것도 적당히 해."
말썽꾸러기 아이를 타이르는 어머니처럼 말하고 있는데, 한기가 느껴지는 것 같은 위압감이 담겨 있는지라 확실히 말해서 무섭다. 나라면 즉시 사과했겠지만 이 모험가는 그렇지 않은 모양이다.

"시끄러워, 시끄러워, 시끄럽다고!!"

어린아이처럼 소리를 지르던 사자 수인 모험가는 아멜리아를 향해 주먹을 치켜들었다. 다른 모험가들이 큰 소리를 내면서 말렸지만, 그 손은 멈추지 않았다.

"……아무리 그래도 그건 그냥 보고 넘길 수 없겠군."

뒤에서 아멜리아를 끌어당겨 안으면서 그 주먹을 탁 하고 받아냈다. 나는 날아가기는커녕 1밀리미터도 움직이지 않았다. 내 기준으로는 갓난아기가 때리는 것과 같은 수준의 충격이었다. 라울이라고 했던가. 사자 수인 모험가는 믿어지지 않는다는 눈으로 그걸 보고 있었다.

"아멜리아, 도발이 너무 지나쳤어. ……소란스럽게 만들어서 미안하군. 하지만 너희 목이 물리적으로 날아갈지도 모르니까 쓸데없는 소리는 하지 않는 게 좋을 거야. 아멜리아는 진짜 엘프족의 왕녀니까 말이지."

내 품안에 있는 아멜리아에게 한마디 해 준 뒤에 술에 취한 남자들 쪽으로 시선을 돌렸다. 그렇게 충고하자, 술에 취한 남자들은 자신들이 무슨 말을 했는지를 떠올리면서 얼굴이 새파래졌다. 아멜리아를 수상하다는 눈으로 보고 있던 길드 직원도 시선을 돌렸다.

"이 자식, 그것보다 빨리 손 놔!!"

다른 사람은 내 알 바가 아니라는 듯이 으르렁거리고 있는 라울 쪽으로 시선을 돌리니, 칙칙한 금색 눈이 날 노려보고 있었다. 요루의 눈이 더 아름답군.

"싫은데. 놓아 주면 또 때리려 들지 모르니까 말이야. 너, 상대의 실력도 모르면서 무턱대고 덤비지 마. 그리고 네 부모한테서 물건은 소중히 다루라는 걸 배우지 못했나?"

걷어차서 쓰러트린 의자를 보면서 말했다. 의자는 차이면서 쓰러진 충격으로 다리 하나가 부러져 있었다.

라울은 내 말을 듣지 않고 몸을 비틀면서 내 손에서 주먹을 빼내려 했지만, 내 손도 라울의 손도 꿈쩍하지 않았다.

"알았으니까 놓으라잖아!!"

정말로 내가 한 말을 이해한 건지 모르겠지만, 일단 손을 놓아줬다.

"죄송합니다! 라울은 바보라서, 상대의 역량을 가늠할 정도로 융통성이 있지 않아요!"

길드 직원들 사이에서 휠체어 같은 것을 탄, 밝은 노란색의 머리카락을 가진 인간족 여자애가 나오더니 우리에게 머리를 숙였다. 아니, 엄청 진지한 목소리로 라울을 바보 취급한 것 같은데.

"뭐라고?! 켈리아, 너! 내가 어디가 바보란 말이야!"

"사람을 가리지 않고 시비부터 거는 점도 그렇고, 열거하면 끝이 없어!"

라울이 휠체어를 탄 여자애에게 그렇게 말하면서 따졌지만, 켈리아라고 불린 여자애는 볼을 부풀리면서 주먹을 쥐었다.

"하하, 또 시작했군."

"매일 질리지도 않는가 봐."

늘 있는 일인지, 우리 때문에 긴장감으로 팽팽해져 있던 모험가 길드 안의 분위기가 누그러진 기분이 들었다.

"일단, 정말로 죄송하다는 말씀을 드릴게요! 라울을 참형에 처해도 괜찮으니까, 부디 모험가 길드에는 책임을 묻는 일이 없도록 부탁드리겠습니다!"

"너, 이 자식! 나를 팔아넘겼겠다!!"

악담을 늘어놓고 있던 모험가들은 내 말을 듣고 술에서 깼는지, 새파래진 얼굴로 모험가 길드를 빠져나가고 말았다. 켈리아의 권유를 받아서 빈자리에 앉았지만 차와 함께 곁들여져 나온 메뉴가 부부 만담인 것은 재미있었다. 다른 길드 직원도 말리기는커녕 웃으면서 보고 있었다.

참고로 요루는 검은 고양이를 두려워하는 수인족에게 겁을 주지 않도록 인형처럼 내 어깨 위에서 조용히 있었지만, 때때로 부들부들 떨면서 웃음을 참고 있는 것 같았다.

"모험가 길드에도, 당신들에게도 책임을 묻진 않을 거야. 나야말로 속이 좁게 행동했어. 미안해."

눈앞에서 펼쳐지고 있던 부부 만담을 보고 아멜리아도 마음이 풀렸는지, 말이 지나쳤다고 사과하면서 머리를 숙였다. 그녀의 행동을 보고 켈리아가 당황했다.

반면에 당사자는 고개를 돌린 채 볼을 뾰로통하게 부풀리고 있었다. 애도 아니고,

"아뇨, 아뇨! 모든 건 라울이 잘못한 거예요! 자, 라울도 어서

사과해.”

햇빛을 한 번도 받지 않은 듯한 희고 가느다란 팔 어디에 그런 힘이 있는 건지, 켈리아는 라울의 머리를 누르면서 머리를 숙이게 만들었다. 이 아이, 정말로 인간족인가? 『세계안』을 의심해 본 건 처음이었다.

“아프잖아! 뭐 하는 거야!”

“근본적인 원인을 따져보면 라울이 나쁜 말을 했기 때문이야! 그리고 정곡을 찔렸다고 해서 처음 보는 사람을 때리지 마! 그렇게 하기로 전에 약속했잖아! 여기에서 출입 금지를 당한단 말이야!”

이건 대체 언제가 되어야 끝나는 걸까. 커플 싸움이라는 단어는 이 사람들의 모습을 가리키는 말인 것 같다고 생각하면서 적당히 납득했다. 싸울수록 사이가 좋다는 말을 그대로 보여 주고 있었다.

“자 자, 두 사람, 이제 그만해. 아멜리아 왕녀님도 ‘사일런트 어새신’ 님도 어이가 없다는 표정으로 보고 계시니까.”

“아, 죄, 죄송합니다!”

짙은 남색의 일본식 전통복을 입은 실눈의 인간족 남성이 그렇게 말하자, 두 사람은 겨우 싸움을 멈췄다. 머리를 숙이는 켈리아에게 이젠 마음에 두지 않는다는 말과 함께 손을 흔들어 보이면서, 나는 가늘게 눈을 떴다. 얼굴을 알아본 것도 모자라서 일반인들에도 이름이 떠들썩하게 알려진 암살자라니 정말 이래도 되는 걸까. 아니, 애초에 나는 암살자다운 짓은 한 적이 없지만.

"처음 뵙겠습니다. 우르크 모험가 길드에서 부(副)길드 마스터를 맡고 있는 마모루라고 합니다. 두 분의 소문은 많이 들었습니다."

유달리 일본인 같은 이름과 옷이로군. 아니, 요즘엔 이런 일본식 전통복을 입고 있는 사람이 더 적으려나. 인간족의 영토에 있는 야마토라는 나라는 일본과 비슷하다고 했으니까, 거기 출신인 걸까.

마모루는 나와 아멜리아의 손가락 쪽으로 시선을 떨궜다.

"그리고 그 정도로 깊은 '반지'를 끼고 있는 사람은 두 분 말고는 계시질 않았으니까요."

마모루의 시선을 따라가 보니, 그는 왼손의 약지를 보고 있었다. 상당히 깊게 새긴 상처 자국은 다른 상처와는 달리 뚜렷하게 남아 있었다. 아멜리아의 손가락도 마찬가지였다.

"뭐야, 여기서도 잘 알려져 있는 건가."

"네. 하지만 두 분처럼 정말로 서로의 손가락에 상처를 새기는 사람은 적고, 대개는 철로 만든 반지를 낍니다. 하지만 모험가끼리이거나, 한쪽이 언제라도 죽어 버릴 수 있는 사람은 영원의 사랑을 서로에게 바치겠다는 강한 마음을 담아서 두 분처럼 맹세하는 경우도 있답니다."

그 말을 들으면서 아멜리아는 고개를 갸웃거렸다. 놀라지 않는 표정을 보면, '반지'에 관한 얘기를 들은 적이 있는 것 같다.

"하지만 리아는 성에선 상처를 새기는 사람들이 더 많다고 말했어.”

“성에선 사랑 문제로 다툼이 많다고 들었으니까, 아마 트러블을 방지하기 위한 마킹 같은 것이 아닐까요. 깊은 상처 자국은 어지간히 강력한 회복마법을 걸지 않으면 완전히 사라지진 않으니까요.”

그렇군, 바람피우는 걸 방지하는 역할도 하고 있는 건가. 그건 몰랐다.

“어쨌든, 이 두 분은 가짜가 아닙니다, 라울 님.”

아무래도 지금까지 한 말은 라울에게 설명을 해 주고 있었던 것으로 보인다. 하지만 당사자는 넋이 나간 표정을 짓고 있었다.

“……당신, 정말로 ‘사일런트 어새신’ 이란 말이야?”

마모루의 말에 아무런 대꾸도 하지 않은 채, 흐릿한 금색 눈이 똑바로 나를 보고 있었다. 나는 조금 전에 어린아이처럼 화를 내고 있던 때와는 달라진 모습을 보고 당황하면서도 고개를 끄덕였다.

“그 이름은 그다지 좋아하진 않지만, 날 부르는 것이긴 해.”

그 말을 들은 라울은 바로 땅바닥에 주저앉더니 머리를 조아렸다. 어디서 배운 것인지는 모르겠지만, 엎드려 비는 자세는 실로 훌륭했다.

“정말 죄송합니다!!!”

“……뭐?”

갑작스러운 일을 겪으면서 나도 모르게 넋 나간 목소리를 내고 말았다. 머리를 들지 못하는 라울을 보면서 당황하고 있으려니, 켈리아가 옆에서 대신 설명해 주었다.

"사실 라울은 사일런트 어새신 님의 팬이에요. 브루트 미궁에서 마물의 대범람이 일어났을 때 라울이 거기 있었는데, 멀리서 사일런트 어새신 님을 본 적이 있다고……."

그때는 아멜리아가 납치된 걸 알고, 화를 참지 못해 그림자 마법을 마구잡이로 방출했었는데, 그런 모습의 어디에 팬이 될 만한 요소가 있었단 말일까. 검은 그림자가 마물들을 집어삼키고 있었는데.

공포를 느낄 요소밖에 없었을 텐데. 적어도 일본에 살았던 무렵의 나라면 다리에 힘이 풀리면서 주저앉았을 거라고 생각한다.

"그런 뒤에 사일런트 어새신 님과 비슷한 차림새를 한 사람이 있으면 바로 시비를 걸게 되었죠……. 라울은 바보니까 동경하는 사람이 이런 곳에 있을 리가 없다고 멋대로 생각해 버린 거예요."

그게 무슨 말이야. 그게. 어떻게 하면 그런 생각을 하게 되는 건데? 나는 말문이 막히는 바람에 자신도 모르게 입을 벌리고 있었다. 확실히 암살자가 대낮에 당당하게 돌아다니는 건 이상하겠지만, 비슷한 차림을 한 사람에게 일일이 시비를 걸다간 끝이 없을 텐데.

아니, 그건 그렇고. 팬은 팬이라도 너무 깊게 좋아하면 위험해지는, 그런 진성 팬인가.

"어—……. 왜 내 팬이라는 거하고 비슷한 차림을 한 사람에게 시비를 거는 게 같은 뜻이 되는 거지?"

여전히 머리를 숙이고 있는 라울에게 물어보니, 속으로 웅얼거리는 목소리였지만 대답해 주었다.
"당신 흉내를 내고 있는 것 같아서 화가 나서 그랬어. 반성하고 있어."
경찰에 붙잡혀 온 사람이야? 사고 회로가 정말로 바보라고 할까, 앞뒤 생각이 없는 인간이라고 할까…… 나는 도저히 이해를 할 수가 없었다. 일단, 이런 종류의 인간에게 진지한 잔소리가 소용이 없다는 건 켈리아와의 대화를 보면서 잘 알 수 있었다.
"……일단, 다시는 그러지 마. 그리고 머리도 이제 그만 들어."
"넷!"
기운차게 대답하면서 라울은 고개를 들었다. 그 눈은 반짝반짝 빛나고 있었다. 마치 강아지 같군.

Side 리아 라군

"우르크를 안내하겠다고 말했는데……."
분명히 뒤에 있었는데 어느새 사라져 버린 세 명과 한 마리. 언제부터 사라진 건지는 모르겠지만, 내가 그 사실을 알아차린 것은 상당히 나중 일이었다. 이래선 안내인으로서 자격이 없다.
"크로우 님은 알고 계셨나요?"
"당연하지, 날 누구라고 생각하는 거냐."
별일도 아니라는 듯이 말하는 이 사람이 이렇게 원망스러웠던 적은 처음이다. 나는 볼을 부풀리면서 크로우 님을 날카롭게 노려봤다.

"그럼 제지하셨어야죠!"

"안내는 네가 맡은 일이다. 내가 아니야. 대화에 정신이 팔려 있던 네가 잘못한 거지. ……그보다 그 호칭 좀 어떻게 할 수 없겠느냐?"

억지로 화제를 전환한 것 같은 기분도 들지만, 어디가 이상한 건지 몰라서 나는 고개를 갸웃거렸다. 아무리 생각해도 크로우 님이라는 호칭에 이상한 부분은 없는 것 같다. 그걸 본 크로우 님은 한숨을 쉬었다.

확실히, 아무것도 몰랐던 옛날에는 크로우 님을 '크로우' 라고 부르면서 뒤를 따라다녔지만, 과거에 용사 파티의 멤버였으며 수인족의 영웅이라고까지 불리고 있는 크로우 님을 함부로 이름으로만 부르는 짓은 이젠 불가능하다.

그런 내 심정을 읽은 것처럼 크로우 님은 눈을 한쪽 눈을 가늘게 떴다.

"너와 나는 어떤 관계냐?"

"어, 이름을 지어 주신 부모 같은 분과 이름을 받은 자식 같은 관계라고 할까요?"

내 이름은 부모님이 아니라 크로우 님이 지어 주셨다고 들었다. 유래는 모르지만, 크로우 님이 존경하는 사람의 이름을 일부 따왔다고 했던가. 그게 누구인지는 아직 모른다.

당시의 나는 그게 얼마나 영광스러운 일인지 이해하지 못한 채, 크로우 님을 옆집에 사는 아저씨 정도로밖에 생각하지 않았지만.

"이름을 지어 준 부모 같은 사람을 님이라는 호칭으로 부르는 아이가 대체 어디 있단 말이냐."

"여기……."

여기 있는데요. 그렇게 말하려고 했지만, 너무 날카로운 눈으로 노려보는지라 입을 닫았다.

그러고 보니 옛날에도 이렇게 노려보셨지. 크로우 님의 모습은 변하지 않았지만, 내가 자라면서 예전보다 얼굴의 거리가 가까워졌기 때문에 위압감이 옛날보다 더 늘어났다. 어째서 옛날의 나는 이 눈을 두려워하지 않았던 걸까. 내 눈보다 훨씬 더 깊게 느껴지는 푸른색의 그 눈을 보고 있으려니, 크로우 님은 쑥스러운 듯이 나에게서 시선을 돌렸다.

"……뭐, 됐다. 그보다 장소를 바꾸자. 여기는 있기가 좀 불편하니까."

주변을 둘러보다가 나는 얼굴을 붉혔다.

아키라 님과 아멜리아 님이 서로 사랑하는 사이라는 걸 어제 아멜리아 님 본인이 확인해 주었기 때문에, 물의 도시 우르크의 유명한 데이트 장소를 돌아다니고 있었던 것이다. 주변에는 남의 눈치를 살피기는커녕, 오히려 보여 주려는 듯이 입맞춤을 하는 사람들이 많이 있었다. 그냥 있는 게 불편한 수준이 아니다.

"죄, 죄송합니다! 지금 바로 다른 장소로 이동하도록 하죠!"

크로우 님의 손을 잡고, 황급하게 그 장소에서 빠져나왔다. 어떤 구역 옆에 있는 거리로 달려간 뒤에 겨우 한숨을 놓았다.
"후…… 후후, 하하하!"
멈춰 서서 거칠어진 호흡을 가다듬고 있을 때 참다못해 웃음을 터트리는 것 같은 소리가 났다. 고개를 들어 보니 크로우 님이 웃고 있었다. 늘 얼굴을 찌푸리고 있으며 미소조차도 보이는 게 드문 이 사람이, 눈앞에서 배를 잡고 웃고 있었다.
"크, 크로우 님?!"
크로우 님이 아닌 다른 사람이 상대라면 나도 마찬가지로 웃고 있었을지도 모르지만, 이 사람이 상대라면 예외다. 마을 축제에서 모두가 대폭소한 개인기를 봐도 이 사람의 얼굴 근육은 꿈쩍도 하지 않았으니까.
설마 뭔가 이상한 거라도 먹은 걸까.
"역시 너는 재미있구나."
웃는 표정을 계속 유지한 채, 크로우 님이 내 머리 위에 손을 얹었다. 키 차이 때문에 날 내려다보고 있는 그 얼굴은 처음 보는 미소로 물들어 있었다. 머리를 세게 쓰다듬는 그의 손길과 얼굴을 보고, 나는 바로 굳어 버렸다. 과거에 그랬던 적이 없었을 정도로 뜨거운 기운이 내 얼굴에 모이고 있다는 걸 스스로도 알 수 있었다.
"아, 아…… 뭐……."
뭘 하시는 거냐고 말하고 싶었지만, 말이 목에 걸려서 나오질 않았다. 하고 싶었던 말은 이해할 수 있는 단어로 완성되지 못한 채, 그 일부분만이 입에서 나왔다.

크로우 님은 지금도 독신을 유지하고 있지만 얼굴은 상당히 미형인지라 혼자 산다는 것이 신기하게 느껴질 정도다. 늘 무뚝뚝하게 굴지만 않는다면 아내가 한두 명쯤은 있지 않았을까. 그러니까 무슨 말이 하고 싶은 거냐고 하면, 그런 남성의 미소와 스킨십은 파괴력이 엄청나다는 뜻이다.

"너, 괜찮은 거냐?"

헉 하고 놀라면서 제정신을 차리자, 크로우 님은 여전히 무슨 생각을 하고 있는지 알 수 없는 표정을 짓고 있었고, 그 손은 아무 데도 놓여 있지 않았다.

이상하다는 표정을 짓고 있는 크로우 님에게 아무 것도 아니라고 말하면서 고개를 젓자, 그러냐고 말한 뒤에 걸어가기 시작했다. 꿈이었나 하는 생각을 하면서 앞에서 걸어가는 크로우 님을 따라가 얼굴을 쳐다보니, 그 입가에는 조금 전의 미소의 여운이 있는 것처럼 호를 그리고 있었다.

"꿈이 아니었어…….

"뭐라고 했느냐?"

멍하니 중얼거리는 나를 내려다보는 크로우 님에게 황급하게 고개를 저었다.

"아뇨! 아무것도 아니에요! ……그런데, 어디로 가시는 건가요?"

목적도 없이 아무렇게나 걷고 있는 게 아니라, 목적지가 정해져 있는 것처럼 걸음에 힘이 들어가 있는 느낌을 받았다. 복잡하게 얽혀 있는 미로 같은 도시이기 때문에 나도 목적지를 알 수가 없었다.

"도착한 뒤에 말해 주마."

"그때는 이미 어딘지 보면 알잖아요! 그냥 대답하는 게 귀찮으신 거죠?!"

내가 항의하는 목소리를 듣고도 반응이 없었다.

오른쪽, 왼쪽, 오른쪽, 오른쪽……. 이젠 길을 기억할 수도 없을 정도로 크로우 님의 뒤를 쫓아서 도시의 중심부에서 벗어난 장소로 왔다. 처음에는 가시려는 곳을 맞춰 보자고 생각했지만, 내가 와본 적이 없는 길을 지나치게 되면서부터는 그냥 포기한 상태였다. 안 그래도 복잡하게 얽혀 있는 도시라서, 여기 살고 있어도 큰길이라면 또 모를까 샛길을 완전히 이해하는 것은 어려웠다. 지금 걷고 있는 길도 인기척이 적고 어둑어둑했으며, 여기가 도시의 어디쯤에 해당되는 것인지도 알 수가 없었다. 너무 많이 걸어서 슬슬 다리가 아프기 시작했다.

"크로우 님, 앞으로 얼마나 더 가야 도착하는 건가요?"

벌써 몇 번인지 모를 정도로 많이 물었다. 줄어들지 않는 보행 속도를 보면 길을 잃고 헤매고 있는 게 아니라는 것은 알겠다. 하지만 모르는 장소에 오면서 마음이 불안해지는 것은 어쩔 수 없는 일이라고 생각한다.

"이제 몇 분만 더 가면 도착한다. ……뭐야, 공주님 생활에 익숙해지면서 벌써 지친 거냐?"

그게 도발이라는 걸 알고 있는데도, 놀리는 듯한 말투로 말하는 걸 듣고 나는 입을 삐죽 내밀었다.

"지치지 않았어요! 어디로 가는지를 말해 주지 않는다면 누구라도 불안해지기 마련이라고요."

"호오, 모르는 길을 따라가는 것에 불안감을 느끼게 되었단 말인가. 옛날에는 모르는 길이라도 내 뒤를 잘만 따라다녔는데."

대체 언제 적 얘기를 하고 있는 걸까. 적어도, 내가 기억하기로는 모르는 길을 함부로 따라간 적은 없을 텐데. 아니, 있을지도 모르겠다.

"뭐야, 잊어버린 거냐. 네 어머니한테서 심부름을 부탁받고 같이 갔던 걸. 도중에 내가 길을 벗어나서 한참을 돌아갔는데도 끝까지 알아차리지 못했었지."

그러고 보니 그런 일도 있었다. 크로우 님이 나를 틈틈이 속이면서 골탕을 먹이기 시작했던 것도 그 무렵부터였다. 그때는 바보같이 솔직하게 크로우 님의 말을 믿고, 수십 년 동안 먼 길을 돌아서 이웃 도시까지 다녀오곤 했다. 덕분에 좋은 운동이 되었다고 생각하면서 딱히 속은 것을 마음에 두고 있지 않았지만, 자신이 정말 속기 쉬운 성격이라고 절망했다. 잘 생각해 보면, 이웃 도시까지 가는데 산을 두 개나 넘어갈 리가 없지 않은가. 우리 마을은 그 정도로 시골이진 않았다.

"그때와 지금은 달라요!"

"당연히 그래야지."

무뚝뚝하게 하는 말을 듣고 살짝 발끈했다. 왜 이 사람과는 대화를 제대로 주고받질 못하는 걸까.

"크로우 님은 전혀 바뀌지 않으셨어요! 옛날과 다름없이 저를 어린아이 취급하시고, 대화를 주고받는 능력도 완전 엉망이라고요!"

정말 아무것도 바뀌지 않았다. 그때의 크로우 님이 그대로 이 자리에 있다고 말해도 믿어 버릴 정도다. 하지만 아무리 수인족은 노화가 얼굴이나 몸에 드러나지 않는다고 해도, 인간이 몇십 년이나 같은 모습이라는 게 가능한 일일까.

"어린아이 취급이니 뭐니 하고 따지지만, 아직 어린아이지 않느냐. 그리고 나는 바뀔 생각이 없으니까 말이지. 대화를 주고받는 능력 같은 건 예전에도 지금도 필요하다고 느낀 적이 없다."

"끄응! 저는 이제 성인 여성이에요! 크로우 님이 아무리 시간이 지나도 혼자 사시는 건 그 때문이라고요! 얼굴은 이렇게 괜찮은데, 정말 아깝다니까."

왜 이 사람은 스스로 혼자 있으려고 하는 걸까. 혼자 사는 건 외롭고, 슬프고, 너무도 괴로운 일이 아닌가. 처음부터 아무것도 없었다면 외로움도 슬픔도 괴로움도 느끼지 않을지도 모른다. 하지만 나는 혼자이지 않은 자신을 알아 버렸다. 크로우 님도 분명 그럴 텐데.

마을 사람들이 모두 죽고 크로우 님도 사라지면서, 나는 그때 가슴에 큰 구멍이 뚫린 것 같은 기분이 들었다. 혼자 남는다는 것은 그런 것이다. 소중한 사람을 잃는다는 것은 그런 것이다. 그 휑하게 뚫린 구멍이 문득 어떤 순간에 욱신거리며 아파 온다. 그게 참을 수 없이 괴롭다. 지금은 왕성에서 많은 사람들과 만나면서 혼자라는 생각이 사라졌지만, 크로우 님은 다르다. 나에겐 크로우 님이 스스로 혼자 살기를 바라고 있는 것으로는 보이지 않았다. 그런데 이 사람은 지금도 혼자다.

내가 그렇게 묻자, 크로우 님은 자조하는 듯한 분위기로 입꼬리를 비틀었다.

"혼자여도 된다. ……나는 이제 행복해질 생각은 없으니까 말이지."

"――――――네?"

나지막이 중얼거린 그 말을 듣고 나는 눈을 크게 떴다.

"여동생의 복수를 생각한 시점에서 스스로의 행복이란 건 생각하지 않게 되었다. 그걸 젊은이에게 떠넘긴 시점에서 내 지옥행은 이미 정해져 있으니까."

그 이유가 '여동생의 복수'라는 것은 어렴풋이 눈치채고 있었다. 마을에 있었던 무렵 크로우 님에게 들었던 것이다. 소중한 여동생 얘기, 그리고 그 여동생이 '아들레아의 악몽' 사건이 벌어졌을 때 동포에게 살해당했다는 얘기를. 죽인 동포가 누구인지까지는 역시 알려 주지 않았지만, 그 얘기를 했을 때의 크로우 님의 눈은 너무나 슬퍼 보였고, 그러면서도 격렬하게 불타고 있었다. 다른 기억은 거의 다 잊어버렸지만, 그것만큼은 인상적으로 남아 있었다.

하지만 젊은이에게 떠넘겼다는 건 무슨 뜻일까. 다른 사람에게 대신 복수하라고 지시한 걸까? 하지만 그걸로 크로우 님의 마음이 편해질 것이라는 생각은 들지 않는다. 그리고 그 젊은이는 대체 누구일까. ……안 되겠다. 나 같은 사람의 머리로는 도저히 다 이해를 할 수가 없어. 직접 물어보는 게 더 빠를 거야.

"저기, 크로우 님……."

"왜 그러냐, 다 왔다."

내 쪽으로 돌아본 그 얼굴은 조금 전까지의 그 너무나도 비통한 표정은 남아 있지 않았다. 평소와 같은 얼굴이었다. 그 모습을 보고 맥이 빠진 나는 결국 이렇다 할 말을 꺼내지 못한 채 눈앞으로 시선을 돌렸다.

"와아!!"

눈앞에 펼쳐진 붉은 카펫을 보면서 자신도 모르게 기쁜 함성을 질렀다. 본 적이 없는 붉은 꽃이 군생하고 있었다. 사방에 흐드러지게 핀 꽃들은 약간 어두운 붉은색을 띠고 있는데도 아름다웠다.

"여기 오는 도중에도 피어 있더구나. 나는 잘 모르는 꽃이었지만 아키라가 가르쳐 주었다. '석산' 이라는 이름이라고 하는데, 그가 살던 일본이라는 곳에선 '피안화' 라고도 불렀다더군."

중심부에서 하늘로 손을 뻗고 있는 것 같은 꽃이 빼곡하게 나란히 피어 있었다.

손을 뻗어서 만지려고 했는데 크로우 님이 그 손을 붙잡았다.

"독이 있다고 하니 만지지 않는 게 좋겠다. 독이 있는 부분을 알면 좋겠지만, 아키라도 어디에 독이 있는지는 잊어버린 것 같더군. 뭐, 그 남자가 꽃 이름을 알고 있는 것 자체가 기적이라고 생각하니까 어쩔 수 없겠지."

"이렇게 아름다운데 독이……."

하지만 이 꽃은 손으로 꺾어서 가져가는 것보다 이렇게 보러 오는 게 더 좋을지도 모르겠다. 한 송이를 꽂아서 장식하는 것보다 이렇게 피어 있는 모습을 보는 게 더 아름답다.

"이 '피안화' 의 '피안' 이란 말은 저세상, 그러니까 죽은 후에 가는 세계라는 뜻이라더구나. 즉 이 꽃은 사후 세계의 꽃이란 말이겠지. 뭐, 진짜 이름의 유래는 아키라도 모르는 것 같았지만."

"'피안' ……. 이렇게도 아름다운데 어째서 그런 이름이……."

좀 더 좋은 이름은 없었을까. 독이 있다는 것도 그렇고, 이름도 그렇고, 왠지 잔혹하게 느껴지는 꽃이다.

바람에 흔들리는 꽃을 보고 나는 살짝 얼굴을 찌푸렸다.

"그래도 아름답지?"

"네. ……하지만 어째서 이곳에 온 거죠……?"

비스듬히 위에 있는 크로우 님의 얼굴은 그 꽃을 지그시 보고 있었다. 그 상태 그대로, 크로우 님은 약간 난감한 듯이 눈썹을 찌푸리면서 고개를 갸웃거렸다.

"어째서일까……. 어제 도시를 걷고 있었을 때 우연히 여기에 들르게 되었는데, 누군가에게 보여 주고 싶어졌다. ……그뿐이라고 생각한다. 다른 뜻은 없어."

우연히 들렀다고 해서 다른 사람에게 보여 주는 분은 아니라고 알고 있었는데. 하지만 옛날부터 크로우 님은 이런 아름다운 꽃을 좋아했다. 호수에 떠 있는 연분홍색 꽃이나 하늘에서 내리는 비처럼 피어 있는 보라색 꽃. 그런 장소를 옛날부터 나에게

만 가르쳐 주었다. 이곳으로 데리고 와 준 것도 그 연장선일지도 모르겠다.

하지만 나는 이 장소를 평생 잊어버릴 일이 없을 것이다. 성에 들어간 후부터이긴 하지만, 꽃이 이렇게 아름답다는 것도 잊어버리고 있었다.

"이렇게 구석진 곳에 있는 장소는 넌 기억하지도 못할 것이고, 길을 잃어버릴 테니까 절대 혼자선 오지 마라."

이러니저러니 해도, 결국 최종적으로는 날 걱정하는 듯한 말도 옛날 그대로인 것 같았다.

"그럼 크로우 님이 아닌 다른 사람과 올 일은 없겠네요. 둘만의 비밀이 또 늘어났군요."

"뭐야, 옛날 일을 기억하고 있었나."

내가 그렇게 말하면서 웃자, 크로우 님은 얼굴을 '피안화' 쪽으로 돌린 채 희미하게, 정말로 잘 보지 않으면 알아볼 수 없을 만큼 미소를 지었다.

Side 오다 아키라

"절 제자로 삼아 주세요!"

"거절하겠어."

내 얼굴을 바라보는 눈은 반짝이고 있었다. 마치 간식을 앞에 둔 강아지 같았다. 사자 수인인데, 당장에라도 떨어질 것처럼 열심히 휘두르는 꼬리가 보일 것 같았다.

어쩌다가 이렇게 된 거지? 나는 천장을 쳐다봤다. 조금 전에 엎드려서 빌고 있던 라울은 같은 자세로 이번에는 내 제자로 삼아달라는 말을 꺼냈다.

"어째서입니까!"

"나는 제자를 두지 않고, 둘 만한 그릇도 못돼. 그리고 난 너를 하나도 몰라."

그렇게 말했더니, 켈리아도 끼어들어서 라울 이야기를 하기 시작했다. 대체 뭐야, 이 인간들.

아멜리아도 웃지만 말고 좀 말려 봐. 그리고 어깨를 바들바들 떨고 있는 요루는 나중에 돌아가면 나 좀 보자고.

아멜리아를 헐뜯던 모험가들은 우리 얘기를 엿듣고 있었는지 라울이 나에게 엎드려 비는 걸 보고는 황급히 길드에서 나가 버렸다. 우리는 그들이 나가서 생긴 빈자리에 앉았다.

사실 난 볼일도 없는데 앉아 있을 이유도 없었고, 그람과 마주쳐서 일어날 귀찮은 사태를 생각해서 모험가 길드를 나가려고 했다. 하지만 그 전에 라울과 켈리아 및 실눈 탓인지 어딘가 수상쩍어 보이는 마모루가 말리는 바람에, 모험가 길드 직원으로부터 사과의 의미가 포함된 접대를 받게 된 것이다.

차에 곁들여 라울과 켈리아의 이야기가 나왔다. 두 사람은 사랑하는 사이인 줄 알았는데, 그냥 소꿉친구라고 했다.

"저와 라울은 태어날 때부터 알던 사이에요. 저는 보다시피 이렇게 다리가 불편해서 라울이 절 돌봐 주고 있죠. 게다가 걱정도 많아서 아무 일거리도 받지 못한 날에는 이렇게 모험가 길드에 있는 거예요."

"뭐?! 너 때문에 있는 게 아냐! 나는 할 일이 없으면 실버 랭크 모험가의 의무를 수행해야 하니까……!"

"그래, 그래. 그렇게 말하면서 술에 취한 모험가들의 싸움을 말려 주곤 했지. 그리고 내 험담을 말하던 모험가는 어느새 이 도시에서 자취를 감췄고 말이야."

"우연이야! 우연……."

조금 전에 부 길드 마스터에게 주의를 받았음에도 불구하고 또 언쟁을 벌이기 시작하는 두 사람. 사이가 좋군. 이렇게까지 사이가 좋으면 내 착각도 잘못되지 않은 것 같다는 생각이 드는데.

켈리아의 다리는 선천적으로 불편해서 부모님이 일찍 돌아가신 뒤로는 라울이 계속 곁에 있어 주었다고 한다. 편견일지도 모르지만 라울이 남을 돌볼 성격일 거라고는 생각하지 못했다. 오히려 다른 사람이 돌봐 줘야 할 사람이라고 생각하고 있었는데. 사람은 겉보기만으로도 성격만으로도 알 수 없는 법이로군.

"라울은 이 부근의 웬만한 셰프보다도 요리를 잘하고, 집안일도 전부 할 줄 알아요. 의외죠?"

마치 제 일인 양 자랑하는 켈리아를 보면서 아멜리아가 고개를 끄덕였다.

"의외야. 너무나도 의외."

"그렇게 반복해서 강조할 일은 아니잖아."

라울이 이를 드러내면서 으르렁거렸다. 왕족인 아멜리아에게 윽박지르는 걸 듣고, 켈리아의 얼굴이 새하얘졌다.

얘기를 나눠 보고 든 생각인데, 아무래도 라울 안에 있는 실력자들의 서열 구도는 내가 맨 위에 있고, 그 다음은 골드 랭크 모험가, 뒤이어서 자신이랑 실버 랭크 모험가, 그 밑에 아멜리아를 포함한 그 외의 사람들인 것 같다. 라울이 존경하는 기준은 강하냐 아니냐이다. 아멜리아도 실버 랭크 모험가지만, 잘 싸울 것처럼 생기지 않았으니까 약하다고 여기는 것 같았다. 오히려 나보다 아멜리아가 단연코 더 강할 것이라고 생각하는데. 마력량으로 말하자면 마족을 넘는 유일한 인간일 테고, 살아온 시간이 다르다. 그에 비해서 나는 평화로운 장소에서 왔고, 암살자 주제에 그에 어울리는 행동은 전혀 하지 않았다.

뭐, 그래도 아멜리아가 라울의 말투를 딱히 신경 쓰지 않는다면 상관없으려나.

"뭘 잘 만들지?"

"저기, 제너럴 보어의 고기와 감자를 넣고 조린 요리입니다. 당근 같은 것도 넣긴 합니다만."

내가 묻자, 라울은 쑥스러운 표정으로 볼을 긁으면서 대답했다. 그 모습은 아멜리아를 상대할 때와는 다른 사람 같았다. 그건 그렇고, 고기감자조림 같은 요리인 걸까. 우리 집에서도 고기감자조림을 만들 때는 당근 외에 곤약이나 우엉, 토란을 넣기도 했었지.

제너럴 보어란 중견급 레벨의 모험가라면 여유 있게 쓰러트릴 수 있는 멧돼지같이 생긴 마물이다. 저돌맹진(猪突猛進)이라는 말을 그대로 옮겨 놓은 것 같은 마물이며, 인간이 있다는 걸

감지하면 곧장 돌진해 오기 때문에 움직임을 예상하기 쉬워서 쉽게 쓰러트릴 수 있다. 그 고기는 굳이 말하자면 소고기 같은 맛이 나며 구워 먹어도 맛있다. 참고로 제너럴 보어보다 한 단계 더 사이즈가 작은 평범한 보어도 있다. 이쪽은 먹을 수가 없지만 그 대신 모피가 두꺼워서 그걸 팔면 제법 돈이 된다.

"그래서 말인데, 어떤가요? 지금 라울을 제자로 받아들이면 저희 집에 같이 사실 수도 있는데요!"

"역시 한패였나."

다른 화제로 잘 전환했다고 생각했는데, 마무리가 어설프군. 밝은 노란색 머리카락과 붉은 머리카락이 기대하는 것처럼 흔들렸다.

"안됐지만 우리는 가려는 곳이 있거든. 미안하지만 한곳에 정착할 수는 없어."

"가려는 곳? 아키라 님 일행은 어디로 가시려는 건가요?"

모험가라는 자들은 한두 군데 도시에 정착해 그 도시에 있는 모험가 길드에서 일해서 번 돈으로 사는 것이 보편적이다. 모든 곳의 모험가 길드가 랭크가 높은 모험가나 강한 모험가를 원하며, 자신들이 있는 도시에 정착하도록 유도한다. 강자가 가까이에 있으면 정신적으로 안심할 수 있고, 만약 무슨 일이 일어났을 때는 바로 대처하도록 지시할 수 있기 때문이다.

하지만 나는 그런 평범한 모험가가 아니며, 모험가 길드에 등록한 것도 브루트 미궁에 들어가기 위해서 그랬던 것뿐이다. 그리고 우리 집은 단 한 곳, 어머니와 유이가 있는 집이며 이쪽 세계에

'집' 이 될 장소를 만들 생각은 없었다. 이런 내 생각은 아멜리아와 요루에게도 얘기해 놓았으며, 두 사람의 승낙도 받았다.

"진지하게 대답하면 너희는 분명 나를 바보로 생각하겠지. 그런 곳이야."

적당히 얼버무리면서 그렇게 대답했다.

이 모험가 길드 안에 인간족과 수인족의 전쟁을 바라는 녀석이 있을지도 모르는 이상, 내 사정을 술술 다 얘기할 순 없다. 뭐, 비록 솔직하게 얘기한다고 해도 믿을 사람이 있겠느냐는 생각이 들지만. 확실히 용사소환으로 소환되긴 했지만 난 용사가 아니며, 지금은 마왕을 죽일 마음도 없다.

그런 사정을 오늘 처음 만난 그들이——더구나 한쪽은 상상을 초월하는 바보가——이해할 수 있을 리가 없다.

"얘기하면 우리가 바보라 생각할 곳? ……켈리아, 어딘지 알겠어?"

"아니, 전혀."

스무고개처럼 되고 말았군.

나는 내 앞에 놓인 차를 다 들이켠 뒤에 일어섰다.

"슬슬 그 녀석들과 합류하자. 라울, 켈리아, 신세를 졌어."

각자의 시간을 보내고 있을 크로우와 리아를 찾아야 한다.

라울도 켈리아도 아쉽다는 표정을 짓고 있었지만, 아직 이 도시에 있을 거라고 알려 주자 바로 얼굴이 환해졌다. 조금 전에는 라울만 강아지 같다고 생각했는데, 켈리아도 라울과 같은 표정을 짓고 있었다.

"차, 맛있었어."

아멜리아도 일어섰고, 여기서 나가려고 했다.

"잠시 기다려 주시겠습니까?"

나가기 위해 문을 잡으려고 했을 때, 안에서 우리를 제지하는 목소리가 들렸다. 들어본 적이 없는 목소리였다. 주위에 있던 직원들의 목소리는 아니었으며, 마모루의 목소리도 아니었다. 우리가 동시에 돌아보자 그곳에는 약간 뚱뚱한 남자가 서 있었다.

우리가 서 있는 쪽의 문으로 누군가가 들어온 기척은 없었으니까, 아마도 뒷문으로 들어왔겠지. 그렇다면 길드의 관계자인가. ……그런 것치고는 분위기가 꽤 불온하다. 그리고 우리 주위에 있던 직원들의 안색이 안 좋아지고 있는 것 같은데.

남자는 조심하는 기색도 없이 훑어보는 듯한 눈길로 아멜리아를 봤다.

"아멜리아 로즈쿼츠 님이시죠? 이 몸은 이 우르크의 길드 마스터, 그람 크라스터라고 합니다. 잠시 얘기를 좀 나누고 싶은데, 제 집무실까지 와 주시겠습니까?"

씨익 웃는 그 얼굴을 보면서, 나는 자신도 모르는 사이에 얼굴을 찌푸리고 있었다.

'그람' 이라고, 남자는 자신의 이름을 밝히면서 웃었다.

아멜리아를 납치하려고 했던 마족을 브루트 미궁으로 맞아들였고, 콘테스트에서 우승한 아멜리아의 몸을 해체하여 팔아넘기려고 했으며, 크로우의 여동생을 죽인 녀석. 그 모두가 직접적으로 한 짓은 아닌 데다 아멜리아와 관련된 시도는 미수로 끝났다. 그래도 우리에게 해로운 자인 것은 틀림없었다. 평소의 나라면 이자의 1인칭을 지적했겠지만, 그런 말을 하고 있을 때는 아닌 것 같았다. 어떻게 여기서 나갈까. 최대한 평화적으로 나갈 수 있으면 좋겠는데.

기름진 얼굴에서 미끈거리는 소리가 날 것 같은 느낌을 받은 것은 내가 이자를 생리적으로 거부하고 있기 때문일까. 어쨌든 얼굴을 직시하고 싶지 않았다. 그런 표정을 보이고 싶지 않아서 나는 아멜리아를 내 뒤에 세웠다.

"음, 당신은 누굽니까? 이 몸은 아멜리아 님과 얘기하고 있습니다만."

이번에는 아멜리아를 뒤로 숨긴 내 쪽으로 눈길을 옮겼다. 오싹하고 소름이 돋았다. 이렇게까지 내가 타인을 싫어하는 일은 드물다. 알아듣지 못할 수업을 하는 선생도, 마구잡이로 큰 소리로 화만 내는 선생도 이 정도로 싫어하진 않았는데.

내가 입을 열지 않고 있으려니, 내 복장을 본 그람은 손뼉을 쳤다.

"그렇군, 당신은 아멜리아 님의 호위로군요. 그럼 지금까지 수고했습니다. 이제 그만 고향에라도 돌아가서 푹 쉬면 되겠군요."

무슨 말을 하고 있는 거야, 이 녀석. 호위라는 것을 부정할 생각은 없지만, 문제는 그다음에 한 말이다. 마치, 지금부터는 자신이 아멜리아의 곁에 있을 테니까 나에겐 이제 볼일이 없다, 라고 말하는 것처럼 들렸다.

"뭐?"

땅바닥을 기는 것 같은 낮은 목소리가 입에서 튀어나오는 바람에, 스스로도 놀랐다. 내 가까이에 있던 라울과 켈리아가 흠칫 몸을 떨었다. 아주 조금이지만 살기가 새어 나오고 만 모양이다. 아쉽게도 그람은 그걸 느끼지 못하는 것 같았고, 희미한 웃음을 지은 채 같은 말투로 말을 계속했다.

"보수를 아직 받지 못했습니까? 엘프의 왕은 얼마를 주겠다고 말했죠? 이 몸은 그 가격의 두 배를 지불할 테니까, 이제 당신은 필요가 없습니다. 애초에 인간족 주제에 어떻게 아멜리아님과 가까워진 거죠? 몸을 이용한 건가요?"

보아하니 이 녀석도 인간족은 격이 낮은 존재로 생각하고 있는 것 같았다. 자신의 주장이 절대적으로 옳다고 생각하는 녀석만큼 귀찮은 건 없다. 그리고 나를 모욕하려는 듯이 뱉는 말을 듣고 라울이 잠자코 있을 리가 없었다.

"말조심해. 아무리 길드 마스터라고 해도, 용사소환으로 이 세계에 온 '사일런트 어새신' 님을 모욕하는 건 용서하지 않겠어."

라울은 앞으로 나와 당당히 가슴을 펴면서 열심히 날 소개해 주었다. 하지만 그건 말하지 않는 게 좋았겠군. 그람의 눈빛이 명백하게 바뀌었다.

"용사소환으로 온 용사님이라고? 그거 이상하군요."

"뭐가 말이지?"

뭔가를 예감하면서 나는 겨우 입을 열었다.

"이 몸이 들은 얘기로는 용사님이 레이티스의 성에서 나간 것은 딱 한 번, 컨티넨 미궁에 들어갔을 때뿐이며, 그 후로는 계속 성에 틀어박혀 있다는 내용이었습니다만? 어떻게 그 용사님이 여기 있는 거죠? 마왕을 죽일 마음을 먹은 겁니까?"

역대 용사들은 이 세계의 발전에 공헌해 왔다. 그중에는 마왕을 쓰러트리지 않은 용사도 있지만, 그래도 이 세계의 사람들을 위해서 어떤 업적을 남긴 것은 확실하다. 예를 들면 카메라라거나, 이 세계에 있기에 부자연스러운 물건은 용사들이 가져온 것이다. 하지만 우리는 소환된 후로 아무것도 하지 않았으며, 나랑 용사 일행 이외에는 싸우는 것을 거부하면서 계속 성에 틀어박혀 있었다. 그렇기 때문에 인간족이 내린 평가는 '밥벌레' 였다. 실제로 그런 정보가 틀리진 않았다. 우리는 이 세계에 와서 싸우는 법을 익혔고, 컨티넨 미궁에 갔을 뿐이다.

하지만 인간족 사람들은 용사소환이 얼마나 부조리한 것인지 모른다. 평화로운 세계에서 온 것도, 전쟁 같은 것은 모르고 살았다는 것도. 자신들을 위해서 용사들이 뭔가를 하는 것이 당연하다고 생각하고 있다. 그게 얼마나 이기적인 생각인지는 모르고 있었다.

"나는 용사소환을 통해서 여기 오게 되었지만, 용사가 아니야. 그리고 우리가 마왕을 죽일 일도 없어."

"용사는 아니란 말인가요. 그건 그렇고, 무슨 황당한 소리를 하는 건지. 용사소환자가 마왕을 죽인다. 그건 당연한 일이며, 이 세계의 섭리인데 말이죠."

왜 이 세계의 인간은 스스로 하지 못하는 일을 남에게 시키려는 걸까. 정말로 곤경에 처해서 진심으로 도움을 청하고 있는 거라면 그나마 이해가 된다. 하지만 실제로 마왕을 쓰러트려 달라고 부탁한 레이티스의 왕은 우리를 이용하려 했다. 우리는 명령만을 듣는 인형이 아니다. 감정도, 사람을 죽인다는 것에 저항감도 가지고 있다. 그렇기 때문에 왕녀를 이용하여 우리에게 저주를 걸려 한 것이겠지.

'용사님에겐 용사님다운 태도를, 행동을, 언어를' 이라는 것이 그 왕녀가 용사에게 걸었던 저주의 말이었다. 즉, 이 세계의 사람들이 바라는 용사로 존재하라는 뜻이다. 난 그런 건 사양하고 싶단 말이지.

"이 세계의 섭리 따윈 내 알 바가 아냐. 우리는 평화로운 세계에서 살고 있었는데, 이 세계로 억지로 끌려온 거야. 네가 사는 세계의 문제는 너희끼리 해결해 보라고. 다른 세계에 사는 사람에게 기대지 마."

나는 역대 용사처럼 성인군자는 아니다. 뭐, 다른 용사도 저주 같은 것 때문에 강제적으로 용사 노릇을 하고 있었을지도 모르지만, 나는 다른 사람을 위해서 무상으로 뭔가를 하는 것은 싫으며, 보상을 받지 못한다면 움직이지 않을 것이다. 내가 무상으로 움직이는 건 내가 그렇게 하고 싶다고 생각했기 때문이다. 다른 사람의 지시를 받아서 그러는 게 아니다.

그람은 "그렇군."이라고 중얼거리더니, 씨익 웃으면서 나에게 얼굴을 가까이 갖다 댔다. 나는 한 걸음 뒤로 물러섰다. 그람은 주위의 인간들에게 들리지 않도록 낮은 목소리로 내게 속삭였다.

"그럼 당신이 성에서 도망칠 수 있도록 희생해 준 어리석은 남자의 바람을 들어줄 생각이 없단 말이군. 그 남자가 마지막으로 무슨 말을 했는지 가르쳐 드릴까요? '아키라 군' 이란 즉, 당신을 말하는 거죠?"

순식간에 몸 안을 흐르는 혈관이 끓어오르는 것 같은 느낌이 들었다.

"재미있는 촌극을 보고 있는 것 같았습니다. '밤까마귀' 들에게 카메라를 쥐여 주길 정말 잘했죠."

"역시 사란 단장은 네가……."

나는 사란 단장의 마지막을 보지 못했다. 물론 마지막으로 남긴 말이 어떤 것인지는 너무나 궁금했지만, 그것보다 눈앞에 있는 남자가 사란 단장의 원수라는 것을 알게 된 것이 기뻤다.

"어때요, 알고 싶지 않습니까? 가르쳐 주길 바란다면 아멜리아 님과 함께 집무실로 오시죠."

한 번 더 그람이 말했다. 나는 웃으면서 고개를 저었다.

"넌 한 가지 착각을 하고 있군. 나에게 그 사실을 밝힌 것은 실수였어."

나는 이번에는 스스로 얼굴을 가까이 갖다 댔다.

"오늘 밤, 잠자리를 조심하도록 해."

이제 겨우 찾아냈다. 내가 죽여야 할 상대. 암살할 상대가.

"……아쉽군요. 이 몸은 여러분을 놓아줄 생각이 없는데."

그렇게 말하면서 그람이 손가락을 딱 하고 울린 순간, 어디선가 검은 옷을 입은 남자 세 명이 나타났다. 그 눈은 어딘가 공허했기 때문에, 그 '강화약' 으로 조종당하고 있다는 걸 알 수 있었다.

모험가 길드 안에는 이 녀석들 외에 나, 아멜리아, 라울 및 켈리아밖에 없었다. 마모루랑 다른 직원들은 일찌감치 피신한 것 같았다. 뭐, 싸우기 쉬워서 좋긴 하지만.

상대가 어떻게 나올지 살펴보자고 생각한 순간, 말릴 틈도 없이 켈리아가 휠체어에 앉은 채 그람 앞으로 나왔다.

"길드 마스터, 이게 대체 어떻게 된 일입니까! 모험가에게 대체 무슨 짓을……."

"백성 주제에, 그리고 인간족 주제에 왕족인 이 몸에게 그런 소리를 하다니 무례하기 짝이 없구나. 거기 있는 건방진 인간족과 함께 죽어라. 이 몸은 이 몸의 소유물을 되돌려 받겠다."

그 말이 끝난 후에, 검은 옷을 입은 남자가 켈리아를 휠체어째로 날려 버렸다. 격렬한 소리를 내면서 켈리아는 머리부터 벽에 격돌한 뒤에, 바닥에 쓰러졌다. 이마에선 피가 흘러나오고 있었다. 빨리 치료하지 않으면 목숨이 위험할지도 모른다.

단지 주먹을 휘두른 것처럼 보였는데, 그것만으로는 인간 한 명을 휠체어까지 같이 날릴 수 있을 리가 없다. 강화인간은 상대하기 번거로울 것 같군.

"켈리아!! 너, 이 자시이익!"

켈리아를 날려버린 강화인간에게 라울이 달려드는 것을 곁눈질로 봤고, 나는 나에게 날아오는 주먹을 받아냈다. 역시 라울은 질풍이라는 이명을 지닌 만큼 강하긴 한 것 같군. 움직임에 망설임이 없었고, 빨랐다.

"켈리아는 맡겨도 되겠지, 라울."

"넵!"

나는 아멜리아를 끌어당겨 안았다.

"땅바닥에 처박혀 버려!"

우리는 중력마법으로 주위에 있는 검은 옷의 남자와 싸울 수 있다. 하지만 라울은 의식이 없는 켈리아를 한 손으로 안아 올리고 있어서 두 손을 다 쓸 수 없기 때문에 움직임이 둔하다.

"요루, 우리는 괜찮으니까 라울을 부탁할게. 죽이진 마."

『알았다.』

내 어깨 위에 있는 요루에게 그렇게 지시를 내리자, 『변신』으로 브루트 미궁에서도 봤던 타치로 모습을 바꾼 요루가 라울 쪽에 가세했다.

"그분은 이 몸의 소유물로 삼겠습니다! 돌려받도록 하죠."

검은 옷의 남자를 쓰러트리려고 앞을 보자, 그람이 우리 쪽으로 손을 내밀면서 다가왔다. 내 안의 뭔가가 끊어지는 소리가 났다. 나는 얼굴을 찌푸리면서 그 손을 강하게 쳐냈다.

"아멜리아는 너의 소유물이 아니야! 내 거다, 손대지 마!!"

나는 검은 옷의 남자가 내질렀던 주먹을 더 힘껏 움켜쥐었다.

"『그림자 마법』 발동!!"

나와 손으로 이어진 검은 옷의 남자의 그림자가 꿈틀거리더니, 위로 솟구쳐 올라왔다.

"출입구를 먹어라!"

우지직 소리를 내며 모험가 길드의 출입구가 먹혀 부서졌다.

"요루, 아멜리아, 나가자!"

"응!"

『알았다!!』

아멜리아의 『중력마법』으로 검은 옷의 남자 세 명과 그람이 바닥으로 처박혔으며, 그 틈에 타치로 변한 요루가 라울과 켈리아를 등에 태우고는 열린 출입구를 통해 밖으로 뛰쳐나왔다.

"제길! 쫓아라! 놓치지 마! 뭘 꾸물거리냐! 빨리 쫓아가!!"

그람이 시끄럽게 외치는 소리를 뒤에서 들으면서, 우리도 모험가 길드에서 나왔다. 이미 주변을 포위하는 대비책 정도는 세워 놓았을 거라고 생각했는데, 검은 옷의 남자들은 보이지 않았다. 그곳에는 소란스러운 소리를 듣고 다가온 모험가와 구경꾼들이 있을 뿐이었다. 이미 요루의 모습은 보이지 않았고, 나는 길을 기억하지 못했기 때문에 어디로 가면 좋을지 몰랐다.

"잠깐, 이쪽이야! 주인 군!!"

라티스네일의 목소리를 듣고 고개를 들자, 라티스네일이 흰색 외날개 같은 것에 붙잡힌 듯한 모습으로 하늘을 날며 우리에게 손을 내밀고 있었다.

"아멜리아!"

"응!!"

아멜리아의 손을 잡고 지면을 박찬 뒤 다른 손으로 라티스네일의 손을 잡았다. 라티스네일의 손을 잡은 순간 몸이 붕 떠오르더니 공중을 날았다.

"이야, 역시 하늘을 나는 건 즐겁네."

2인분의 체중을 지탱하는 것으로는 보이지 않을 만큼 온화한 목소리로 라티스네일이 말했다.

밑을 보니, 검은 옷의 강화인간이 네 명 정도 우리를 쳐다보고 있었다.

"강화인간이라고 해도 하늘을 날지는 못하는 것 같아."

"……고마워, 라티스네일."

나는 그녀의 몸 곳곳에 생긴 상처를 보면서 말했다. 아마도 모험가 길드 주변은 포위되어 있었을 것이다. 길드의 건물에 들어가던 타이밍에 그걸 눈치채고 있었는지는 모르겠지만, 그 자들을 제거하고 있었던 것 같다.

"딱히 대단한 것도 아냐—! 네가 죽으면 꿈자리가 사나울 테고, 나는 네가 마음에 들었으니까!"

득의양양한 표정으로 라티스네일이 말했다. 정말로 큰 도움이 되었다. 지면을 달리고 있었다면 언젠가는 따라잡혔을 것이다.

"예쁘다."

고도가 점점 높아지면서, 물의 도시 우르크의 전경을 볼 수 있었다. 수로에는 배가 천천히 나아가고 있었으며, 쌀알만큼 작게 보이는 사람들이 길을 걷고 있었다. 수로의 물이 빛을 반사하면서 반짝거리는 모습이 마치 보석 같았다.

"그러네, 예뻐."

같은 시각, 다른 장소에서 크로우와 리아가 우리를 쳐다보고 있다는 것도 모른 채, 나는 그렇게 중얼거렸다.

에필로그 암살

Side 오다 아키라

그람의 부하인 강화인간이 물러간 후, 우리는 묵고 있었던 호텔 방에서 합류했다. 크로우와 리아는 어디선가 우리가 날아가는 것을 보고 급하게 달려왔다고 한다. 모처럼 둘만의 시간을 보냈을 텐데, 미안한 짓을 했군.

리아에게 혹독하게 잔소리를 들었지만, 그람 이야기를 하자 떨떠름한 표정으로 잔소리를 멈추고 용서해 주었다. 라티스네 일은 어느새 다른 곳으로 불쑥 가 버렸고, 중상이었던 켈리아는 겨우 목숨은 건질 수 있었다. 의사에게 보이는 게 조금만 더 늦었다면 손을 쓸 수 없었을 것이라고 했다. 켈리아는 모험가 길드를 그만두고 라울과 함께 다른 도시로 옮겨 살 것 같았다. 뭐, 길드 마스터에게 그런 짓을 당했는데 아무렇지도 않게 다시 일할 리가 없겠지.

그리고 지금은 모두 잠이 들어 조용해진 한밤중. 새벽 3시다.

나는 옆에서 깊이 잠든 채 새근거리는 숨소리를 내고 있는 아멜리아와 요루를 깨우지 않도록 조심하면서 일어났다. 일상생활에 방해가 되니까 평소에는 걸치지 않는 외투를 두르고, 목에 검은 천을 감았다. 지금까지도 시커먼 차림새를 하고 다녔지만, 그보다 더 새카매졌다. 검은색 이외의 다른 색이 거의 없었다. 이제 완전히 어둠 속에 녹아들 수 있을 것이다. 다행히 오늘 밤은 초승달이 뜬다. 스킬 『암살술』 덕분에 밤눈이 밝은 나에겐 관계가 없지만, 어지간한 일이 없는 한 내 모습이 보이는 사람은 없을 것이다.

"……가는 건가."

"그래."

어느새 일어났는지, 크로우가 방문 옆에 서 있었다. 이번에는 날 찾아올 거라고 예상했기 때문에 평소처럼 놀라진 않았다.

"내가 부탁한 일이다만, 무리하진 마라. '강화약' 으로 강화된 인간은 일반 마족만큼이나 강했다고 그 마족 여자애가 말했다."

어느새 라티스네일에게 들었는지, 크로우가 그런 충고를 해줬다. 나는 그 말을 듣고 웃었다. 내가 이제 와서 일반 마족 수준인 상대에게 겁을 먹을 일은 없다. 그건 크로우도 잘 알고 있을 테니까, 분명 이제 와서 미안한 기분이 들었거나 그 비슷한 이유 때문에 이런 말을 한 것이겠지.

"너답지 않군. 나는 너에게 부탁을 받지 않아도 이렇게 되었을 거야. 그 성을 나왔을 때 사란 단장의 원수를 갚는 것만을 생각하고 있었으니까 말이지. 이제 겨우 그 바람을 이룰 수 있어. 축하해 줘야 할 정도인데."

나는 '야토노카미' 를 장비한 뒤에 크로우의 옆을 지나쳐서 방을 나갔다. 크로우가 뒤를 따라왔다.

"우르의 여관에서 널 처음 봤을 때부터 네가 누군가에게 복수하기 위해서 힘을 모았다는 건 알고 있었다. 눈을 보면 바로 알 수 있으니까 말이지."

"그랬겠지. 그래도 내가 할 수 있는 말은 아니지만 복수 따윈 생각하는 것만으로도 피폐해져. 그리고 내가 복수를 이뤘다고 해도 네 마음이 풀리는 일은 없을 거야."

몸 곳곳에 넣어둔 암기를 하나하나 확인하면서 내가 말하자, 크로우가 쓴웃음을 지은 것 같았다. 인간은 분노하고 있을 때가 가장 지치는 법이다. 연중 내내 화를 내고 있는 인간은 분명 체력에 한계가 없는 사람일 것이다.

"그래도 이 세계의 수인족 사이에 만연한 병의 일부는 확실히 소멸할 거다. 그람만이 단물을 빨아먹고 있었으니까 말이지. 다른 인간은 그람에게 이용을 당하고 있었을 뿐이야."

그렇게 신뢰할 수 있는 부하도 없는 가운데, 어떻게 그람이 지금까지 암살을 당하지 않았던 걸까. 그건 '강화약'에 중독된 강화인간 덕분일 것이다. 그들은 그저 명령만을 따르는 전투 인형. 신뢰 같은 건 필요 없고 배신할 걱정도 없으니까 말이지.

하지만 오늘 싸워 보고 확신했다. 나라면 그들의 눈을 몰래 빠져나가 그람을 암살할 수 있다.

스킬 『기척은폐』의 레벨이 MAX인 나는 스킬을 발동하여 그냥 걷고 있기만 해도 카메라에 찍히지 않으며, 만약 열 감지 장치 같은 게 있다고 해도, 적외선 센서가 있다고 해도 스킬이 세계의 법칙을 비틀어 버리기 때문에 나에겐 반응하지 않는다. 사란 단장의 마안은 예외다.

지금까지 다른 인간에게 발견되지 않는 이 '체질' 을 그다지 좋아하지 않았다. 특히 어릴 적에는 무슨 놀이를 해도 나 혼자만 발견되지 못해서 고독감에 짓눌릴 뻔했다. 고등학생이 된 후로는 수업을 빼먹거나 수업시간에 잠을 잘 때 유용하게 활용하곤 했지만, 스킬이 되었어도 좋아지게 될 일은 없었다. 하지만 지금은 다르다. 태어나서 처음으로 이 힘을 좋아하게 될 것 같았다.

그람은 너무나도 많은 사람에게 상처를 입히면서 살아왔다. 은인인 사란 단장, 크로우의 여동생, 그리고 나의 소중한 아멜리아. 오늘 처음 만난 켈리아도 부당하게 죽을 뻔했다. 그람이 살아 있다는 이유 하나만으로, 앞으로도 비극은 계속 일어날 것이다.

"강화인간은 죽이지 않을 거야. 하지만 만약 동업자를 만난다면 제거하겠어. 같은 표적(타깃)을 양보할 수는 없지. 죽일 대상은 그람과 날 방해하는 동업자뿐이야. 그러면 될까? 의뢰인님."

"그래. 그렇게 부탁하마. 암살자님."

왠지 후회하고 있는 것 같은 눈으로 나를 보고 있는 크로우에게 웃어 보인 뒤에, 나는 창문을 통해 뛰쳐나갔다.

"아키라, 기다려!! 가면 안 돼!"

그렇게 외치는 공주님의 목소리를 듣지 못한 척하면서.

그람이 거주하고 있는 건물의, 비스듬한 지붕 위에 어둠 속으로 숨어들기에 충분할 정도로 시커먼 차림을 한 내가 있었다. 목에는 검은 천을 감았고, 남은 천과 외투가 바람에 나부끼고 있었다.

나는 지붕을 가만히 응시하면서 움직이지 않았다. 최대한 강화인간과의 전투를 피할 필요가 있었다. 사전 준비도 아무것도 하지 않았다. 순찰을 도는 시간도 모른다. 『기척은폐』를 통해 아무에게도 들키지 않고 그람을 죽일 수 있다고 해도, 내가 떠나기 전에 그람이 죽은 것을 알아차리면 귀찮아진다. 사실은 계획적으로 진행하는 게 더 좋겠지만, 그렇게 하면 내 마음이 바뀔 가능성과, 우리가 있는 장소가 그람에게 발각될 가능성이 있다. 실패하지 않도록 신중하게 타이밍을 계산하지 않으면 안 되겠군.

건물 안을 응시하면서 얼마나 오랜 시간을 보냈을까. 잠시 후에 나는 한숨을 쉬면서 일어섰다. 왼발을 뒤로 물리는 것과 동시에 '야토노카미'를 뽑으면서 전투 태세에 들어갔다.

내 시선 끝에는 아무것도 없는 것처럼 보였지만, 그 순간 공기가 흔들리면서 한 명의 남자가 모습을 드러냈다. 그 남자도 나와 마찬가지로 온통 검은색으로 가벼운 차림새를 하고 있었다. 방해자, 동업자다. 그람이 그런 녀석이니까 암살을 생각하는 자가 우리 외에도 더 있을 거라 생각하긴 했지만, 설마 정말로 마주치게 될 줄은 몰랐다.

내 차림새와 다른 점은 단도와 직검이라는 무기의 차이, 목에

감은 검은 천과 칠흑의 외투가 있느냐 없느냐의 차이라고 할까. 역시 이 외투와 검은 천은 방해가 되니까 암살자는 착용하지 않겠지. 성에서 훔쳤을 때는 멋있다고 생각했지만, 실용성은 그렇게 좋지 않았다. 방해가 되진 않지만 없어도 괜찮다는 게 내 본심이었다.

나와 남자가 서로 노려보던 대치 상태는 남자가 더 이상 버티지 못하면서 끝이 났다.

"……동업자인가. 이봐, 넌 이 녀석을 지키고 있는 건가? 그렇지 않으면 너 같은 거물이 일개 길드 마스터를 죽이러 온 건가?"

나도 유명해진 모양이다. 암살은 처음이지만 말이지.

"이 녀석과 날 방해하는 녀석을 죽이러 왔다."

남자의 질문에 나는 간결하게 대답했다. 즉, 너를 죽이겠다는 뜻이다. 라울만큼 바보가 아니라면 이해할 수 있겠지. 명확한 살의만을 상대에게 전달했다. 그 살기를 느끼면서 남자는 몸을 부르르 떨었다. 겨우 이 정도의 살기에 겁을 먹다니, 대단하진 않군. 강화인간에게 보호를 받는 그람을 암살하려 하는 자이니까 상당한 숙련자일 것이라고 기대하고 있었는데.

"그런가. 하아, 그 '사일런트 어새신' 과 의뢰가 겹치다니, 운이 없군."

그렇게 말하면서, 남자는 진심으로 유감이라는 듯이 한숨을 쉬었다. 일단은 전투 태세를 취했지만, 여차하면 도망칠 준비를 하고 있었다. 저런 자세로는 만약 내 공격에 반응해 검을 휘두를 수 있다고 해도 검에 힘이 실리지 못하기 때문에 공격이 가벼워질 것이다. 내가 내뿜는 압도적인 살기를 느끼면서, 식은 땀마저 배어 있었다. 나는 그런 어설픈 남자를 크게 의식하지도 않고 단지 사냥감을 바라보는 듯한 눈으로 관찰하다가, 남자가 숨을 내쉬려고 한순간에 일섬을 날렸다.

"…………?!"

남자는 무슨 공격을 당한 건지도 모른 채 자신의 목에서 피가 뿜어져 나오는 광경을, 땅바닥에 쓰러지면서도 넋이 나간 표정으로 보고 있었다. 거의 시간을 들이지도 않았는데 옥상에서 그자는 절명했다. 나는 남자의 훨씬 뒤에서 앞으로 내밀고 있었던 오른발을 뒤로 물렸고, 단도에 묻은 피를 남자의 옷으로 닦았다.

처음으로 인간을 죽인 셈이지만 아무런 감정도 생기지 않았다. 그게 스킬 『암살술』로 인한 보정 때문인지, 내가 감정이 희박한 건지 모르겠다. 하지만 인간을 죽임으로써 전의를 상실하지 않았다는 걸 다행이라고 생각하면서 안도의 한숨을 쉬었다.

슬슬 감시가 약해지기 시작하는군. 다행히도 암살자끼리의 살육전이 누군가에게 감지되진 않았다. 강화인간은 의외로 둔한 건지도 모르겠다. 나는 『기척은폐』를 발동했고, 밖에서 『암살술』로 잠긴 창문을 연 뒤에 내가 정말로 죽이려는 자의 방으로 침입했다. 격렬하게 코 고는 소리를 내고 있는 진정한 암살대상—— 그람을 봤다.

"…………."

'야토노카미' 를 든 손이 살짝 떨렸다. 조금 전까지는 이렇지 않았는데. 반대쪽 손으로 그 경련을 억지로 눌러서 막았다. 그리고 조용히 타깃의 방 안으로 미끄러지듯이 들어갔고, 그의 목에 '야토노카미' 를 들이댔다. 이 암살을 실행하면, 나는 이제 원래의 평화로운 일상으로는 돌아갈 수 없다.

"다들, 미안해. 이 녀석을 죽이면 나는 앞으로 한 발짝 나설 수 있어. 이 녀석을 죽이면 많은 사람들에게 도움이 될 거야. 그 녀석도……."

오다 아키라라는 이름의, 어디에나 흔히 있을 고등학생이었던 나는 그렇게 중얼거리면서 힘껏 칼을 그었다. 머릿속에 떠오르는 것은 어머니와 유이의 얼굴이었다.

그람은 몇 번 경련하다가, 이내 신음소리를 내면서 절명했다. 어이가 없을 정도로 싱거웠다. 크로우는 지금에 이르기까지 수십 년이나 고통을 계속 참고 버텨 왔는데. 수많은 사람들을 오랫동안 계속 괴롭혔던 악당은 순식간에 종말을 맞이했다.

인간을 죽인 것을 후회하진 않는다. 하지만 복수를 이룬 만족감이 북받쳐 오르는 일은 없었다. 그 자리에 존재하는 것은 그저 가슴에 큰 구멍이 휑하게 뚫린 것 같은 상실감뿐이었다.

후기

「암살자」 3권을 구입해 주셔서 감사합니다. 2권이 나온 후로 몇 달이 걸렸을까요. 일단 1권의 「프롤로그」 부분에서 이어지는 내용을 이번 권의 「에필로그」로 적었습니다만, 아직 완결이 된 것은 아닙니다. 오다 아키라와 유쾌한 동료들의 모험은 아직 계속됩니다.

최근에 집 근처의 케이크 가게에서 아르바이트를 시작했습니다만, 의외로 중노동인 데다 크리스마스 시즌이라 손님들이 끝없이 들어오시더군요……. 솔직히 말해서 케이크 가게의 업무를 얕보고 있었습니다. 시기적인 문제도 있겠지만 이렇게 바쁠 줄은 몰랐습니다. 참고로 제가 추천하는 것은 딸기 타르트입니다.

제 이야기는 이쯤에서 끝내고, 이번에 3권과 함께 코믹 갈드에서 연재 중인 만화판의 단행본도 동시 발매가 된다고 합니다. 아이가모 히로유키 님이 훌륭하게 그리신 만화도 꼭 한 번 봐 주시길 바랍니다.

이번에도 멋진 일러스트를 그려 주신 토자이 님, 담당 편집자님, 교정자님, 정말 감사합니다. 앞으로도 「암살자」를 잘 부탁드립니다.

암살자인 내 스테이터스가 용사보다도 훨씬 강한데요 3

2020년 09월 25일 제1판 인쇄
2020년 10월 01일 제1판 발행

지음 아카이 마츠리
일러스트 토자이

옮김 도영명

발행 영상출판미디어(주)
등록번호 제 2002-000003호
주소 21311 인천광역시 부평구 평천로 132 (청천동)
전화 032-505-2973(代) | FAX 032-505-2982

ISBN 979-11-6625-105-4
ISBN 979-11-6466-306-4 (세트)